U0675971

食光机

食物中的当代小史

西门媚 著

天津出版传媒集团

天津人民出版社

图书在版编目（ＣＩＰ）数据

食光机：食物中的当代小史 / 西门媚著 . —— 天津：
天津人民出版社 , 2019.8
ISBN 978-7-201-15089-5

Ⅰ . ①食… Ⅱ . ①西… Ⅲ . ①随笔 – 作品集 – 中国 –
当代 Ⅳ . ① I267.1

中国版本图书馆 CIP 数据核字 (2019) 第181379号

食光机：食物中的当代小史
SHIGUANGJI:SHIWUZHONG DE DANGDAI XIAOSHI

出　　版	天津人民出版社	
出 版 人	刘　庆	
地　　址	天津市和平区西康路 35 号康岳大厦	
邮政编码	300051	
邮购电话	（022）23332469	
网　　址	http://www.tjrmcbs.com	
电子邮箱	reader@tjrmcbs.com	
责任编辑	李　荣	
装帧设计	周　彧	
制版印刷	北京金特印刷有限责任公司	
经　　销	新华书店	
开　　本	880×1230 毫米　1/32	
印　　张	9.75	
插　　页	16 插页	
字　　数	312 千字	
版次印次	2019 年 8 月第 1 版　2019 年 8 月第 1 次印刷	
定　　价	58.00 元	

自 序

　　"不是这里！"我心底有个强烈的声音。但看看路牌，地名没错。

　　我和他下了车，背对山坡，望向前方的开阔平坦之处。我们怎么都不能相信，这就是我经常讲的，像宫崎峻动画片《龙猫》里描绘的那个地方。

　　眼前是水泥色的世界，一个巨大的水泥贮运场。

　　道路上，建筑表面，都是一层厚厚的水泥色灰尘，半空中，也是水泥色的灰霾。

　　我从一小堵红色的残墙推断，那位置可能是我家曾住过的老房子。二十几年以前的，那个玫瑰花环绕的小院子，已经荡然无存。周围的碧绿田野、清澈小河以及安静冷清的火车客运小站，消失了。那个外表清秀，淳朴善良与丛林法则集于一体的小世界，也一同消失。

　　那是2002年的一天。

　　西闪经常听我讲述童年居住的地方，听得久了，他便说，我陪你回去一趟吧。

幼时，我跟父母搬过好几个地方，其中有一个地方呆的时间最长，我童年大部分时光是在那里度过的。在我的记忆中，那里山青水秀，我对自然的认识和热爱，我最基本的审美偏好，都源自那里。我早已在内心，把那儿设定为我的故乡。

十岁那年离开，就再没回去过。

要不是西闪，我根本没有勇气回去看看。我担心那里不是我童年印象中的模样，但是，也完全没料到是眼前所见的景象。

我们本来预计在那里住上一晚，甚至更久。结果，我们看了这个水泥世界，没有停留，很快就上了大巴。车驶出几里路，经过一棵老黄桷树，我总算认出来了，只有这棵黄桷树，还是当年的模样。小时候，我们去镇上，会经过这棵横跨公路的巨型黄桷树，每次都是在这里歇脚喝水。

那一次的经历，让我思考，在这个急速变化的世界，如何保持一种稳定延续的感觉，如何去回忆和重新认识，离去的那些岁月。

跟很多人比，我已经算相对幸运。故乡还存在于地图上，地名也还延用。我更长时间居住的这座城市，成都，我看着它一点点变化，从修一环路，到修二环路，一直到现在，农田完全消失，面积和人口都翻了接近十倍，成为一个非常庞大的现代都市。

我在这座城市漫步的时候，时常会感到我脚下的土地，层层叠叠，埋藏的时光。

有时我会跟西闪说："这里是我第一份工作的那幢楼，现在外面新翻修了，但还是那幢旧楼呢！""以前这江边都是棚户区，棚户区的人经常会捡些破沙发、旧椅子，放在露天，自己会坐在那里，绕近道从棚户区骑车穿过的人，有时候也会在那里坐坐……"

我写小说的时候，我会把人物安置在某个现实中的点，这个点，有自己的时间和地理的座标，比如2010年的郭家桥，1999年的书院街，这样一想，我就能借很多真实世界的力量，让人物站立起来。

西闪远没我幸运。他的故乡大部分已经沉没于长江。他曾经的家，他童年、少年、青年熟悉的街道，都因三峡水库，淹没于水下。那些地方，已经彻底消失。现在那个同名的城市，没有记忆，就不是真正的故乡。

我身边的许多朋友，也像他一样，因为种种原因，失去了故乡。

这些都让我意识到，我们身处的世界，这几十年变化太快，既不可能慢慢体味，也没来得及好好讲述。没有讲述，它就近乎被遗忘。

思索很久，我终于找到了讲述的方法。我选取了"食物与记忆"这个视角，味觉是一把神奇的钥匙，能打开时光之门。

对于写作者，《追忆似水年华》里的"玛德琳蛋糕"就是普鲁斯特的时光机。

对于阅读者，对文学作品的感受，也会触发对某样食物的渴念。比如，我还深深地记得，多年前阅读余华的《许三观卖血记》，被那个悲惨故事打动的时候，忽然在深夜里，有了像主人公那样去吃一份"炒猪肝"的冲动。

食物的故事以及对食物的想象，能让作者与读者，有另一个维度的沟通，既是心灵的，也联结生理。这种沟通，能筑成一条神奇的时光隧道。

在这本书里，我从20世纪70年代开始至今，给每十年划一个段落，我讲这些年代我所经历的故事，以最细节的方式来讲，以食物作为触媒，相信这样，能够给读者带来一个更易感知的当代小史——读者亲身经历过的时代与社会，即使没经历过，也可轻松理解和代入。

直白地说，我想讲这几十年，我所见的事物，我所经历的时代，我想好好地讲讲故事，想记录下，这个世界发生的变化。但要让读者容易进入，我得给这些也许是苦涩的、琐碎的，也许过于坚硬的内核包上一层可口糖衣。

这是一场实验。

朋友圈、短视频、直播等等，还包括不可言说的一些事物，不停地兴起、更替，让当代文学、艺术、影像都面临前所未有的挑战冲击，传播方式、呈现形式与受众的注意力，都可能完全不同。

我要把故事讲得更好看，可感，全方位地调动读者，因为我要跟这许多事物争夺他们。

希望这本书，能成为一部"时光机器"，用味觉的钥匙打开，带领读者，漫游已经逝去的半个世纪。有了这样的漫游，才能更好地理解中国，理解时光，理解未来。

需要说明的是，这些故事里，部分涉及的人，采用了化名。所有涉及的朋友和熟人，我都非常感谢，你们和我的共同经历，以及你们带给我的故事。

最后，要感谢的是我的父母和西闪。他们不仅见证这本书从构思到完成，更重要的是，这部精神成长史里，对于我，最重要的支持，前半部来自我的父母，后半部来自我的爱人同志。

西门媚

2019年5月16日于成都玉林

1990

2000

2010

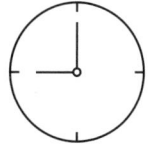

1970

陈德明抢我的饼干！

每个人和同龄的朋友聊天，都可能会聊到共同记忆。童年吃过的零食，最早看过哪部电影，少年时追哪个歌星。

70后的共同记忆，跟之后的80后、90后不同，我们还有对食物短缺的记忆。

现在基本看不到这一幕了，这一幕在我们那一代幼时很常见：

一个小孩子，手上的食物掉到了地上，呆呆地看一会儿，狠狠地踩过去，把它踩脏，踩碎。

那种心理，像是一种占有本能，惋惜自己失去了它，又通过踩碎来占有它。

比我们大一代的，可能不会有这个状况。他们食物比我们更紧缺，遇到这种情况，他们会直接捡起掉落的食物。

比我们小一代的，也不会有这个状况。食物掉了有什么关系。

现在普通的小孩，只有食物太多的问题。最常见的一幕是，长辈端着碗，捏着勺，追在小孩子的身后，骗他们张开口，强行把食物填进去。

食物的欠缺与过盛，只是问题的一个表面。我常常想，这短缺，会带来什么样的情感体验，形成什么样的人格。

还记得小时候的气球吗？得到一个新气球，兴奋，高兴。吹气球的时候，总是难以掌握力道。气球慢慢变大变亮，心情更加激动，总觉得还可以再吹一下，让它变得更大一点，更美一点。怀着侥幸与冒险的心情，再吹一口，再吹一口。忽然"啪"的一声，气球爆了！看着手中剩下的气球皮，短暂地愣一下，失悔的心情油然而生。这种懊恼，跟成年以后对很多大事错事的懊恼是一样的。心有不甘，把玩破掉的气球皮，吮出一个个小小的气泡，聊胜于无地玩着替代品。

在二十世纪七十年代，玩具是稀有的，气球已经是难得的玩具，我们常用其他物品来替代玩具。比如，用输液胶管套在水龙头上，充水之后便可以得到一个亮晶晶的长条水球。女孩子把吃剩的猪腿关节，当成"抓子儿"的玩具。男孩子把用过的圆珠笔芯改造成水枪。不更事的小孩子还可能偷出父母的避孕套，吹成气球，在街上玩，让父母又窘又恼，还没法向小孩解释。

我印象最早最深刻的，还是关于食物的短缺。

幼年的时候，我身体很差，瘦弱苍白，还经常生病，母亲带我去看医生，医生说这是因为营养不良。

在医生的建议之下，母亲买了一袋奶粉。那时，条件好些的地方，牛奶要凭票供应，而在我们那里，根本没有牛奶这样事物。奶粉都是想尽办法才得到的。那时的奶粉，不是速溶即食的，还得煮沸才能吃。

于是，还需要专门配上一个煤油炉。

但奶粉太珍贵了，母亲没办法给我哥同等待遇。每天上午，哥哥上学之后，母亲会抽空给我煮一碗牛奶，再给我一点儿饼干。

对于我来说，这真是难得的美味。每当闻见煤油的气味，我就知道能喝牛奶了。以至于好些年里，我分不开牛奶的气味和煤油的气味。

母亲叮嘱我，这是个秘密，不要给哥哥讲。我听话地答应了。

我平时最爱哥哥了，崇拜他，喜欢跟他玩，我自小话就多，最喜欢跟他说话了。不能跟哥哥分享牛奶，还不能告诉哥哥。哥哥放学后，我看着哥哥，憋着话，心里觉得好对不起他。这是我最早体会的内疚之情。

奶粉没有了之后，母亲尽量给我买点儿散装饼干。饼干容易得到一些。

有一次，母亲和几个大人抱怨一个叫陈德明的年轻邮递员工作不负责任。好几次他把应该送到我母亲这个邮电所的邮件，交给我哥，让我哥带回。哥哥那时读小学一年级，才五六岁，既贪玩，又粗心，哪里能负责这么重要的事情。于是一路走，一路玩，一大捆邮件会漏掉很多。每次都是路人，捡到丢失的信件、汇款单、包裹单，主动帮忙送回，还好没酿成无可挽回的大错。

我在旁边听到大人的议论，忽然大哭起来。他们很惊讶，问我为什么。我说："陈德明抢我的饼干！"

再问我原委，我抽抽搭搭地告诉他们。

不止当时，我现在仍然记得那一幕：陈德明来所里的时候，妈妈出门办事了，只有我在。我正抱着我的饼干筒。我只有几块饼干了，我数得清我的饼干，舍不得再吃。陈德明说："给我一块！"我犹犹豫豫地递出了一块。大人都教小孩要大方，经常会以向小孩子要食物来考验对方，但并不会真吃。但陈德明吃了我的饼干！一边吃一边又向我要。我向后退着，不肯再给。他便俯低身体，伸手到我的饼干筒里，抓了两三块，扔到嘴里吃了。

我除了生气和难过，更重要的是困惑和震惊。幼儿觉得大人总是对的，第一次发现这样欺负孩子的大人，震惊得忘记了哭，之后也不知他这样对还是不对，只好默默地埋在心里。

直到听到大人们说陈德明的不是，我才终于哭了出来，讲出了这件事。

大家追问我细节和时间，发现那是半年前的事情。

大人们又气又笑，说，这陈德明，居然抢三岁孩子的饼干！他们当然也惊讶，为了这件事，我记了半年。

二十世纪七十年代后期到八十年代初，物质稍微丰富点儿了。街上开始有了神奇的氢气球。

每年元旦前，就有人拖着气罐出来，在街边灌气球。小孩子会围着他们，看着他们手上的气球，慢慢膨胀起来，最后拴上绳子，就会飘在空中。

那几年元旦，父母都会给我买一个红色的氢气球，我牵着绳子，带着我的红气球，到处招摇。但总会在某一个瞬间，一不留神，气球就飞走了。

但新年才有氢气球卖呢，飞走了只能等到第二年。

童年的时候，看着气球越飞越高，就会泛起懊悔又忧伤的心情。

直到有一年，元旦结束，氢气球仍然在手中，没有弄丢。我把它关在房间里，看它慢慢瘪下去，从天花板的位置慢慢下降，低到半空，一个多月才漏得脱了漂亮的球形，变得坑坑洼洼，难看起来。

那年之后，我不再要求买气球，我不再留心这些玩具，开始关心其他的事物。算起来，童年就是那时结束的，物质短缺的时代也正逐渐告别。

奶奶带来南方的味道

我还记得奶奶来的那一天。那时我才3岁多。她坐了好几天的长途火车，从广东来。

父亲在外地工作，母亲工作非常繁忙，哥哥马上就要上小学了，没人照看我。奶奶离开广东老家，来四川的一个小乡镇照顾我。

奶奶来的时候，我对她非常亲热，母亲大舒一口气。哥哥于是要求母亲带他去看一场电影。

因为母亲没办法在看电影的同时看住两个小孩，这下终于可以了。

母亲不放心，问："妹妹，吃完饭，我带哥哥去看电影咯，你跟奶奶睡觉，好不好？"

我大声地回答她："嗯！"

"要乖哦！"

"嗯！"

母亲把糖果罐给了我。罐子里，装着奶奶从广东带来的糖果点心。那粉红色的塑料糖果罐，平时就是我梦寐以求的，现在，母亲允许我抱着它，慢慢吃。

谁知，母亲和哥哥才走了一会儿，我就反悔了，开始大哭，要找妈妈。奶奶拿糖果罐哄我，也不管用。我声音越哭越大，直到声音嘶哑。然后哑着哭，怎么哄都没用。

很久以后，母亲还在讲，那一晚，她回来的时候，我刚刚睡着了，是抱着糖果罐睡的，脸上还满是泪痕。我就是这样给了奶奶一个下马威。

后来回想那一刻，总替奶奶难过。估计奶奶当时也想过带我去找妈妈，但人地生疏，语言不通，出了房门，就漆黑一团。那时，连路灯都没有，到哪里去找放电影的地方。

但那之后就好了。我很黏奶奶。因为奶奶总有很多小花样带着我玩。

奶奶带来的糖果点心吃完了，便给我做红薯干。她做得极精致，跟四川乡下常见的不同。

我们那里乡下常见的是红薯直接切片晒干，最后成品十分干硬难嚼。奶奶的做法则是将红薯蒸熟去皮，切成厚片，晾至半干，再切成条，全干了之后，再用粗砂翻炒。这样做出来的红薯干蓬松可口，近似现在的膨化食品。整个做的过程中，我都一直在吃。我最爱吃还没做好的"红薯干"，甜蜜软糯，微微弹牙，类似蜜饯的口感。

开春的时候，她养了一群小鸭子。我跟着奶奶去放鸭。我现在仍记得，奶奶拿着一根长长细细的竹棍，赶着鸭子去小溪边小河边的样子。我们坐在旁边的一个小土丘上，看着黄绒绒的小鸭子，叽叽嘎嘎地踩着水，欢快地吃着鱼虾小虫。

奶奶跟我说话，慢慢地，我学会了客家话。我还记得，奶奶问我："妹妹，长大做什么啊？"

"长大我要当医生。"

这样的对话反复出现。每次，奶奶都很高兴。我其实知道奶奶想听这个，才这么回答的。

因为奶奶是学医的，医学院毕业，她本来是个医生。她为什么没有当医生了，而到四川来照顾我？在那个年纪，我不可能懂得。我只是知道，她希望我将来学医。

我玩过家家的时候，最喜欢当医生的游戏。我把野草野果捡来晒干，我拿小秤称来称去。奶奶教了我认几样中药，开着半朵花的半支莲和一种甘草甜味的树叶。

那几年，哥哥上学了，我没有小伙伴，我的伙伴就是奶奶。

奶奶跟当地人基本语言不通，她的伙伴也只有我。

她从广东带了很多神奇事物来。比如，好些种子。

我印象最深的是一种"菜豌豆"。我们当地的豌豆只能剥壳吃豆，壳荚是硬的，纤维粗糙，奶奶带来的种子种出来的豌豆却是连壳吃的，清甜可口。

我家门后的小块荒地，被奶奶开垦出来，种上她带来的各种南方菜蔬。

奶奶手很巧，那几年，我都吃她做的广东菜肴。我现在的有一半的饮食偏好，喜欢甜食，喜欢粤地口味，是奶奶培养的。

小鸭子边养边丢，最后只有两只养大了。接着又养了小鹅，小鹅养成大鹅。大鹅很聪明，听得懂简单的话语，成了我们新的伙伴。

几年后，我快上学了，奶奶才回广东。进了小学，我开始给爷爷奶奶写信，写得歪歪扭扭，夹杂着拼音。他们很开心，很认真地给我回信，寄托他们的期望。奶奶仍想我将来学医，爷爷期望我能学中文。爷爷叫曾仲良，是学中文的，年轻时是鲁迅的学生，跟随先生从厦大到了中大，后来从事教育工作。

每一年春节，奶奶都会寄来很多我爱吃的东西，南枣核桃糕、盲公饼、杏仁饼、广东香肠。这些美味，在二十世纪七八十年代特别稀罕。吃着它们，就想念和奶奶在一起的时光。稍微大一些，我明白了，奶奶当初到四川来照看我是多么艰苦。除了语言不通，远离故土，光是天气，都相差太远。奶奶是南洋商人的女儿，自幼在很温暖的地方长大。四川的冬天，对于她来说，一定是太冷了。随身带那么多种子过来，会不会有一种"昭君出塞"的心情？

1988年暑假，我去了一次广东老家。在中巴车上，我发现有一个中巴站，站名就叫："韩医生那儿"。乘客会说："我到韩医生那儿下""韩医生那儿停一下"。

奶奶叫韩翠环，"韩医生"就是我奶奶。这个发现让我十分骄傲。奶奶重新开始行医，是当地最有声望的大夫。

奶奶二十世纪九十年代初去世了。她去世之后，我父亲和叔叔才发现，她身上有几根肋骨是断的。她虽是医生，估计在当时特殊的情况下，没办法为自己疗伤。后来这些年，她没告诉家人，一直带着伤病。

这些年，慢慢知道更多的家族故事，知道老家那个地方，奶奶当年是唯一的医生，当地出生的孩子，基本都是奶奶接生的。奶奶在当时还失去了第二个儿子。不仅有肉体的伤痛，精神上的痛苦更加巨大，不敢想象奶奶那时是怎么熬过来的。

现在重新回想奶奶跟我相处的那几年，推算时间，又有了更深的看法。那几年，对于她来说，一定不算是艰难岁月了。二十世纪七十年代，她遭遇的最残酷的风暴已经过去，虽然还没恢复工作，但能和年幼的孙女，在乡间，过几年种菜养鸭的田园生活，已算难得一份平静。她带来那些种子，不是因为不习惯四川，而是一份对安宁生活的渴望。

现在，这一幕场景还历历在目：我和奶奶坐在山坡上，草绿了，柳叶绿了，小鸭小鹅正在嬉戏，奶奶摘下一朵半支莲教我辨认，春风吹过来。

乡下孩子的蜜

川西从秋入冬，是最难过的时节。渐湿渐冷，很难见到太阳。这时候，打开一罐农家的土制蜂蜜，开始怀想最好的季节。

油菜花的蜂蜜，闻起来有点闷闷的香味，在蜂蜜中，肯定不算上品，但是这气味，最能让人想起春天，想起三月。

三月，蜜蜂嗡嗡响成一片的时候，油菜花已经很高了。在菜花田里，阳光穿过黄花，射到眼睛里，金晃晃的。

不知是小时候种下的因子，还是更远古的基因，每到春天，人总是蠢蠢欲动，想到菜花田里滚上一滚。

很小的时候，在菜花田里是会迷路的。菜花高过人头，小孩子在油菜花田里，像走在迷宫，蜜蜂吵着，浓重的花香熏着，还要担心有没有狗。那时候，大人们会教："菜花黄，疯狗忙"。即使这样，春天，仍让孩子欢喜无限。也许是刚脱棉衣的轻快，也许是各种虫子鸟儿出动，各种野草鲜花萌发开放。

一直到现在，春天到了，心就痒痒的，在房间里待不住，想去看花开。

每年，我们都跟好友约着春游。特别是老友燕明，他跟我小时候的成长背景很像。都生活在川西靠近乡村的地方。

川西乡村，平原和浅丘结合，水系丰富，春天风光极美。三月的田里，麦苗青青，油菜花黄，间插着豌豆、胡豆，也正开着花。

童年的时候，对自然之美还没概念，这些景色进到眼睛里，并不觉得特别，小孩子是要把春天吃进嘴里。

今年三月，跟燕明照例约着春游。你一言我一语，开始讲到我们童年的春天，讲来讲去，都是春天的吃食。

童年走在田埂，麦苗结穗了，走过一块麦田，手里就已经捋了一把刚刚变硬的麦穗。把麦子轻轻搓搓，皮就掉了，吹一吹，剩下一小捧麦粒，放到嘴里，嚼一嚼，软软的，有一股清香，多嚼一会儿，就觉得有点甜了。

小学一年级的时候，同学中传说，麦子嚼久了，就嚼成了泡泡糖，可以吹出泡泡。我试过，但从未成功，因为嚼一会儿，就不知不觉咽了下去。因为自己没能坚持，就很相信那个传说，没法反驳嘛。

有泡泡糖传说的时候，我们都还没见过泡泡糖。有一天，跟我要好的同学带来一支泡泡糖，这在全班引起了轰动。用小刀切成一小截一小截，我分得了一截，大约有四分之一。放学的时候，把泡泡糖含到嘴里，有一种甜丝丝、凉丝丝的感觉，嚼一下，软软的，很快就变成了一丁点儿。同学还叮嘱了我，千万不能吞下去，她父母告诉她，吞下去人会死的。

谁知十分不巧，我一走出校门，就看到母亲远远而来。她到学校附近办事，顺道看看我，接我回去。

我满脸通红，不知怎么处理嘴里的泡泡糖。家里在这方面管教极严，不能要别人的东西。我不能吐出，又不敢咽下。以致母亲很诧异，说，是不是发烧啊，脸这么烫。她还伸手摸了摸我的额头。

过了几天，母亲有熟人要去上海出差，问母亲要带些什么。在那个年代，稀罕的东西都来自远方。母亲请她为我带一件背心，再带一点儿泡泡糖。

连着粉红灯芯绒背心一起带回来的，是几支口香糖。熟人没买到泡泡糖，她听别人说，这个是一样的。

现在想起，母亲那日一定是发现我吃了别人的泡泡糖，因此才会请人带一点儿回来。

熟人带来的是留兰香口香糖。跟现在的口香糖样子相似，糖纸下面，有锡纸精巧地包着。我还记得，在上学的路上，正剥开一粒，碰到一位婆婆，婆婆请求闻一闻。她闻了之后说，闻起来是牙膏味儿。

在二十世纪七十年代，购买得来的零食太难得，我们会自己发掘零食。

刚刚结出的豌豆、胡豆，经常被小孩剥来嚼嚼。走过胡萝卜地，手里就拔了棵小小的胡萝卜了。走过红薯地，可能扯出了一个小红薯。都是很小的，大的拔不动。拇指粗细的胡萝卜和红薯，已经能让小孩子解解馋，觉得又甜又脆。

更多的时候，我们的零嘴来自野地。幼年的时候，简直有种"神农尝百草"的精神，草根草叶草果，除了像野菌之类被大人明令禁止的，大都亲自尝过一遍。

小河里的鱼虾蚌壳当然也不会放过，捞出来剖开，放在夏天的铁轨上，一会儿就冒出煎鱼的香味。但铁轨太脏了，忍住嘴，不敢吃，只能在旁边干咽唾沫。

春游路上，我跟燕明聊这些的时候，同行的老瞿和西闪，插不上话。他俩是在川东城里长大的，对于川西乡野，没有经验。老瞿听到吃胡萝卜的时候，很惊讶。因为对她来说，胡萝卜满是泥土腥味，怎么可能用来做零食。

我则问起了燕明，小时候吃虫子吗？

童年的时候，哥哥他们那些男孩们，是要吃虫子的。这超过了我的承受范围。那时候，总是又敬又怕地，看着这些男孩子，捉了虫子，进行烧烤。

燕明说："当然要吃虫子啊！最常吃的油炸蚱蜢儿。""竹蝗虫呢？""那就是很高级的了，不容易逮到，味道比油炸蚱蜢儿还要香多了。"

燕明说，他家所处的单位没有小学，他那时每天要走八里路，去一个村小上学，同学们都是乡村孩子。

中午就在一个同学家搭伙，他带自己的米和菜，还负责烧火，跟全班的乡村孩子混得极好，因此也学得全套的乡村生活经验。

除了最高级的那种。比如，有位同学特别擅长捉黄鳝，比大人还厉害，能捉到许多去菜市卖，甚至到了能养家的程度。当然，代价就是经常旷课，没法学习。

燕明掌握的只是普通乡村孩子的技能，比如捉蜜蜂。

他放学的时候，要多花一倍以上的时间回家，因为一路都在捉蜜蜂。用一张手绢，就能兜住一只蜜蜂，再小心扯开蜜蜂的腰部，就能吸到它肚里的蜂蜜。

一路残害无数蜜蜂，小男孩回到家中的时候，肚里已经半饱。现在我追想着这一幕，还是觉得很有趣。

燕明说，川西水土肥沃，那时的乡下孩子自己找食物，营养还挺多样，虽然可能个子不高，但都生得很壮。

有着这样的生长背景，就有别人不了解的精神来源。朋友都觉得燕明是个神秘的人，喜怒不形于色，能为大事。我知道，他现在仍经常回老家，跟小时候的乡下伙伴见面，哪怕他们各自已经处于完全不同的世界。

短暂的川西乡村生活，对于我的影响我是知道的，画画的时候，我喜欢描绘田园风光，四季变迁。我对光影色彩的敏感，我的审美趣味，都源于我的童年，那些曾经熟悉的大地风物，沉淀下来，就如封存完美的蜜糖。

青梅竹马刘老四

一年级要开学的前几天，大人们领来一个孩子，让我们认识。那个孩子很白，连头发都几乎是白的，是那种很淡的黄色。大人们说，你们以后就是同学了，上学要一起走啊。

大人们都叫他刘老四。他在家里排行老四，是最小的儿子，很受宠爱，但却由于营养不好，整个人都浅到了没有颜色，我到现在也不知道，那算不算是白化病。

我觉得他很丑，是我们班上最丑的人。他很矮小，头发又白，在班里根本没有人注意。我在班里却是最受欢迎的。老师都喜欢我，同学也喜欢我。有好一阵子，课间跳集体舞的时候，要牵手围成圆圈，所有的同学都要来抢着牵我的手，大家乱成一团，最后老师发现了这个问题，就每次让同学们先牵好手，然后我再去选两位同学牵手。

刘老四是被大家遗忘的，放学我们却是牵着手一起走。因为只有他和我住在一个方向。早上上学的时候，他也要绕一截路来叫我。

有一次，邻居一个年轻阿姨跑来跟母亲说，我看见你们家妹妹跟刘老四牵着手上学。母亲说，小孩子嘛，有什么关系。其实母亲还因此挺放心的，她总是觉得我们上学的路不安全。

我和刘老四上学放学，开始是我讲话很多，我上学之前已经看过好些书，知道好些故事，所以我就能讲很多故事，多数是些童话。后来，刘老四大约不愿意总是听我洋洋得意地讲，也开始给我讲故事。他讲的故事，有的是听来的，有的是看了一些我没看过的电影，以反特故事为主。那时电影就那么多，我们看的又大致相同，所以他很快就没什么好讲的了。他就把那几个反特故事改一改，添油加醋地再讲一番。我听着，先是不发一言，看他讲得高兴的时候，冷冷地指出他的破绽。看着他不知所措的表情，我就有些得意。回家就对妈妈讲，刘老四今天又吹牛了。

有一阵子刘老四有钱了，经常都有一角钱。那是他妈妈给他的，因为家里孩子多，吃得不好，又心疼幺儿，所以给他一角钱，让他在外面买些东西吃，补充一点儿营养。我去他家看见过，他们家里吃饭的时候，没有菜，每人碗里都是半块豆腐乳。

一角钱，在当时是不小的数目。我就从没有零花钱。所以刘老四第一次来问我想要什么的时候，我带他去了商店，然后指给他看柜台里漂亮的纽扣，最后，他把这一角钱变成了两粒漂亮的纽扣送给了我，我穿上线，做成戒指。看来我那时已经很爱漂亮了，经常把这两粒戒指换来换去地戴在手上。

后来刘老四的兜里有了一角钱也会和我商量，这钱的用途。一角钱可以买一两糖，如果是酥心糖，一般会有十颗，那样我们每人就各分五颗，如果是十一颗，我就六颗，他仍旧五颗。在这样的分配原则下，我和他还经常买果仁糖、薄荷糖、李子、杏子。

现在回想起这些，觉得有点不可思议，那时我母亲对我的管教其实很严的，如果不经过母亲同意，决不能要别人的东西。我之所以能够跟刘老四共享他的一角钱，也许因为是告诉过母亲，也许是因为刘老四有时会在我家吃饭。

有一阵子，我发现上学路边有一个园子里开了好些花，嫩黄色的，很大，我从来没有见过，觉得那真是无比漂亮。每次路过我都指给刘老四看。那园子里的花越开越多，终于有一两朵开到靠近路边的地方了。一天放学，路过那儿的时候，刘老四取下书包，要我拿着，他便爬上了那围墙的刺铁丝，够到了一朵，摘了半天才摘下来。因为晃动太大，园子里先是狗叫了起来，接着就有人骂着追出来。刘老四吓得从那上面掉了下来，我们拉着手，拼命地逃，那主人追了好远才停下。

刘老四很沮丧，说他衣服被刮破了，回家肯定要被妈妈骂。我安慰他说，没关系，要我妈妈帮着补一下就行了，然后我领着他到家里，对妈妈说，今天刘老四做清洁擦桌子的时候，袖子被钉子刮破了，回家会挨打的，你帮他补补吧。

那朵黄色的大花被我藏在抽屉里，喜欢得不得了，觉得每瓣花瓣都像丝绸一样。几年后，我家离开那个地方，搬到另一个地方，才发现这原来是一种常见的花，叫作大丽菊。

到二三年级的时候，我就不爱跟刘老四一起上学放学了。可能是觉得他丑吧，也可能是觉得他成绩不好，更可能的原因是不喜欢他。我喜欢的男同学是我们班上的体育健将，一个黑黑的顽皮同学。

三年级结束，我们家要搬走了，刘老四来我家告别，我才注意到，他的头发早已变黑，个头也已经长高好多。

我现在想起小时候和刘老四的这些事情，才发现自己原来那么小就具备了小女人的那些本性，爱美，爱受宠，喜欢耍小聪明，喜欢享受男孩子的殷勤。幸好我长大后并没变成惹人讨厌的女人。刘老四现在应该是个淳朴敦厚的男人吧。

刘老四的大名叫刘春林。

早春野炊

小学一年级的时候，上学放学都要经过一个大池塘。池塘水是绿的，水质不算好，池塘一角漂着些浮萍，有时候还散发着淡淡的腥味。我记得那是1978年春天，一年级的第二学期，有一天放学，经过那里，池塘边的缓坡上，忽然有了点儿变化。

公路到池塘，是几米宽的缓坡。缓坡上是乱石和泥巴。乱石上临时盖了一个简易窝棚。

这窝棚就像农家田边守夜的那种小棚子，几根树棍加上树皮、干草，凑合而成，面积不到一张双人床。

我上学的时候都没发现，放学忽然看见这个，觉得十分好奇，就走近些细看。

窝棚旁边的碎石地上，还生了一堆火，火上面支着一只铁锅。

一个女人正从旁边的池塘里，用一只黑色的罐子舀了水，倒进锅里。

窝棚旁较平的大石，已经被打扫干净，上面放着一个包成蜡烛包的婴儿。

远处，池塘边，有两个男孩正在捡拾树枝树叶。大的那个男孩，看起来差不多跟我同龄。

我们这里的风俗，婴儿是松松的拿块布裹着，方便用背带或背篓，背在背上，婴儿不会包成蜡烛包的模样。蜡烛包模样的婴儿，我只在连环画上看过。我觉得挺好玩，又往那边凑近，看那婴儿。

婴儿已经睡着，脸上还有干鼻涕。脏脏的。没我想象的有趣。

但那女人的举动，让我觉得十分新鲜。

大人一直教育我们小孩要远离池塘，说那池塘水很脏。但是，现在那女人直接把池塘水舀到锅里煮开。

她穿着一件蓝布大襟。那个年代，蓝色是人们最常穿的颜色，但她的衣服，比平常所见更破旧一些，补丁更多。

她这种架一堆柴火的方式，也是我没见过的。

接着，我看见她从窝棚里，拿出干挂面，抓了一大把，扔进锅里。锅里翻滚着，白沫上涌，热气腾腾。

我们家很少吃面条，就算吃，也都是湿面。跟现在看到的不同。父母做饭，一般都会把我们小孩轰出厨房。所以，现在这野外煮面的样子，把我迷住了。我一直在旁边愣愣地看着。

一会儿，她就向远处喊了什么，那两个男孩就往这边走。

女人早看见了我，这时，她转头问我："小姑娘，要不要吃？"

她说的方言跟我们不一样，但我还是听懂了。我的脸马上就红了。我家管得很严，绝对禁止吃别人的东西，也不能"望嘴"。"望嘴"的意思就是看别人吃饭。

我摇摇头，赶紧离开了。

回到家里，我跟母亲讲起我看见的这一家人。母亲叹口气说，这是逃荒的。她听到是一个女人带着三个孩子，更是唏嘘，连说："太不容易了。"

晚饭后，母亲给我一只小锅，里面有些饭，让我去送给那家人。我端着锅来到池塘边，远远就看见有两个男人走在前面。

我站在稍远处，不敢走得更近。

那两个男人说着本地方言，开始质问那个女人。

女人先回答："河南的"，对方又说了一句之后，她连忙说："有，有，有！"

她解开衣襟，从怀里掏出一个小布包，拿出一张纸，递给他们。

他们看了一会儿，还给她，又训斥几句，才离开。她满脸陪着笑，看着他们远去。

我走上前去，把小锅递给她，说："我妈叫我送来的。"

她忙接了，把小锅里的饭倒进铁锅。那铁锅就是她刚才煮面的那个。现在火已经熄了，那几块架锅的大石头熏得乌黑，铁锅放在一边。

她把锅还给我，问我几岁了，我答，七岁。她说："比我家老大小一岁。"

那个年龄我在陌生人面前说话十分害羞，这一问一答，已经脸红得要命，马上想逃回家里。

她在我身后说："谢谢你妈妈！"

在家里，我问母亲，那张纸是什么意思。她说，是逃荒介绍信，最要紧的是上面的公章，没有这个，连乡都出不了，更不可能出省。

接下来的一段日子，我母亲经常会让我送一点儿饭过去。因此，每天上学放学的时候，我都看得见那女人站在窝棚边，冲我挥挥手。她的两个大孩子，总是在池塘边、坡地上、田埂边寻找着什么，要么是在拾柴，要么是在采野菜。

大约一两个月之后，他们走了。

一天放学，我看见那个缓坡上，什么都消失了。窝棚没有了，几乎没留什么东西。只有柴火烧过的印迹还在。

半期考试结束，老师说，年级要举行春游，要野炊。我和大多数同学都听不懂野炊是什么意思。老师把全班分成几个小组，我们按照老师的分配，分别从家里拿了木柴、面条、锅、桶之类的东西。

跟着老师远足，到了山里，用石头架起灶，支上锅，烧起柴。我才想起，那池塘边的女人，也是这样做的。原来这就叫作野炊。

但对于从没做过家务的我们太难了。我照着见过的样子，把面放进锅里。火却一会儿就熄了。把面捞到碗里，发现面芯还是生的。

我们小组的同学都坚持着吃了下去，除了我。班主任发现我没吃，就把她的抄手分给我。老师煮的抄手让我觉得十分美味。那时起，我就喜欢上了野炊。吃了生面条的同学，估计也同样喜欢野炊。

学校每年都会有春游和野炊活动，我和同学们差不多从开学就开始盼望，这个喜好延续多年。我偶尔在野炊的时候，会想起那逃荒的一家人。

我们后来搬家，搬到单位院里，就再没见过这种住在野外的逃荒人。但到二十世纪八十年代，仍经常听说，有些遭灾的人，水灾、火灾或者旱灾，来单位宿舍讨一些衣物。我母亲会和邻居收集一些旧衣物，送给他们。

带饭盒的小学生

一直认为，我最有食堂经验了。从小学开始，除了寒暑假，基本没在家吃过午饭。母亲的好手艺，一直没学到。

小学前三年我在一个大厂的子弟校念书。母亲工作太忙，没时间照顾我兄妹。上学要经过一条铁路，她很不放心我们的交通安全问题，就让我们在学校吃饭。

那个时候，学校没有食堂，只有一个锅炉房。锅炉房有一个大型的蒸柜，可以提供蒸气服务。

每天，我都带两只饭盒上学。一只是长方形的铝制饭盒，一只是圆形的铝制饭盒。长方形饭盒里有小半盒米，我会在学校用水淘一淘，再装半盒水。圆形饭盒里是母亲准备的菜。

两只饭盒用一只塑料网兜装起来，放到蒸柜里，中午放学，小心翼翼地拎出来，到教室坐下，就是一餐午饭。

哥哥比我高三个年级。我一年级的时候，他四年级。他从一年级开始，就在学校吃饭，当我入校的时候，是他教我，怎么淘米，怎么加水。

很小的时候，哥哥在我心中，简直无所不能。他极聪明，动手能力强，小学一年级，就开始动手做电动船和显微镜。学校开运动会，他把我带到他班上。他班上的同学好喜欢这个妹妹，女同学就像在玩布娃娃，给我梳头，扎辫子，传来传去，说，这是"潘冬子"的妹妹呢。

哥哥小时候长得机灵好看，有点像电影《闪闪的红星》的主角潘冬子，但显得更秀气白净聪明。老师也喜欢他，但又觉得他太淘气，于是给他安了一个职位，想收服他。这个职位便是全校的体育委员，主要负责每天课间操的时候，站在高台上，为全校领操。

我入学的时候，也常听到别人讲，这是"潘冬子"的妹妹呢。我心里真是得意非常。

但他除了淘气，还粗心。我终于认识到，原来，万能的哥哥也有局限。

不止一次，到了中午，我拎着我的饭盒回到教室坐下，就看到哥哥出现在我面前。他拎着他的饭盒来的。他打开给我看，里面是一盒干米。

他忘记给米加水了。

我把饭分一半给他，两人相对而坐，高高兴兴地吃完。

吃得虽然少一些，但是跟哥哥对坐吃饭，可以一边吃一边说话，比一个人吃要有意思多了。

他有时拎来的饭盒，不是干米，而是稀饭。他把水加太多，米在饭盒里煮成了粥。当然也溢出了很多，这对于一个好动的男生，就太不够了。

我们分享我盒里的干饭，也分食他盒里的稀饭。

那些年，父母处境很不如意。母亲的学校停课很久，教师再无用武之地，便被分派到各地，做一些其他工作。我们跟随母亲在一个小镇的火车站旁边生活。她被派到这里上班，一个人承担一所邮局的工作。父亲大学毕业就被分配到铁路建设一线工作，长年在最偏僻的山区，跟母亲和我们一年只能相聚十几天或一个月。

小孩子感觉不到这些辛苦，却因为家里的这种状况，兄妹感情比旁人更好一些。

我小学的前三年，二十世纪七十年代末期到一九八〇年，在那个川西小镇，人们的消息只有两个来源，一个是广播，一个是报纸。报纸的消息比广播更丰富。那个年代的人们，习惯从报纸上解读各种字面之下的意思。小小的邮局成了人们最喜欢聚集的地方。

好些人每天在这里等待报纸和邮件到来。人们在这儿，焦急地盼望远方的消息，小心翼翼地揣度上层风云，以及这风云对自己的影响。有些时候，等了一天，报纸都没到，人们更是议论纷纷。有几个知青，开始是经常来等家人的信件包裹，后来更着急，是等待回城的消息。

除了分发报纸，收寄发送信件、汇款、包裹，这里还有一部手摇电话。这边有人要打电话倒还简单，摇动电话机的手柄，就能接通镇上总机，再由总机转接。麻烦的是有人打电话过来，要找某某人。母亲便只好站到门外，对着某一个方向大喊："红星公社某队某某某听电话"，或者"供销社某某某听电话"，远处有人听到，便接力地喊下去。

每天下午，母亲还要去一趟储蓄所，钱不能放在柜台里过夜。储蓄所在厂区里，离邮局挺远。来回要两个小时。

现在想起来，还是觉得，不知那几年母亲是怎么应付过来的，当然，也更能理解，母亲那时，还要照顾两个孩子，着实不易。

母亲有时忙起来，没办法给我们准备中午带到学校的菜。我当即表示，这太好办了，我带点白糖就好。

在那样的日子里，除了带米，我还要用纸包一小包白糖。

把水稍加多一点儿，饭就蒸软一点儿。中午，趁热把白糖撒进米饭，搅拌一下，就是好吃的白糖拌饭。

本来就爱吃甜食的我，并不觉得这有什么不妥。

只是有一天中午，被我的班主任明老师发现了。

那天中午，我拎着我的午饭回到教室，明老师还没走。我打开我的饭盒，她很惊讶，说："菜呢？"我开心地说："我妈太忙了，我带了白糖！"

明老师说："到我家来吧！"我便拎着饭盒，去了老师家里。至今我还清楚地记得明老师家里的样子，记得明老师打了两个鸡蛋，用筷子快速搅拌，记得筷子敲击碗沿的声音，记得她烧了热油，把鸡蛋倒进油锅，鸡蛋受热，一下子膨胀起来的样子。

明老师笑眯眯地看着我就着米饭，吃掉这两只香喷喷的炒鸡蛋。

下午回家，我得意地跟母亲讲，明老师给我做了菜，明老师做菜太好吃了。

我是唯一吃过明老师的菜的学生呢，那时便认定明老师是我的好朋友。

1980年，母亲的学校恢复教学，母亲和其他教师，终于回到岗位。我和哥哥也跟随母亲回到成都。我到了一所大学的附属小学念书。转学之后，各种不习惯。教学条件差，班上同学欺负新人。我还发现新学校的几个老师都会找花农家的小孩索要每季的鲜花，非常震惊。因此十分想念明老师和以前的同学，就给明老师写了好些信。

但这里有一点好，就是我终于吃上真正的食堂了。

附小没有食堂，但附小设在大学里面。在学校吃饭的小学生，上午第四节课后，便摇着装着叉子的饭盒，叮叮当当地，跑向大学里的各个食堂。跟大学生挤在一起。那一刻，觉得自己就已经是大人了。

成年以后，认识一些那所大学毕业的大朋友，一对时间，我读小学四、五年级的时候，他们正在那里读大学。于是，我便乐呵呵地告诉他们，我跟你们同学过呢。把原委告诉他们，他们也笑嘻嘻地当我是同学。

但我猜想，当年他们这些恢复高考之后的头几批大学生，当过知青，下过乡，感受过饥饿，下课后也生怕买不到好饭菜，但年龄又比较大了，有的上大学已经三十有余，看着我们这帮小学生，不守规矩，吵闹，插队，一定会觉得无可奈何、哭笑不得。

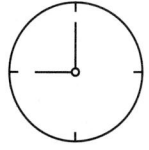

1980

红茶菌和邓丽君，邻居的秘密

透明玻璃罐子里，有一块半透明的白色东西，漂浮在红棕色的液体里。玻璃罐壁上，凝结着些小小的气泡，在光线的照射下，能看见液体里还有气泡正在升腾。

母亲打开罐子盖，倒一些到玻璃杯里，加点白糖，加一点儿凉开水。

液体在杯子里，带着一点儿气泡，清亮透明，浅茶色。

我和哥哥便捧起杯子大喝起来。

这是我家的自制饮料，酸酸甜甜的。"比汽水还好喝！"我们常常一边喝一边赞叹。就好像我们喝汽水喝得不爱，才喜欢这个似的。

其实很少能喝到汽水。平时更多见的是街边的凉水摊，玻璃杯，装着红红绿绿的水，上面再盖一小块玻璃，看起来晶莹凉爽，一分钱一杯。那水看起来冰爽，喝起来真是一般。糖精和色素兑的，一点儿都不好喝。

家里这个新式饮料，当然比外面卖的色素水好喝多了。

在二十世纪八十年代初，正流行着这种饮料。这叫"红茶菌"。家家都在养红茶菌。

容器经过高温消毒，装入茶水，放凉，再加入菌种和糖，好些天之后，看见水里长出白色的膜状物，红茶菌就养好了。

倒出一些液体来兑水加糖喝掉，再往罐里加入茶水。循环往复，可以无穷。

那时，我们住在单位的宿舍里。北方称之为"筒子楼"，我们这儿没有这名字，就叫宿舍楼。

宿舍楼共两层，中间一条长长的走廊，走廊两边开无数的门，每个门进去，是一两间房子。没有卫生间和厨房。每家都在走廊上放一个蜂窝煤炉，这就算是厨房了。楼外有个露天的洗衣台，大家淘菜、洗碗、洗衣，都在这里完成。稍远还有一个公共厕所，供附近两栋楼的人使用。

我家那两间房子的功能很多，既是睡觉的卧室，也是会客的客厅，看电视的地方，吃饭的饭厅，还是我们写作业、我妈备课的书房。

我家门口的那个蜂窝煤炉，永远不能熄火。

蜂窝煤是每月凭票买的，用碎煤压制而成，里面掺了大量的杂质，黄泥什么的，不好燃烧，如果不慎把炉火熄了，下一次"生火"就太费事了。那时我母亲工作很忙，很难有时间来侍弄这些。所以，炉火是长明的。但一直燃烧又太费煤，每月定量的蜂窝煤肯定不够。因此那时的人们又发明了很多方法来让煤炉不熄，但又燃烧缓慢。比如，在蜂窝煤的一些孔上，塞上专用的塞子，或者在炉膛上，装一个可调节进气的盖子。

炉火燃着，又不能浪费，所以，每家的炉子上，都会坐一只锅。锅里可能炖点汤，也可能煮点热水。

整个走廊上，充满了不完全燃烧造成的气味，让人有点微微的窒息感。有时，又混杂着炖汤的香味、炒菜的油辣味、熬中药的苦味。

我穿过走廊的时候，总是喜欢走得很快，到家迅速开门关门，把难闻的气味关在门外。

但多数人家不是这样的。住在这样的房子里，邻居都喜欢串门。

我母亲因为"落实知识分子政策"，才调回来，知道必须入乡随俗，像邻居一样，得把房门打开，随时欢迎邻居来访。

二十世纪八十年代初的那一段，人们串门的一个主题，就是，"尝尝你家的红茶菌"。

不记得红茶菌最初的"菌母"来自哪家了，总之，没多久，家家都在养红茶菌。方法是互相传授切磋，但过了一阵子，红茶菌居然味道有差异。

有的人家的酸一些，有的甜一点，有的颜色深，有的味道浓稠，有的菌块发黄，有的发绿，有的甚至发黑。如果发黑了，人们就不敢喝了，倒掉从头做起。

这有点像我们四川人家里的泡菜。每家的泡菜味道都有差别，香气、味道、色泽，都不一样。但泡菜的差别我大体明白，是母水不同，加入的原料不同，佐料不同，手法不同。但红茶菌都是同一来源的菌种，为什么还是造成了这么大的差别。

不仅我不明白，我们的邻居们，对这个问题，很有兴趣研究。

夏天晚饭后，他们常常端了杯子，挨家串门，相互品评。

我家的房间是一个外间套着一个里间。邻居们来了，多半都在外间，聊天，品评红茶菌。邻居们一般不会进入里间。在里间我们藏了个秘密。

就是收录机。

我家有一台三洋牌收录机。是在中国香港的姑姑送给我们的，父母对它宝贝得不行。一共只有两盒磁带，一盒邓丽君，一盒奚秀兰。

我们的邻居都还没有收录机。通常人们只能从收音机或者单位广播里听歌。这种软绵绵的甜歌，非常稀罕，一听就觉得满心柔软甜蜜。

邓丽君在《何日君再来》里的那句道白："来来来，喝完了这杯，再说罢"，软腻无比，让十岁的我非常震撼，发现这世界上，还有这样的亲热温柔。

母亲特别喜欢这两盒磁带，但我们知道只能悄悄听。每次听，声音都开得很小。我们把声音调小到外间都听不到的程度。

有这样的歌曲听着，人便觉得跟周围的环境不那么贴近，走廊里的煤烟味、公共厕所里的蛆虫和打着雨伞洗衣洗碗，都不是我们生活的全部。

但是，很快人就得贴近现实。

我家被举报了。单位领导找我妈去谈了话。

母亲回家后，非常难过，她对我哥说，把磁带消了吧。

我哥把磁带放进收录机，再三向她确认。她叹着气，还差点流了泪，但最后还是肯定地点了头。我哥按下了录音键。

我们没有别的消磁方法，只能开着录音功能，录下了两三个小时的空白声音。

我们不说话，在屋里做些别的事情。看着磁带在机器里，匀速转动。

我们房间比外面的路面矮，应该算半地下室，窗外只能看见别人的脚。我们能看见，外面有些人走来走去。走路的也许是买菜回家的大人，跑过去的是放学后正在玩耍的小孩。我们的录音机，把这些声音都录下了吧？

母亲没告诉我们，谁是那个举报的人。我知道，肯定是某个邻居，把耳朵贴在我们的门上、墙上或者窗上，发现了我家的秘密。也许还不止一个邻居。

母亲对邻居不放心起来，时常会担心，我们坐在走廊上的锅。有的邻居喜欢掀人锅盖，一路走，一路掀开别人家的锅盖看看，都在煮啥。

养红茶菌的热闹，似乎也是随着这一事件消散了。我家很快不喝红茶菌了，邻居们也没坚持多久。关于红茶菌的传说，也从最初的抗癌，变成了致癌。

一直到1984年，奚秀兰上了春晚。母亲知道，终于可以名正言顺地听这些歌了。我哥拿着那两盒被洗掉的磁带，出去找人翻录。正版的盒子里，装进了翻录的磁带，翻录的仍是奚秀兰和邓丽君。

翻录的效果差很远，特别是开头有一段空白没录上。发出沙沙沙的杂音，我们知道，是那一天抹掉磁带时，录下的窗外的声音。

大海的味道

二十世纪八十年代初，我还在念小学。

我清楚地记得跟母亲去买海鱼的情形。

头几天邻居们就在传了，说是菜市场会有海鱼。邻居们都在躁动，海鱼！平时河里的鲜鱼都不是每天能买到，更何况海鱼。

我没见过海，身边的大人也没见过海。大海是多么神奇的地方！

星期天，我跟母亲去沙河铺菜市场。那时的菜市场只是沿着公路两边摆开的临时集市。卖蔬菜和鸡蛋的主要是附近农民，间插卖猪肉、卖干杂的小贩。他们挤满了路的两边，中间只留一条小道给买菜的人。他们身后，有国营肉铺、国营粮店、邮局、供销社、理发店、裁缝铺和两家饭馆。

卖菜的人占满道路也没关系，因为那时这条街几无汽车通行，自行车也很少。偶尔有骑车人想过去，只得一路按着铃铛推行而过。

下雨就很麻烦，公路中间有几个大坑，下了雨，装满泥水。

如果有雨，母亲买菜就不会带我去。不然，一会儿就是一裤脚的泥。

那是一个完美的天气，温和无雨，不冷不热，母亲带我去买海鱼。

海鱼并不在菜市场卖，要穿过整个菜市，到公路的那一头。我们到的时候，已经好些人提着篮子在那里翘首盼望了。

其中也有母亲的同事。大家一边等，一边拉家常。我在旁边傻等，新鲜劲过了，很快就觉得无聊。母亲便拿了钱给我，让我去租书铺看连环画。

从我上小学起，母亲便只给我买字书，不买连环画，她说，既然已经认识字了，不要偷懒，应该读字书。这的确让我从小就读了很多好书，但我仍像别的孩子一样，对连环画好奇。租书铺差不多是我唯一能够看连环画的机会。我平时跟母亲买菜的一大动力，便是可以去租书铺看书。

现在想来，那时的租书铺跟现在的网吧有某种神似。

租书铺开在一间小铺面里，但摊档一直会延伸到外面。外面立了几根竹竿，再用塑料布围起来。两侧拉了一些细麻绳，绳子上夹着一本本的连环画书。中间摆了几排小凳子。

小孩子看上哪本书，取下来，交钱给门口守着的店老板，就可以坐在小凳子上看了。

书有档次的。新一些的，有趣的，质量高的，要两分钱。旧的，充满意识形态说教的，只要一分钱。除了小孩子，偶尔也有成年人在这里看书。

我还记得那一天，我已经看完一本两分钱的书了，母亲还没来找我。我便走到街外，远远地看见那边围着的人更多了，场面混乱。根本走不到近前。

那里停了一辆卡车。卡车上站着一位年轻人，似乎在指挥全局。旁边几个站在高处的人，在维护秩序。

中间是抢购的人们。

我母亲在四川人当中，一直是相当不泼辣的，这时，她站在人群外面，拎着菜篮，伸头踮脚，显然不知该怎么办。

这时，一位壮实的阿姨躬着身体，倒退着挤出人群，她手里拖着一大块白色的东西。她到了我母亲身边。我认得她，她是杨孃孃，我母亲的同事。

她招呼我母亲守着，又冲进人群中。

那一大块白色的东西，仔细一看，是冰。里面横七竖八的，应该就是鱼了。

我母亲便学着其他人的样子，把冰块抬起来，砸下去。杨孃孃拖了第二块冰出来，就和母亲一起砸冰。大冰块散开，变成一些小砣的冰块。里面包裹着的鱼看得清楚了。她们拿起这些小冰块，继续在马路牙子上敲打，慢慢地，手上剩下的就是鱼了。她们每人都搞了半篮子的鱼去称重。

那时，除了冰棍，我没什么见到冰的机会。我捡了一块冰在手里捏着，化得差不多了，才扔掉，手里留下一股腥味。

我听见那卖鱼的年轻人，愉快的和顾客互相抱怨，一方说，你们这样把鱼都砸烂了！另一方说，你想把冰卖给我们啊！那些化了都是水啊！

我仔细看这些脱离了冰块的鱼，相当的丑啊。跟我巴掌差不多大，没有鳞，也没有头。头的位置是斜砍的一刀，肚子也没有了。鱼的颜色不一，有的显得白，有的显得黄黄黑黑，说不出到底是什么颜色。

卖鱼的人说，这叫耗儿鱼，又叫橡皮鱼，是从海里来的。

海里来的，这几个字就足以让大家兴奋，完全不介意它看起来是这么古怪，闻起来这么腥。

中午，我家的餐桌上它就是主角。

母亲用她平时做鲫鱼的方法做的。先用油煎熟，再码上葱花，用热辣椒油相激。腥味被压住了，只觉得又香又辣，十分开胃。我和哥哥吃得十分开心。

吃的时候才明白它名字的来源，耗儿鱼估计指是长相，橡皮鱼指的是口感。这鱼的肉质粗糙老硬，咬起来就像嚼橡皮。但对小孩子有一大好处，它没有刺。

更重要的是，还是它神奇的出身。这是来自大海的鱼啊。

我还记得，第二天上学的时候，我和同学们，都在谈论这种神奇的鱼。

但橡皮鱼很快就不流行了。我听见大人们抱怨，说，做起来太费油了，没油又不好吃。那时，很多东西都要凭票供应，油是很珍贵的。

对大海的向往抵不过现实。

二十世纪八十年代，大家形容美食，往往要用上"山珍海味"四个字。在我们心中，觉得那是一项至高标准。山珍，可以是木耳黄花，也可能是野鸡山菌什么的，海味，多半只有海带啦。

四川很长时间交通不便，四川人对大海的虔敬之心保持了多年。

于是，在成都传统面馆里，除了牛肉面、排骨面之外，有一种面叫"海味面"。海味面里，并没什么海味，往往只有蘑菇、碎肉和玉兰片什么的，很地道的，才会有一丁点儿干鱿鱼丝、淡菜。春节团年饭如果有一道放了水发海参的"烧什锦"，绝对值得向外人炫耀。

近些年，成都火锅又开始流行烫耗儿鱼。从口感上，我太不能接受了。这些从冰块解放出来的，死去多年的耗儿鱼，肉质实在太差。但我能理解，四川人对大海的向往，一如当初。

青春食堂五人组

高一的时候，忽然觉得自由了。我的初中三年很不快乐，直到高中，重新选择了学校，交到了新朋友。

那时，离家远的学生中午就在学校吃饭。高一上学期，我们五人就已经很熟了。小敏、阿华、波仔、小星和我。其实还有一两位同学在学校吃饭，不知为什么，就被我们自动忽略了。在记忆中，班上只有我们五人是中午在学校的。

我们最早是买饭到教室，围坐一起，边吃边聊。之后，饭盒和饭碗摞起来，他们四人打牌，"拱猪"，决一胜负。输的人洗碗。我从来不爱打牌，他们让我押一家，押输了就一起洗碗。

有时候玩得兴起，下午同学们都到教室了，我们还没决出胜负。

最严重的一次，一位女生进了教室，发现我们的脏碗正堆在她的课桌上，她直接把桌盖一掀，饭碗、饭盒，吃剩的饭菜，摔落一地。搏瓷碗掉了瓷，饭盒瘪了角，更重要的是，在一大群同学面前，我们很下不来台，只能灰溜溜地捡起散落的餐具，还得把地扫了。她和我们结下了梁子。

这位女同学名叫水红，长得挺漂亮，打扮时尚，家住在街上。我们高中同学的家庭背景，大都是学校、研究单位，只有几个，来自街道。

住在街上的年轻人，在我们心目中，都自带一种神秘，在成都话里，称之为"街娃儿""街妹儿"。觉得他们江湖气，性子野，胆子大，讲话粗。当然，也并非是贬义，在单位院子里长大的孩子，对他们有隐隐的羡慕佩服。

第二天中午，刚吃完饭，家住在附近的男生阿秋就来了，他手里拿了一支棍，挑着一个灰色的细长的东西。

我们五人正围坐一起，远远地只晃了一眼，小星就叫了起来："蛇！"我一听，马上双脚离地，跳上了椅子，背转身体，不敢看。

三位男生却来劲了，马上围住了阿秋。

我听得小敏大声地说："是蛇皮！蛇蜕！"

"啥子蛇蜕？！就是蛇！"这是阿秋的声音。

"死了的，死了的。"这是阿华在说。

"不仅死了，好像都要臭了！你在哪儿搞来的？"波仔说。

他们嘀咕了一阵，回到围坐的位子，看见我和小星，坐在桌子上，双脚踩着椅子，就说："已经扔了，没事！"

下午上学的同学陆续来了。今天我们早早地洗了碗，坐到了各自位置上。

就看见水红来了，哼着歌，脸上若无其事，似乎完全忘记昨天的事了。她走到桌前，"啪"地一下，掀开了桌子，又"啪"地一下，合上了桌子。没放书包，转身就出去了。

一会儿，水红又进来了，身后跟着阿秋。她对阿秋说："我桌子里头有东西，你帮我搞一下。"

阿秋手上拿个棍子，走到水红的桌前，翻开盖板，用棍子一挑。一条灰色的长东西，被挑了起来。周围已经很多同学了，好多人发出惊呼声："蛇！"。

原来，几位男生，中午把死蛇放进了她的桌子。

水红稍一侧身，让阿秋挑着死蛇出去，接着就把书包放进课桌，盖上盖板，坐下了。淡定自若。

估计小星和我一样震惊。这次不是被死蛇吓着，而是因为水红的态度。她的课桌甚至都没抹一下。

我扭头去看小敏，他的脸都白了，半低着头，眼睛向上看，死死地盯着前面。又看阿华，阿华把头埋到了桌子里了。

这一战，就这么输了。

过了一天，我们刚打饭回教室，阿秋就出现了。阿秋嚅嚅地，对着三位男生嘀嘀咕咕。我和小星没听清阿秋到底在说啥。只见阿华哈哈一笑，说："这个样子啊！你喜欢她！"波仔说："你这个叛徒！"

"我们去望江公园吃饭！我找得到一个小门，不用门票的。"沉默了半天的小敏，忽然提议。

我和小星不知道发生了啥，但也马上赞成。

望江公园离我们学校不算远，骑车不过十多分钟。

他们四人都有自行车，我搭阿华或小敏的车。跟小敏从园丁工作的小门溜进去，沿着竹林间的小路，找到一处有石桌石凳的地方。吃饭，打牌。竹荫下，凉爽无比。比在教室过一中午，舒服太多了。

只要天气适宜，我们就常溜去望江公园。但有一天，去望江公园，不是为了吃饭，是不得不去。

那天也是阿秋带来的消息，说下午要化学考试，卷子已经印出来了，他看见了化学老师正把卷子收起来。"没听说要考试啊！""千真万确，我听到她说，要给大家一个教训！"

中午的时候，我们几人早早地吃了饭，来到化学老师办公室外面。办公室是平房，大家在门口一转悠，就看出门道了。

窗子上安装了铁栏杆，但最上面的气窗没装，而且是半开着的。波仔个子小，而且柔韧性极好。阿华、小敏把他托起来，他灵巧地翻了进去。果真如阿秋所说，化学老师的办公桌里，有厚厚的一叠试卷。波仔带出了两份。

那个中午，我们在望江公园的石桌上，开始做题。这些题太难了，有的内容老师根本还没讲，幸好我们有了准备。我们几人分工合作，差不多一中午才做完。

下午考试的时候，这份答好的卷子在大多数男生中传来传去。我和小星不用抄答案，做过的那部分已经记得了。

第二天，化学老师和班主任开始清查试卷泄露情况。

当然会发现试卷泄露啦。因为这是市里统一的化学竞赛题，后面一小半的内容，我们还没学。没学的那部分答不上来是正常的，老师根本没要求做后面部分。

很多男生被单独叫到老师那儿去询问。那个年龄，觉得义气最重要，没有男生会对老师讲出实情。

我和小星觉得莫名其妙，他们也明知道后面部分不用做，明知道这样会暴露啊，为什么还要把题全部做完。

连着追查了几天，直到班上又有新的状况发生，班主任的注意力转移去追查新情况。那时候，班上的问题总是层出不穷。班主任随时出现在窗外、后门，就像永远在和学生战斗。

成年后回想，才慢慢知道那些脆弱、抱团、自卑、叛逆，是青春期的正常心理，也学会了分析那时很多行为表现。比如为什么既要偷卷子，又要故意暴露。在那个年龄，故意为之，就是想突破些什么。违规，出格，测试自己的胆量，测试同伴的信任。

我一直认为，我和我周围的好几个朋友，天资本来不错，但都是青春期反应过大，度过得相当不安稳，因此走了不少弯路，成年后，费了相当大的功夫才能弥补回来。青春期过得平顺的人，后面的道路也会平顺很多。

巧克力男生

"巧克力出事了!"我还记得,那是高二开学不久。下午一回校,燕子就跑过来跟我说。

"巧克力"是一个男生的代号,燕子给他取的。他本人不知道,只有我们几个女孩知道。

巧克力的名字来源于他的肤色吧,我猜。我没问过燕子。也可能来自琼瑶小说,也许是指甜蜜,或者洋气?她是琼瑶迷。我没觉得他甜蜜或者洋气,就像我没觉得巧克力好吃。

1986年,我并不爱吃巧克力。学校的小卖部就有卖的。散装的,装在一个大玻璃罐里。几块钱一斤。

那个叫巧克力的男生肤色比巧克力更好看。晒足了阳光的颜色,这在成都的男孩中很少见。不仅肤色好,更要紧的是他长得很帅,身材健美。他是运动天才,学校里的运动会他总是包揽很多奖项,还时不时地打破一下纪录。具体是哪些项目我总是弄不大清，我对运动不感兴趣。正如他不是我喜欢的类型。

但燕子非常喜欢他，所以，才会为他取了一个特别的代号，这样，我们在班上谈论他的时候，别人听不懂。

我对他无感，可能是因为他学习不好。成绩好不好并不是很重要，我要好的男生成绩未必有多好，但那是因为不用功。巧克力学习其实挺认真。

现在回想，如果不是他总是那么认真，可能也就没有后来的事。

那天中午，他没有回家。他家住得近，平时总是回家吃饭的。但那天上午，公布了数学考试成绩，他考砸了。课堂上，班主任不知为什么很生气，中午就要去巧克力家跟他父母谈谈。

课堂上，我们扭过头去看，看见他的脸失了血色。我们当时都没多想，没想为什么他这么紧张。

我们高中班其实是个放牛班。什么状态的学生都有，不爱学习的占多数，还有爱打架的，常在校外混的。

那天中午，几个外校混混到了教室，说要找"杰娃儿"。在教室的同学阿秋说，没这人。那几个混混说要等。阿秋说，真没这个人，混混不信，拿出了刀，在阿秋面前晃动。

巧克力因为害怕老师去家里，那天就在学校吃了午饭。一进教室就看见陌生人拿着刀，正和阿秋争执。他想解围，伸手去抓那人的上臂，那人反手一刀，正好插在他的胸口。后来会打架的男生说，正因为巧克力平时是个好学生，不打架，才用了错误的方法夺刀。这种情况，应该抓手腕或小臂。

那几人见捅伤了人，也慌了，跑掉了。阿秋用自行车载了巧克力去了第七人民医院。

下午全班的同学都在惶惶中度过，燕子更是紧张得要命。上课的时候，她不停地递小纸条给我们，说："怎么办啊？会不会有事啊？放学我们去医院看他吧！"

坏消息接连而来。完全超过了那个年龄的承受力。

据说，手术台上，医生打开巧克力的胸腔时，才发现，心脏上有一个伤口，这位医生没有做过缝合心脏的手术，紧急打电话给华西医大的医生，一边听指导，一边做手术。据说，在手术台上，巧克力的心脏停搏了四十多分钟。

放学，差不多所有的同学都去了七医院。但巧克力没有苏醒。我们只能隔着特护病房的玻璃看着他。

我们第一次听到一个词："植物人"。

女孩们哭成一团。男生们自发轮值排班，从那天开始陪护巧克力。

十六七岁的年龄，本来就情绪不稳，遇到这样的事情，更是变得惶惑，女生们都变得神神道道，疑神疑鬼。

还记得那天，我仔细回想了一下，发现，全班同学中，我唯一没说过话的就是巧克力。于是，认为这是上天的一个提醒，在心里发誓，要对每一个同学友好。

第二天到学校，发现，好几个女孩开始叠星星。那时候，女孩中流行用彩纸叠成小星星，传说这可以实现心愿。

燕子更是花心思，把叠好的星星跟买来的一种心形的散装巧克力混装在一起，装了无数个小盒子。每个陪护巧克力的男生都得到过，"巧克力"的含义大家也都明白了。

全班同学空前团结，而在此之前，同学是分成很多小群体的，群体之间有很多矛盾。那段时间，老师也自动默许了那些陪护男生缺课。

时间一天天过去，躺在病床上的巧克力，一日日变得苍白消瘦，没有血色，最后变成了纸片一样的人。哪怕他有最强健的身体，现在也只是延缓了离开的时间。四个月之后，那个学期快结束的时候，医院宣布了他的死亡。

全班同学去他家里守灵，去安慰他的父母，接着全班又去了殡仪馆、火葬场、公墓。

现在我仍能想起那天在琉璃火葬场，同学们抬头看见高高的烟囱，一股青烟升起。也记得大家一起去墓地，虽是冬季，却有些草已经转绿了，发了新叶。我还看见有一些散落在路边田埂的油菜籽，已经长出绿苗，开出了黄色的花。

我沿路摘了一些野长的绿叶黄花，扎了一个小花束，带到了墓地。看见墓地里一排排的碑，心有所动。我仔细辨认了好些碑上的字，看那些陌生的名字和生卒时间，模糊又努力地思考，关于生和死的问题。

这帮十六七岁的孩子差不多都是第一次经历生死之别，就像忽然长大了一样。我听见好几个男生对巧克力的父母说："以后我们就是你们的儿子，我们会替他尽孝的。"

这些男孩定期去巧克力家干活。其实也没啥活可干。后来，他们之间有过意见分歧，有一种意见认为去了更惹巧克力的父母伤心。好些年以后，我参加过一两次同学聚会，得知还是有几个男生坚持下来了，他们逢年过节，都去巧克力家坐坐，阿秋认了巧克力的父母当干爸干妈。

二十世纪九十年代初，我看到一个报道，说，中国当时市场上的巧克力几乎都是假的，是"代巧克力"。我非常惊讶，难以置信。但当吃到真正的巧克力的时候，马上就分辨出，原来，高中时候，小卖部卖的巧克力，只是一种"代可可脂"做的，而且在代巧克力中都算质量最差的：成型粗糙，颜色混沌，甚至中间还有不少气泡。但"巧克力"，在我们那班孩子心中，跟食品没有多大关系，只跟青春、成长、苦涩、第一次思考人生等等相关。

危险的杏脯

　　"放学的时候，我要跟你说件事。"快到高二寒假的时候，一天中午，小敏从后排传了一张纸条过来。纸条没有落名字，但我认得这字迹。

　　我心里便开始嘀咕，有了无数设想，课也听不进去了。

　　我没敢回头看他。我猜他正看着我。

　　小敏对我很好，这我是知道的。

　　我在纸条上加了个几个字，"怎么办？"悄悄递给了燕子。

　　燕子本来就没听课，她坐我后排。我知道，她正在看琼瑶小说。她的课桌上有个窟窿，把书放在课桌下面，正好可以看小说。那一阵，她疯狂地迷上了琼瑶。经常下课的时候，眼睛红红的，那是感动地哭过。

　　燕子在纸条上加了几个字，递回给我："彩霞满天的时候！"

　　她现在基本只跟我谈两个话题，除了琼瑶的小说，就是她跟张乐的事。张乐猛追她一月后，他们开始悄悄谈恋爱。估计她现在，把琼瑶小说里的一切男主人公都自动替换成了张乐，把自己替换成了所有的女主角。

她确定和张乐谈恋爱的那一天，跟我说："我以后要写个小说。"我一惊，燕子平时不喜欢语文课，更不喜欢写作文啊，课外书也只读琼瑶，我读那么多文学作品，都没敢说出这样的理想。她接着说："如果我们以后成了，我就写个小说，标题就叫《爱的罗曼史》。""什么叫成了？""反正就是以后一直在一起。"我猜她是说，以后要结婚。

我看不大出张乐有什么好。张乐是长得高，白净，会唱歌，会跳舞，但是张乐不聪明啊，学习吃力，不会讲笑话，听笑话也找不到笑点，还对所有的女生都热情有加。

小敏跟张乐是完全相反的男生。

小敏不高，不帅，但极聪明，幽默，却有些忧郁，对很多同学都爱答不理的，对我却非常好。

我家离学校很远，高一只能坐公交车上下学，非常不方便。高一暑假，我学会了自行车，高二开学，磨了许久，家长终于允许我骑车上学，条件是得有同学护送一阵。郊外卡车多，开得野，家长非常担心骑车安全。

阿华离我家比较近，上学稍微绕一下，就可以来接我。小敏离我家非常遥远，得从城西穿到城东。但开始一阵，他俩都来接我上学，放学送我回家。两人一左一右，让我骑在中间。

他们本来都是我好朋友，这种格局，要维持平衡并不容易。跟谁多说两句话，另一人就会觉得被冷落。

一个月以后，我骑车已经很好，胆子也大了，家长也不再担心我。我跟他们说，不用接我了。阿华不再陪我上下学，小敏却坚持要每天送我回家。

　　有时候放学早，小敏到我家门口的时候，就问我累不累，不累我们就骑远些。

　　于是，我们会骑到乡下，拐进机耕道。最后找个小山坡坐着。看远处农人种田，牛羊吃草。我们开始谈天说地。那时流行的"五角丛书""走向未来丛书"，还有《读者文摘》《青年文摘》等等，都是我们的话题。

　　聊到晚饭时间近了，才骑车回家。

　　最近两次，我们聊天的时候，小敏都掏一袋杏脯给我。从小到大，我都喜欢吃酸酸甜甜的果干，特别是杏脯。我惊喜地接过来，打开和小敏同吃。开始我有些疑惑，我问过他："没事吧？你哪有钱买啊？"

　　这种杏脯那时要三块多钱一袋。在零食中是相当贵的了。在同学中，小敏那时每月午饭钱是最少的，只有八块。我那时是最多的，有二十五块。二十五块也难有什么结余，除了买书，只是能多吃一点儿校门口的小吃零食。八块就严重不足，午饭都只能买素菜。好在，我们要好的几个朋友，午饭经常混在一起吃。

　　我惊讶他带给我杏脯的时候，他神秘地冲我笑笑。我也就没再多想。

　　他家是上海人，以前他就带来过老家的果脯话梅。我还记得他当作宝贝的盐津话梅，我吃一颗就不想再吃。咸咸的，口味太重了，完全不习惯。估计是那次，我就告诉他，我喜欢的是杏干杏脯，喜欢酸甜香软的味道。

我们平时很随便的，跟其他几个好友一样，什么话都说，就像好哥们，除了两性情感的话题。小敏这么慎重的写一张纸条给我，是什么意思？

是要表白吗？

周围已经有些同学在谈恋爱。我知道，男生一般会对女生说：我们耍朋友吧！

如果小敏这么说，怎么是好？虽然我觉得他很好，我们是极好的朋友，但是，他不是我想象的那种男生。小敏的敏感，时不时流露的忧郁，不是我喜欢的类型，让我既怕面对，又怕拒绝。

下课后，我磨磨蹭蹭地收拾完书包，又打开，拿出画本。这周末就要换黑板报了，我还没想好刊头画什么呢。但脑子根本是乱的，拿着画本，翻着一页页的白纸。

教室安静了，同学们都走了。小敏站在我桌前。

我马上明白，他比我还紧张。

"你说对了，就是有事了。"他像对着空气在说话，我没听懂，他顿了顿，像鼓足勇气一样，说了下去："能不能借我四十四块钱？"

我脸一下子红了，咳，我还以为要说什么呢。我马上答应了："好啊，怎么了？"

这笔钱，对于1987年的中学生，完全是笔巨款。我心里开始计算，我的私房钱盒里，总共就有四十几块钱。那是我几年存下的压岁钱。压岁钱都是崭新的人民币，有的还连着号，不舍得用。

但借钱比面对小敏表白要容易多了。

小敏说话变得不清晰连贯，听了半天，我终于明白过来。

二十世纪八十年代中后期，我们这儿出现了一种新型商店："超级市场"。只能算现在超市的雏形，像现在的农村小超市。开间不大，中间摆了一排又一排的货架。选了东西，就到门口结账。先自选，后结账，这种方式很新颖。我知道九眼桥就有一家，提到它，我们都很慎重，不会说"超市"，而说"超级市场"。我去过一次，只是为了开开眼界。东西太贵了，大家都只看不买。

小敏在超市被抓住了，超市要罚他十倍。押了他的学生证，要他一周之内拿钱去取，否则就告诉学校。

我这才懂了，小敏之前请我吃的杏脯是哪里来的。我知道小敏平时极爱面子，要开口向我借这钱，一定是真正的"走投无路"。

第二天，我把钱给了小敏。之后的一段时间，正好赶上期末考试，我悄悄疏远了他，不再约着骑车。并不是因为考试，而是因为我嗅到一种"危险"的气息。

第二学期开学，小敏就把钱还给了我。我们没再没提过这事。很多年之后我都在想，那个寒假，小敏是怎么凑到这钱的，超市会不会靠这盈利，会不会真的把一个少年逼上险恶的道路。

十七岁夏天的娃娃头

八月，春熙路。我捏着娃娃头雪糕，娃娃头雪糕已经半融了，化下的浓汁要滴了下来。我小心吮掉，不能沾到我的白裙子。

这是我买的第二支娃娃头。

1987年正在流行娃娃头雪糕。我们都喜欢那松软甜腻的奶油与巧克力混合的口味，更喜欢它的独特造型，就像一个可爱的娃娃脸。那时还没有"萌"这个形容词，用现在的标准来看，那就是一个标准的"萌"脸。

三毛钱一支的价格，对高二的学生来说，相当不便宜。

平时，我哪舍得连着吃两支娃娃头呢。学校食堂的炒肉片也就三毛钱，小吃店的酸辣粉才八分钱。

但此时，等待的焦虑已经让我忽视了价格。

这一年的暑假特别漫长。前半个假期，我在等一封回信，此刻在等一次见面。

信寄出很久了，但没收到回信。

最后一封来信，是暑假前收到的，他跟我说，他得了全省物理竞赛第一名，八月会到成都领奖，能多待一天，我们终于可以见上一面。

我马上回信给他，跟他约定，下午两点半，在春熙路的新华书店门口见面，我会穿一条白裙子，手上拿一本《读者文摘》。

当时已经快要放假，但他家就住在学校，信写到学校他仍然收得到。但我没收到他的回信。七月，我每天去收发室，等得心焦。

终于到了八月初约定的日子。

之前为天气忐忑过，怕那一天，下雨或者降温，结果一切还好。我比约定的时间来得更早，按捺住激动的心情，先到书店逛了逛，很快就到了门口，在台阶上徘徊。

那个通信极不方便的年代，我们定约会都是这样，不见不散。

我们没见过面，但我确定他能认出我，因为我手里攥着本《读者文摘》。我们是这本杂志的忠实读者，我们经常会聊这本杂志上有意思的内容。

我和他是笔友。

二十世纪八十年代的笔友有点像后来的网友。很多中学生都有笔友。有人的笔友来自杂志广告，我的这位笔友来自"连环信"。

"连环信"有的很糟糕，是吓人或骗钱的，扬言不转发就招灾，或者寄钱给下面名单的第一个，很快就能发财。

但也有交友的连环信。我这位笔友，发出了给几所学校同年级的学习委员的连环信。

在最初的通信里，彼此相互介绍，很惊喜地发现，有许多共同的爱好，比如喜欢的一些小说和诗歌，喜欢计算机程序设计，也都喜欢《读者文摘》。

认识一个人，抛出一些问题，问一问爱好，发现彼此相类，便觉得欣喜不已。在少年时，更是这样，特别希望找到可以引为同道的人。

他的信写得很好，笔迹清秀潇洒，文采也不错。我自认这些方面不输给他。

他在重庆永川，信寄到成都要一周时间。一来一回，要半个月。很快，我们加了分量，改成每周都写一封信。我们在信中交流各种看法，相谈热烈，觉得越来越了解对方，觉得身边的同学都没有笔友能理解自己。

他寄过两张小小的照片，是他自己在暗房里冲洗的，黑白的，一群同学的合影。他没说明哪一位是他，但两张照片有差别，我大致能猜出那站在岩石上的和球场中间的是他。

我知道，这意味着我应该寄出一张我的照片。我也有很好的合影，站在一群同学中间，照得很好看。但少女时期，我经常为自己"觉得自己好看"这点害羞。这种心理，后来还时常泛起，正如我现在很少自拍，在朋友圈不大发自己的照片，但那时，这种心理更为严重。我没寄出照片，但我认为这并不影响我们通信的有趣与热情。

1987年的春熙路新华书店，是我常去的地方，也差不多是我唯一熟悉的商业场所。我理所当然地认为，到了成都的人，首要的事情，就是逛这里。所以，把这场见面，放在这里，是非常合适的。就算不见面，他也会到这里来的。

我在新华书店走来走去，捏着《读者文摘》，把杂志名字朝向外面。天热，手汗，已经把杂志的封面都攥得皱了起来。

我想起在《读者文摘》上看来的一个美国故事。也是笔友见面，约定胸前插朵玫瑰。小伙子在车站见到的是一位戴着玫瑰的老太太。他鼓足勇气，仍旧热情地去跟对方打招呼。老太太告诉他，是身后的那位美丽姑娘给她的玫瑰，是为了检验他是否只爱年轻美貌。他完美地经住了考验。

我读到这篇文章的时候，就认为，笔友见面，真是浪漫的事啊。

下午五点半，我终于明白，见面不会有了。约定的时间已经过了三个小时。这个下午，我在新华书店的台阶上，吃掉两只娃娃头雪糕，但没有等到笔友。

那是没有电话的时代，一场约会未果，却没办法知道原因。

高三开学的时候，我听燕子说，收发室有我一封信。我去取的时候，信已经不见了。我写信给笔友，然后算着时间去收发室等信。

这一封来信总算收到。原来，他并没有收到我假期前的回信。他的家长就是学校老师，觉得已经进入高考备战时期，不该把时间浪费在通信上，所以，经常会去收发室取走他的信。

我也进入了丢信的时期。

我的信，经常在收发室就消失了。

我疑心是小敏或我同桌的男生干的。我问过同桌，他不承认。我没去问小敏。我已经很久不和他来往了，我不想就此破例。

　　我和笔友的通信，变得有一搭没一搭的，回过去的对方没收到，对方只能算着时间另起头写信。这渐渐地就不再像交流，而是对空说话。终于，我们放弃了。到了高三下期，我们失去了联系。

　　两三年以后，我偶然在火车上，遇到那所中学的一名校工，问起是否知道他。校工说，当然知道，很有名，上清华了。这是最后一次知道他的消息。

　　我们曾经擦肩而过，只是没有认出对方。在高三的一封信里，他说，高二那个暑假，他到成都领奖，第二天下午，他和老师同学一起，去了成都最大的新华书店，就是春熙路上的那家。

最酽花茶香

谢老端起他办公桌上的瓷杯，揭开盖，一股浓重的茉莉花茶味扑面而来。

他喝了一口，继续和我聊。

我站在他的办公室，表达我的意见。

我因为不同意他刚才的看法才来的。

他在课堂上讲平仄音律，说，诗以律诗为佳，新诗没什么难度，没诗味。我当场就表达了不同意见，才讲几句，下课铃就响了。谢老说，没讲完的我们课后接着聊。

下午第二节课后，我跟着他到了办公室。

四川方言里有个专用词，形容我这样的性格："颤翎子"。意指那种好表现，好出风头的人。在我看来，我可不是因为好表现，只是不懂得隐藏自己的观点意见，有什么想法都想说出来。我小学的时候，在课堂上就会举手告诉老师："你这道应用题讲错了，不应该是乘法，是除法才对。"搞得老师下不来台，但老师想一想，发现自己真是讲错了，还得当着同学的面表扬我，说我肯动脑筋。这一"鼓励"，让我多年不知悔改，坚持表达自己的看法，吃了许多苦头。

到高中的时候，终于有所觉悟，基本不对师长说出自己的意见，自认已经很"油滑"了，除了在谢老的课堂上。

谢老是我高中三年的语文老师。

不单我会在语文课上表达不同意见，其他同学也会有各种意见。

语文课的时候，我们班上实在太乱了。

少年人其实很欺软怕硬的。都知道哪个老师凶，不能得罪，知道哪个老师软，可以欺负。班主任上课时，全班总是鸦雀无声，但是，多数学生在谢老的课堂上，都不听课，忙于各种事情。

课堂上声音嘈杂，谢老有时停下讲课，就听得到一阵起伏的嗡嗡声。谢老的情绪似乎不怎么受影响，讲课时还挺有激情，时不时口水沫子喷出来。前排的同学，经常向后排扮鬼脸示意。

谢老讲得激动的时候，还会走到课桌间。在学生身边，一边走动一边讲课。

他是我们高中唯一一个这样讲课的老师。但这群青春期的浑小子浑丫头哪里知道好处，大家还是乱哄哄的，心思经常不在课堂上。

谢老有次还说到过这课堂纪律。他说，他主张"茶馆式教学"。这句话我们其实听不懂，那时，我们不懂喝茶，不懂泡茶馆，不知道茶馆式教学是指啥。

我其实是要听课的。初中的时候，我并不听语文课，那时，我会把母亲的教学参考书偷带到学校，语文老师在课堂上讲，我就把参考书拿出来在底下看，发现老师讲的，跟参考书上的一字不差。段落大意，中心思想，等等等等。觉得非常好笑，笑过之后，还传给别的同学看。初中的语文老师兼班主任，我的这些举动一定全在他眼里。想来他心里气得要命，如果他能够，一定会判我一个"藐视课堂罪"。他对我使了很多小绊子，这是另话。

高中我不这么干了，因为谢老讲的跟参考书完全不同。

不仅跟参考书的内容不同，跟教学大纲的重点也不一样。有的重点他略过，有的非重点的他却详讲。甚至会加入教材里没有的内容。

比如，他讲他的诗歌观。当时正是二十世纪八十年代后期。我刚刚迷上了"朦胧诗"，所以，很不同意谢老。上课没争论完的，下课就到他办公室继续讲。

其实我也就是看了些文学杂志上对什么顾城啊，车前子啊的解释分析，所以只能跟谢老转述这些搬来的东西。

谢老又喝了一口茶，聊到了写诗。他念起了一首他的七言律诗。他念得抑扬顿挫，得意扬扬，身体靠在办公的旧藤椅上，往后仰着。椅子只靠着后面的两只脚承力，看起来，再稍一用劲，椅子就要翻过去了。

我还记得，诗是写黑龙滩的。大约前四句是写以前黑龙滩的风光，后四句是写对黑龙滩的改造。

那个年龄只能听懂这么多，认为是歌颂建设的，心里便存了很大的不屑。

因为争论不过，又看谢老得意的样子，想打断他，冲口而出一句："谢老头儿！"一脱口就知道自己错了。平时同学们称他为"谢老"，极个别的时候，在背后笑他迂腐，才会说"谢老头儿"。

我马上接上别的话，谢老好像没有发现这句极不礼貌的称呼，但我还是讪讪的，结束了这场讨论。

心里一直存了点儿疙瘩。

另一堂语文课上，同桌的捣蛋男生拿了我新买的不干胶贴纸，贴到了谢老的背上，同学们哄堂大笑。谢老当时正穿行在课桌间，边走边讲。他不知同学笑什么，还说：咦，今天大家怎么这么开心？！是都对今天的内容有兴趣吗？

我很希望他再走过来，揭掉那张贴纸，却没有机会。想着他最终会发现那张贴纸，心里又一次存了点儿疙瘩。

这心结一直没有解开，最终没了机会。

高中毕业两年以后，小敏来我学校找我，带来了一个消息：谢老走了。他是自杀的。

小敏知道的也不太多，说，是因为他妻子得了绝症。

这消息让那个年龄的我们，没法理解，也没法接受。现在回想，可能并不是小敏讲的那么简单，只是我们那时只能这样解释。

记得小敏当时想安慰我，说，毕业后，他有时会去见谢老，谢老说，我和小敏，是他最得意的学生。

小敏这么一说，我想起有一次，谢老在周末，布置了一道作文题，叫"论知足常乐"。谢老同时为大家解题，从正面解说了知足常乐。放学后，我跟小敏聊天，说，我完全不同意谢老的说法。都知足了，那怎么进步？从生活到科学，完全是不知足才推动人类的嘛。小敏完全同意我的意思。

点评作文的那天，谢老一进教室，就很高兴，说："这次有两篇作文写得很好！"他念了这两篇作文，正是我和小敏的。我和小敏的观点都是从不同角度反对谢老的观点，谢老仍高兴地加以点评。文章归文章，谢老讲完我们的作文之后，他说，他觉得我和小敏的观点不错，追求科学和真理上，人是不应该知足，但他还是认为，个人生活中，人应该知足。

这种跟谢老反着写作文的事，我不止一次。记得有一次我把命题作文"我的学校"，写成一篇科幻文。我们那四层的破旧教学楼，被我写成了四十层的科学大厦，我给每层楼都安排了各种神奇功能，顶楼是直升机停机坪。

年岁渐长，阅世渐深，回想起谢老对学生的宽容、理解、爱惜，慢慢才觉得可贵。那些被我伤了面子的老师，暗中给我吃点苦头，只是普通人的反应。

因为这几年对教育感兴趣，才知道，"茶馆式教学"到现在，仍是一种前卫的教学方式。是指在宽松的环境下，师生互动交流，给学生充分的表达空间，形成独特的话语场，像茶馆那样，增强学生的思考和学习能力。很难想象，1985年，谢老就采用这样的方法给我们上课。

理解了谢老的了不起，但却已经太迟了。好多事情，我没法知道更多。

我只知道，我们的谢老，谢汝成老师，年轻时是名牌大学的高才生。教我们高中的时候，他已经五十好几。算起来，他是二十世纪五十年代中期的大学生。那个年代的大学生，是稀缺人才。我们不知道，他经历过什么样的事情，怎么最后到了我们这所破中学。我还记得，谢老有一次上课，讲至激动处，一排假牙喷了出来，他连忙拾起的样子。当时，同学们哄堂大笑。我很替他难过，谢老前面的几颗牙全没了。现在一想，更是难过，那个年龄就没有一排门牙，肯定是遇到过什么严重的暴力伤害。

　　饱受挫折，面对学生时，仍充满激情，胸怀宽大，这样的老师，我现在才知道，这是世间罕有，是人生之师。

　　二十世纪九十年代中期，工作以后，我开始喝茶，也开始泡茶馆。那时，就像谢老当年一样，把茉莉花茶泡得很浓，揭开盖子，一股浓郁的花香。慢慢的，我品出花茶不好，都是用比较差的茶叶，全靠茉莉花压阵。但那时，喝很酽的花茶，在我心目中，已经是一种文化象征。

　　我喝了好几年，越泡越浓，直到有一天，觉得心脏受不了，才停了这一爱好。歇了好长时间，改喝绿茶。

狂热的香甜

高二放假前，听到一个传闻，下学期开学以后，旁边大学计算机机房不能随意上机了。这个传闻，让我相当失落。

那是在1987年。

这得从我们这个特殊的班级说起。

二十世纪八十年代中后期，高考升学率很低，以往的那种"顶替"就业的方式又已经结束，家长们想出各种招数，来为孩子打算未来。几所大学、研究院，挂靠在一所中学下面，创办了一个特别的高中班。这个班是学电子计算机专业的。

那个时代，电子计算机基本只是一个传说，离互联网进入中国，尚有十多年的距离，离电脑普及，更隔了二十来年。

这个班，招生主要是针对这几所大学、研究院的子弟。我是侥幸考来的，一是因为想逃离初中那所学校，二是被"电子计算机"这几个字吸引来的。

简要地说，我们高中这三年，上了当时最好的计算机课，老师都来自那几所大学和研究院，他们一边教本科生和硕士生，一边来给这群中学生上课。但我们也是一个标准的"放牛班"。没有高考压力，一切都放松了。

这样一群中学生，被精心安排，躲避恐怖的高考，很像现在被送去读贵族学校、小众学校，避开应试教育的孩子。

这班的同学，有的还处于懵懂阶段，不知向学；有的是青春期反应过度，难以自控；有的由于家境不错，慢慢养成了纨绔习气。

我属于第二种。幸运的是，高一的时候，研究员汪老师来给我们上计算机语言及程序设计课，我狂热地喜欢上了计算机。

汪老师来自研究院，从没给未成年人上过课，但他没把我们当成小孩，他直接把我们当成年人来看。汪老师四十岁左右，极瘦，脸颊都是陷下去的，平时穿西装、白衬衣，打着领带，戴深度近视眼镜，眼镜上一圈圈的纹路，文质彬彬的他就像传说中的学者样子。因为喜欢上他的课，他在我眼中，更是风度翩翩。

他用的是大学教材，课程讲得很深，能跟上的同学不多。但这烧脑的课程，对我来说，就像上瘾的游戏。

下课之后，我经常会去找汪老师，他会给我多布置一道程序题，我解开后，下次交给他。

喜欢计算机，除了纸上编程，还得到机器上实战啊。学校内有个小机房，只有几台单片机，好在我们平时有资格去旁边大学的机房。

现在大家可能很难想象那个年代的计算机，当然，更难想象"机房"这样的事物。

那时，计算机是相当金贵的事物。以单片机为主，几台单片机共用一台主机，运算很花时间。显示器都是单色的，黑底的屏幕上，亮着绿色的字符。

一所大学的计算机也是很有限的。二十几台计算机，放在一个精心设置的，看起来很像实验室的环境里。这里，铺设了专门的地板胶，空间是封闭的，长年空调运行，窗户封闭，挂着厚厚的遮光帘，只使用白色的室内光源。进入机房，除了需要用"上机证"进行登记，还要脱下鞋子，换上统一的拖鞋。机房的要求就是恒温、恒湿、无尘。

我们跟大学生一样待遇，有一个上机证。上机证是个"次卡"，每月有二十五个格子。这意味着，能上二十五次机。

平时上学的时候，上机的机会少，就等着假期去好好泡泡机房。一听到下学期没有这么多上机的时间了，更是着急，于是，便下定决心，整个暑假，都要尽量用在这里。

从假期的第一天开始，我就泡在机房里，争取把每月的二十五个格子都使用足。

每进入一次机房，上机证就划掉一格，如果中午出来吃了饭，再进入的时候，就得再划一格。太不合算了！

我的应对方法是，上午进了机房，就不再出来，直到回家吃晚饭的时间。

我在书包里放一包饼干，饿了就悄悄啃两块。

那时有一种饼干刚刚开始流行，叫"早茶奶饼"，脆脆的，散发着香甜奶味。我每天在书包里都装一袋，悄悄吃着饼干，泡在电脑的世界里，相当快乐。唯一的缺点是，没水喝，饼干吃着有点渴，好在吃得慢，很快就适应了。

假期里的机房，上机的人很少。除了两位管理员，一般只有几位大学生。机房很安静，计算机没有喇叭，是无声的，只能听见沙沙的电流声，嗡嗡的换气扇转动的声音。每台机器都开着，在白色的日光灯之下，屏幕上绿光点点。空气中有轻微的塑胶味，来自地板胶和桌椅，还有微微的臭脚味，这是因为每个人都换上了公用拖鞋。

我给自己出题，设计程序，试验，运行。有时甚至能同时用两、三台机器，既可以互相验证，又可以同时运行不同的程序。那时的电脑，运行程序太慢了，一个程序大些，运行起来要等好一会儿。在安静冷清的机房里，我一个人玩得不亦乐乎。

前面提到过，我是青春期反应特别严重的那种少年，心里常奔腾着无数的念头，很难专心学习。但迷上了电子计算机，我就像变了一个人，心里的躁动不安似乎消失了，觉得自己是个成人。

好像是从这个时期起，我有了自学这项技能。直到如今，我都是自学能力强过在课堂上的学习能力。真正喜欢的东西，自然会竭尽全力去追求。这追求让人快乐无比。

高三开学不久，我参加了全国第一届初级程序员考试。当时是和本科生、硕士生一同考试。题目很难，好多课程我们都还没学，比如高数之类。我没有过线，还差几分，但我已经相当满意。那次考试，全国考上初级程序员的人很少。这个成绩，已是我一个假期泡在机房里得来的成果。

在那时候，我觉得，全世界最有意思的工作就是这个了。我信心满满，觉得未来自己一定要当个程序设计师。

我有个朋友，别人嘲笑他，说他，一恋爱就想结婚，一工作就想当官。他这两项我没有，但我相似的是，一喜欢上什么事物，就想拿它当理想。比如二十岁时，刚学国画几天，就觉得将来要当个国画家。

我沉迷过好些事物，最后又拐上了别的道路。我有时设想，当初如果沿着那些道路走下去会怎样？比如，我一直从事电脑程序设计，成为中国最早的那批程序员，现在会是什么样的，经历过什么样的人生风景。这很难想象。但我很清晰地记得，电子计算机，给一个惶惑的少年，带来了对未来饱满的信心。

酒后夜游少年人

那时候哪想到今天的自己会滴酒不沾呢。"小香槟""巧克力香槟""女士香槟"正非常流行。十几岁的我们，开始喝酒，认为，这么一直喝下去，就是成人了。

最常喝的就是小香槟。瓶子不大，跟汽水瓶差不太多，只是瓶颈稍微细点。酒倒到玻璃杯里，浅黄色，细碎的气泡冒上来。入口甜香，气泡破裂，有点微麻的感觉。当然，这也许是我想象出来的感觉。那时候，对酒和食物都没什么鉴赏能力。最开始喜欢喝这酒，可能就是因为它是甜的，而且还有"酒"这个名头。

我们女生通常认为巧克力香槟更好喝。淡褐色的，有巧克力香味。我们都不喜欢女士香槟，不喜欢这个名字，太老气了，就像"三八妇女节"里的"妇女"二字，听起来那么可怕。那个年龄，渴望长大成人，我们心里定义的成人只是二十出头，更大的年龄，是我们不能想象的。

男生当然不喝女士香槟，也不喜欢喝巧克力香槟，觉得太女生了。他们喝些什么，我不记得了。

我记得那时，他们最早的反叛标志是抽烟。高一的时候，第一次发现跟我要好的几个男生，在偷偷抽烟，我十分震惊。写日记的时候，都不敢写出他们在抽烟这几个字，只好画了一个图形来表示。

到了高一下学期，同学们已经开始想办法聚到一起狂欢。通常，某个同学会向大家预报，周日，自己的父母将要出门，家里无人，邀请大家去家里。

我不知道，现在国内的少年会不会有这样的状况，倒是经常在美国影片里看到。

高中的时候，我们班上小团伙林立。有的对立，有的交叉。也有的同学被排除在各个小团伙之外。每到这种聚会时，最能看到这种人际网络图。

接到邀请的同学兴奋起来，三三两两地谈论即将来临的周日。没接到邀请的人，讪讪的，假装不知此事，不关心此事。只有极个别的同学，真的对班上发生了什么惘然不解。

一般小团体差不多只有四到六人，四到六人的狂欢显然气氛不够。于是，会邀请一些"友好人士"参加。对于好几个小团体，我都属于"友好人士"。于是，参加了不少这种狂欢。

聚会有时是全女生的，一群少女聚在一起，叽叽喳喳，谈论明星，谈论化妆发型，也谈论男生。大家心知肚明，嘴上却不肯承认的，还是最喜欢有男有女的聚会。

这种聚会规模会大些，十多个人吧。聚集到一个人的家里，差不多从上午九点过就开始喧闹。那时大家都没多少钱，如果能凑钱买点酒，就已经十分了不起了。就算有了酒，多半也没什么吃的东西。于是打开冰箱搜罗，主人家里有啥吃啥。

我记得最厉害的一次是在一个男生家里，他家里几乎什么菜都没有，只找出两颗大白菜。那次来的人又非常多，接近二十个。白菜吃掉，面条吃掉，陈年老泡菜也捞出来吃掉，最后连大米也吃完了。真如蝗虫过境。大家心里还是有些打鼓，不知他父母出差回来后，怎么看这件事。

最向往的是假期外出了，那才是真正的狂欢。

高三元旦，同学们相约，去了一个湖边。那是离成都挺远的地方，当天不能来回，要在湖边住上一夜。

我们一行三十几人，一个班级来了大半。少数没来的，多半都是没得到家长的许可。

有人带了帐篷，有人带了酒精喷炉，当然，还带了酒。

酒是合伙买的，不少。那一次，女生的酒不是小香槟，买的是一种叫通化什么"野葡萄酒"。也是像小香槟一样的细颈小瓶子，瓶上的酒标更精致，还烫了金，凹凸不平。

帐篷是充气的，放在湖边卵石滩上。男生们分别来为帐篷打气。只有一支小气枪，很久很久，累翻了精力旺盛的男同学，帐篷才站起来。原来，这是一只小小的帐篷，只能供一两人躺躺。

好在用喷炉引火，烧了一大堆篝火。大家向火而坐，跳舞，喝酒，唱歌，轻松就混了大半夜。我还记得我拿着一瓶葡萄酒坐在火边，小敏走过来说："你不该喝这个！"那时，我已经一个多学期没理睬他了，我丢了好些信件，我怀疑是他干的。我没好气，说："怎么不能喝！"然后一仰头，就把大半瓶酒喝了下去。再坐一会儿，倦意猛烈袭来，全身瘫软，还是燕子把我扶到帐篷。

这样，我是那晚唯一睡了的人，别的同学，都在火边闹了一个通宵。

回程的时候，我的头仍很痛，一炸一炸的，但同学们兴致未尽，开始相约高三毕业后，再来好好狂欢。

真正到了高三毕业，参与旅行的人少了很多。只有十人。燕子没来，小敏也没来。

我们还是去了这个湖边。

湖边有个旅馆，旅馆只剩下一个大间，能住下八个人。

我们只要了一个大房间。要睡觉的时候中间拉一条绳子，搭两三件衣服，表示一下。就是男女生寝室的分界。

这次玩得安静，不外是打扑克，聊聊天。多数人还在喝酒。高中毕业了，就像忽然少了束缚。在这静夜，少男少女，说话喝酒，有一种暧昧在发酵。

我喝的很少。上一次头疼的印象太深刻，我对酒已经有些畏惧。

到了半夜，霜霜放下酒杯，站起来，说："不如游泳去！"

从窗口望向湖面，几乎全是黑的。静下来，听得到水声，一波一波拍击的声音。

"不要吧！这么黑，水很深的。"有人在说。

张乐站起来，说："我跟你去！"两人便拿了泳衣走了。

打着扑克，有人说："会出事的。"

我也非常不安。

燕子、霜霜和我，三人是死党。张乐是燕子的男朋友。这一趟旅行，燕子非常想来，但没得到家里的许可。临行，拉着我，抱怨了半天，我知道，她是不放心张乐，是想托我看住张乐。

一会儿，又有人说："会不会出事了？还喝了酒。""要不要去看看啊？""外面这么黑，湖这么大，到哪儿找？"

不只我的心里惴惴，大家也如此。

一向沉稳的阿华站起来，说："分头找找，三四人一组。别走丢了。留一人在这儿等。"

旅馆出来，穿过少许大树与灌木，到达湖边。湖水黑黢黢，很远的岸边，一星星灯火，在水面形成晃动的亮点。近岸处，有一个小码头。白天我们就看见了，小码头边，停着几艘小船。是租给游客的。

天上几无星星，也没有月亮。

阿华把手电筒给了另外一组，走在旁边，念叨着"黑土白石反光水"。

按着这个说法，我们绕开反光之处，只踩路面的黑色白色，还挺有效，一脚也没踏错。实在不好落脚的地方，男生停下来，拉女生一把。这偶尔的一搭手，就足以让少男少女脸红心跳，呼吸加促，大家都变得沉默了。

夜风吹来，听得见自己的脚步声。湖太大了，只能沿着湖边走一小段，根本没可能找人。

转了一会儿，大家就回到了旅馆。

霜霜和张乐已经回来了。霜霜要我陪着她去水房。旅馆的水房没有门，需要一人在外面守着。霜霜在里面冲澡，我一直觉得她会对我说什么。霜霜出来就说了一句："水太冷了，别告诉燕子。"

这件事情很困扰我，不知该不该对燕子说。直到一个月以后，燕子说，她与张乐已经分手。

过了好几年，大约是二十世纪九十年代中期，我看新闻，才惊讶地发现，少年时期我们常喝的那些便宜的葡萄酒和香槟酒，都只有"三精一水"，除了水，只有糖精、酒精和香精，根本与真实的葡萄无关。喝了让人头痛不已的，多半是混着大量甲醇的酒精。但我知道，让少年人迷醉的，并不是因为这些酒。

飞机程序与鬼饮食

前面讲过，我们高中学了计算机软件设计，学得很深入，特别是我，觉得自己正在朝优秀程序员的方向狂奔。

到高考前，学校让我们自己报名高考。那时候的高考之前还有个预考，过了预考才能参加正式高考。学校告诉我们，因为我们是个特殊的实验班，所以争取了几个不用预考的名额，如果我们放弃报名，最后就可以用那几个名额推荐。

于是，有几个家长，跑到同学中来，想劝说大家放弃报名，好最后让自己的孩子避开预考，直接高考。

这做法太让单纯的年轻人反感了，觉得这些成年人的小心思真猥琐。同学们纷纷表示，我们不让这个名额，也不去参加高考。

当时正在做毕业设计，老师知道班上同学的专业成绩参差很大，特别是女生，大多完全没学懂，于是把全班分成五组，每组接近十人。男生两组，女生三组。这种做法，相当于，一人设计成功，全组就能过关。跟我分到一组的女生喜形于色，马放南山，立即敞开了玩耍。我好友所在的组来正式请我吃饭，于是，我答应帮她们做好设计，她们答辩时按我教的说就行了。这样，全班五分之二的人的毕业设计都是我做的，虽然累些，但这真让我信心大炽。高考什么的，大学什么的，才不在我眼里呢。

1988年，中学毕业没多久，我就进了一个民办研究所。

二十世纪八十年代后期，思想浪潮，经济浪潮，一浪卷一浪。除了各种倒卖，也有了种种神奇的"民办研究所"。民办研究所，既有"气功研究所""特异功能研究所"之类大言炎炎的，也有像我去的这家，真正搞科技的，在体制外的研究单位。

我们的所长，三十多岁，以前是下过乡的。在那时十多二十岁的年轻人眼里，下过乡的人，简直意味着有非凡的人生经历，也有非凡的胆量勇气。所长创办了这个研究所，研发生产一种仪器，叫"瞬态记录仪"。

有两个研究室，一个是搞瞬态记录仪的，一个是为瞬态记录仪做配套电脑程序的。

除我之外，研究室里都是刚刚大学毕业的年轻人。

那时大学还包分配，来这里的毕业生，多半是因为特殊原因，比如觉得分配的单位或地方不好，不愿服从分配。但放弃"指标"和正式单位，到这民办单位来工作，在二十世纪八十年代，必须有相当的勇气。

他们比我大四、五岁。在我的眼中，已经觉得他们相当成熟了。

研究所为我们租下两套宿舍,男生一套,女生一套。

所谓一套,也就是里外相套的两小间。租住的是农民集中返迁的房子。条件相当差,没有卫生间,女生没法上厕所,男生好办些,下楼去找个隐蔽的墙脚。

那时的民营,是需要"挂靠单位的",所以,这家科研所挂靠在科学院四川分院下面的一个所,并在该所租下了一层楼办公,在人民南路四段的东面。这一面因为科分院的缘故,还像在市区。人民南路的西面,却完全是郊区的感觉,一排排的临时返迁房。房东都是曾经的农民,现在要修体育馆,被征了地,还给他们的就是这一排排的房子,我们的宿舍就在这里。那时不知道,这个破烂简陋的"玉林村",十多年后,就是成都很有名的玉林小区。

差不多每天,我们一群人都会在研究所待到很晚,夜里十一二点以后,才各自拎着一瓶开水,穿过人民南路,往宿舍走去。

那个时候的夜,很少有路灯。

我们从所里出来,会远远地,看见路口,有几盏亮白的光。那是一两辆三轮车上,悬挂的汽灯。

三轮车旁,有一两张小桌,几只小凳。三轮车上,有炉子,上面架着锅,锅里是滚开的水。

成都人称之为"鬼饮食"。据说,最早写下这几个字的是李劼人,在他的小说《死水微澜》里。

鬼饮食,跟我们现在讲的"消夜",并不相同。消夜,是夜生活,是打发漫漫长夜的消遣项目。鬼饮食,是给半夜出来觅食果腹的人准备的。这个"鬼",是夜里的游魂。食客是,档主也是。

那时,在人民南路四段街口,我们常吃的鬼饮食,一般就是杂酱面、醪糟粉子,想要豪华一点儿,就再加一个鸡蛋。

在半夜的路边,吃一碗刚刚煮出的小吃,全身暖和起来,心里也觉得安妥。再和同事,各自拎着热水瓶,深一脚浅一脚地回去。

那时,这一小群特别年轻的技术人员,每夜在研究所里待着,其实也就是继续干活,活干完了,就玩一玩电脑,聊聊天。干活并没有加班的概念,仿佛还是学校的尖子生,有了难题就解题。

那时,我做的最大的一个设计,是为某飞机制造厂写一个程序。

飞机厂要买一批"瞬态记录仪",用于测试飞机的一项指标。但这个仪器是通用的,我要为它写一个跟飞机厂的应用要求接轨的电脑软件。

以现在的技术来看,写这个软件很简单,但在二十世纪八十年代后期,我们还在用很原始的电脑,用很原始的计算机语言,这个软件就不简单了。

还记得花了一个多月,完成这个程序,甚至做出一个漂亮的显示动图。

那时电脑跟现在的比,就像小木船和宇宙飞船的差距。但在黑底绿字闪烁的屏幕上,把数据显示成可以调整,可以各种读取比对的图形,所长也很惊讶,几乎不能相信这是我独立完成的。我听见他悄悄去问我们室的另两位同事,问了之后,对我态度友好得不得了,再让我写一个应用的说明书,让飞机厂的人学习。

软件卖给飞机厂很贵，大约十万元吧。这在当时我的概念中，完全是天价。

我还记得，那时自己也为这软件相当得意，惋惜这作品上不能署名，就只好在启动程序的时候，要求使用者输入两个字符。使用者不会明白，只有我知道，这是我名字的缩写。

现在回想，这种署名的心思冒出来，应该就是对成就感的渴望，后来下决心离开研究所去念书，跟这有直接关联。

但跟这几位同事的关系，一直让我迷恋。他们喜欢拿我开玩笑，给我取名"小超妹"。"超妹"在成都话里，当时是略有贬义，指那些时尚又江湖气的女孩。但我觉得，他们加了个"小"字，只是因为觉得我好玩，这样叫，是为了逗我玩。我知道他们对我好，好多夜里，他们不用那么晚回宿舍，都是因为我在做那个难搞的设计，而他们担心我走夜路。我现在仍记得那些夜晚，有几个同事大哥呵护，在街头，吹着冷风，呼噜噜地喝下一碗热醪糟。

头号玩家

"你要打游戏？"来采访的记者朋友睁大了眼，他太难想象了，"那会不会影响工作？"他追问道。其实我经常遇到这样的反应，平时，我不大爱说这点。因为很难给不玩游戏的人讲清楚，这其中的乐趣，也很难让他们明白，游戏不只是小孩子玩的，更不是厌学孩子的专利。游戏很长时间都被污名化了。

我不讲，是因为说来话长。

我最早接触的电子游戏，还在1987年。那时我高二，一个假期都泡在隔壁大学的计算机机房里。

那时我们所用的电脑显示，还是单色的，运算更是费时。好在假期的机房人少，一个人同时开上两三台机用，也没问题。

我在机房里测试我编的程序，一个程序开始运算，往往要花好一阵时间。这空档我就开始玩其他的电脑。

我在电脑里找到一款下棋的游戏。横竖各八格，黑白两种棋子。这是一款我没见过的棋，也没有游戏说明。上面仅有的几个文字显示，还是日文的。

我试着跟电脑对弈。因为完全不知规则，几手就败下阵来。

我灵机一动，便在两台电脑上，同时运行这个软件，只是一个先手，一个后手。我把它们的招数相对照搬。这样，两台电脑便厮杀得难解难分，这个过程中，我很快掌握了其中的窍门，知道怎么下这种棋了。

一年后，开始流行西德尼·谢尔顿的小说。我读到《假如明天来临》里，女主角设计同时挑战世界两大象棋高手，我顿时就想到，这不就是我让两台电脑互相下棋的法子吗。

这套棋我当时下得不错，跟电脑能拼上好一阵。电脑的这个软件按难易程度，分了三个档次。简单级的我完全能胜过电脑，困难级的，胜率渺茫，极偶然才能取胜，只有中间档，我和电脑棋力相当。

好多年后，我才知道，这款棋叫黑白棋，又叫反棋、奥赛罗棋、苹果棋，起源于英国，后因被日本带入电脑，而影响扩大。

它叫"黑白棋"，当然是因为黑白两色。叫"反棋"也简单，因为同色的两子中间相夹的另一色的棋子，反转成同色的。叫"奥赛罗棋"，取意莎翁名剧，因为黑白两色子，互相争斗翻转。叫"苹果棋"，是因为它曾是二十世纪八十年代苹果电脑里的游戏。

在那个年龄，我不单玩游戏，玩着玩着，就想着做游戏。

那时街上有一种测身高与体重的机器，测了之后，会打印一个小纸条给你，说你很像某某明星，比如周润发，比如赵雅芝，又说这样的性格命运如何如何。好多同学很迷信这个，常去街上测。我跟他们说，那是假的，他们不信。

我便想着，可以做一个电脑游戏，输入名字和生日，便得出一大堆"性格命运"的结果，绝对可以把同学们唬得一愣一愣。

这个游戏我写了一部分，最后放弃了，因为需要建的数据库太大，不单录入困难，加上程序，估计会超出5寸软盘的贮存量。

在二十世纪八十年代，我们使用计算机的时候，都离不开软盘。计算机是公共的，自己所需要的数据和文件、小程序，都贮存在随身携带的磁盘上。5寸软盘真是"软盘"，外观像一个黑色的方信封，质地比信封也硬不了多少。理论上的容量也才1兆多，实际运用的时候，远远不够。

1988年，我到一家研究所工作。

那时，每夜都和同事们待在研究所里，干手上的设计活。干活的间隙，当然是玩电脑。那时，我们已经有一台彩色显示的电脑了，是"286"电脑，但所长对这台电脑宝贝得不行。还记得，这台电脑买回来，由所长开机，全研究室的人都屏息静气地，看着，开机显示的图案慢慢出现。是彩色的！画面好清晰！大家惊叹。

当然我们知道，这台电脑太金贵了，我们还是玩普通单色显示的PC机。

在那个年代，外面已经有街机了，很多年轻人都喜欢玩"魂斗罗""超级玛丽"等等，但我们这一小群"宅男宅女"，更喜欢在电脑面前，用键盘娱乐。

电脑里的游戏，比如飞机射击、"吃豆人"、"俄罗斯方块"，并不太吸引我们，我们办公室的娱乐，主要是工作结束后，男同事玩"警察抓小偷"和"英雄救美"的游戏。而我围观他们游戏。

用键盘操纵主人公在屏幕上，跳上跳下，过五关斩六将。那时游戏还没有什么攻略可以参考，全凭经验累积。玩的人得生生把画面里的关卡背住，熟练到可以提前反应，什么时候起跳，什么时候蹲下。

就这样，要玩通关还是很难。如果谁打到最后关卡，全办公室的同事都会围观。"英雄救美"打到最后，主人公打倒大BOSS，被困的美人就会冲过来，亲吻主人公一下。当然，那时候的画质是非常简陋的，人物都是由浅绿色的十几个光点构成。

但即便如此，哪位同事救出了"美人"，得到美人一吻，还是相当得意的。

成功通关两次之后，同事们又不满足了，提出了试试，等美人冲过来的时候，仍以战斗的姿态相对。

结果，美人飞起一脚，便踹翻了英雄。游戏结束。

同事们这下来了劲，认为，美人才是真正的大BOSS，他们开始试验各种方法，试图打败美人。美人是否能被打败，成为大家心中的谜团。

现在回想，游戏并没影响我们的工作，可能相当重要的一个原因，是工作同样吸引我们，做程序设计，仿佛一种难度更高的游戏，而我们玩游戏，也常常不愿被游戏的设定限制，想知道背后的东西，想挑战的除了游戏，还有电脑和设计者。

前面提到的黑白棋，在二十世纪八十年代，是电脑里的自带游戏，二十世纪九十年代初，系统里的自带游戏换成了挖地雷和纸牌。由于电脑计算速度和能力的大幅提高，到二十世纪九十年代初，人类已经没法在黑白棋里赢过电脑。我不知道，这是不是人类最强棋手第一次败给计算机的领域。

但我还记得1987年那个假期，我和电脑对弈，偶尔能在高难度级别取得胜利，就非常开心。

火锅边上的间隔年

第一次吃火锅时，我在火锅边睡着了，而且是趴在桌边上睡的。

不单是我，还有几个高中时的同学，阿华、阿秋、小敏等等。东倒西歪，睡在镶着白瓷砖的桌沿上。

那时，火已经熄了，一锅红油渐渐冷下来。

1988年，火锅进入成都市不久。火锅是从重庆传来的，带着传说。听听那些名字：小天鹅、热盆景。连名字，都有别样风情。

听我妈讲，她年轻的时候，成都也有火锅，跟后来的不同，是那种中间烧着炭火的铜炉。他们那个时代的年轻人都喜欢，后来才消失了。

我没问过为什么消失，都知道经历二十世纪六七十年代，成都就跟其他城市一样，很多传统餐饮都消失了，直至二十世纪八十年代才慢慢回归。

在凭票供应的年代里，不可能有火锅这样铺张的事物。

成都的餐馆，1988年之前在我心里，大抵只有两样，要么是小吃，要么是炒菜馆。小吃，是我们每日都吃的。从学校对面的酸辣粉、刀削面、麻辣抄手，到学校门口电线杆下的煎苕饼、炸豌豆饼。炒菜馆一般是重大时刻才会跟家长去的。

但是火锅，听着就觉得神奇，意味着成人世界啊。家长绝对想不到要带孩子去吃火锅。

但是这一年，对我们来说，是不平常的一年。

1988年，我们从那个特殊的计算机班毕业，一如开始所有人预期，同学们压根没有人想去参加高考，而是选择工作。离开学校，去工作，对于我们来说，就像是进入成人世界一样诱人。

但同时，每个人心中都怀着强烈的不安。

到了秋天，同学大约有一半的人开始工作了。工作有的是父母想办法安排的，有的去考了工。能从事专业的人不多。有的同学，找个打字的工作，就算是跟专业有关了。在1988年，电脑打字都是一个专业技术活。

我很幸运，进了研究所写电脑程序。周围同事也都是真正做设计的人。像这样的工作，在同龄人中，是罕有的。

但在十八岁的年纪，智力和心理的成熟，并不同步。

我做设计的能力不输于大学毕业的同事，心理上却还是个未成年人。同事们像哥哥一样关照我，我还是喜欢跟同学玩，觉得跟同龄人在一起才放松，想在他们那里找到认可。

从夏天起，同学们经常晚上聚在一起。都是八九点以后，骑车出门，一家家地去叫其他人。到每家的楼下，吹一声口哨，楼上应一声，就下来了。

多数是男同学，有时候也有两三个女生。

他们也常拐到研究所来叫我。如果手上的设计做完了，我就跟他们去骑车。

最多的时候，能聚到十几个同学。我们沿一环路骑行。那时一环路还没全部修好，修好的地方自行车道很宽。男生们勾肩搭背地骑车，连成几排。边骑车边大声唱歌。

无忧无虑，一首接着一首，争取不重复。什么歌都唱了，当然最喜欢是搞怪一点的歌。那种改编之后，带点儿痞气的歌。最著名的是那首："蹦蹦去当红军，红军不要蹦蹦……"，这是每次要唱的。男生们最喜欢的是这首："前面的妹妹听我说，把你的姐姐嫁给我，给你爹说，给你妈说，给你姐姐做工作，那样我就是你呀你的姐夫哥，嘿，划得着！"

这首歌不是每次都会唱，唱了之后，大家嘻嘻哈哈的，但还会有一种说不出来的感觉。

想不起别的歌的时候，停顿的空档，大家随口唱唱："我们是害虫，我们是害虫！正义的来福林，正义的来福林，一定会把害虫，杀死杀死！"

这是小时候就看熟了的电视广告。

这首歌唱起来的时候，基本不是唱，是喊叫，是一种恶狠狠的感觉。重要的不是农药来福林，而是"害虫"。"害虫"才是我们的心声。

一群年轻人，在半夜里，觉得青春躁动，又茫然不知方向，才会喊出"害虫"的心声。

每次都骑到半夜，声音哑了，被街边住户抗议呵斥，大家才纷纷散去。

初冬，我给飞机厂的程序写好，用户手册也写好，飞机厂也验收通过。我闲了下来。

这天晚上，同学们又拐到研究所来叫我骑车。我跟着他们，一会儿，就绕道进了西南民族学院。阿华的表妹是这里的大一新生。

进民院校门的时候，大家很紧张，却要故作镇定。最近，我知道他们经常巴巴地来约表妹和她寝室的同学，想带她们一起骑车。

表妹她们有时会应允，有时推三阻四。

今天，阿秋对阿华的表妹和同学说，晚上可以去他姐的火锅店吃火锅。

这出乎大家的预料。都知道他姐新开了火锅店，但从没邀请过大家去。大家也从没往这个方向去想。

表妹她们愉快地答应。

但不是马上去，阿秋说，晚一点儿再去。

大家仍旧像以往一样，沿一环路骑行，骑到西北方向，路断了，又往回骑。唱着歌，东游西荡。磨蹭到十二点过了，准备往火锅店去了，表妹她们忽然说，她们要回去了，明天还要上课。挽留无效，先送她们回了学校，再骑二十多分钟，到了火锅店。

火锅店已经关门了。阿秋并没有钥匙。他把门锁一边的搭扣搞了一会儿，就开了门。火锅店不大。只有五六张台子。台子上贴着白瓷砖。中间是冷了的油锅，暗红色，冻着厚厚的牛油和辣椒。

要不是阿秋能熟练地点火，看他那开门的架势，简直会怀疑，这根本不是他姐的店。

阿秋拿了些菜来，没有荤菜，只有土豆、白菜、豆芽、海带之类。

但锅一烧开，土豆煮熟，热烈麻辣的牛油气味扑面而来。大家马上吃得狼吞虎咽。

那时，我们还不知道应该有香油碟，要加蒜蓉什么的，每人一只碗一双筷就够了。

直到阿秋说，没有菜了。大家才觉得倦意上涌，不知不觉都趴在桌上睡了。

清早，我醒来，看了看还在睡的同学们，没吭声，出门，骑了自行车，汇入了上班的自行车流。我还觉得倦，没睡够。看见那些早上的人，路边卖菜的人，扫地的人，觉得那些人都精精神神，忙忙碌碌，都很有希望的样子，早晨是属于他们的。

自己与早晨无关，一阵晨风吹来，忽然觉得一阵虚空。

我想起小时候，因为看书又多又杂，老是一副什么都懂的样子，同学给我取名"博士"。顶着这个"博士"名头长大了，现在连大学都没上过。而研究室里的同事，哪有没念过大学的呢。一个没读过多少书的"博士"，就变成一个笑话了。

骑到半路，我拐了方向，骑回了家，回到家中，对我妈说："我想考大学了。"

我妈一听这个，马上眉开眼笑，像等了许久。最后我嗫嗫地说："我不知道怎么跟所长说。"

然后，我妈就带着我去了研究所。她去了所长办公室，我躲在研究室里，没敢去。但正好两隔壁，他们的话，我能听到一些。

我听到所长说："是不是嫌工资少？我会给她涨啊！"

我的工资是比研究室的同事少很多，而且理由就是文凭。我最初是不满，但这不是主要的原因。

我妈解释，是因为我想念书。

一会儿，我妈就过来，向我转述，说，所长说了，他本来就打算明年送我去念大学的，就学计算机。

那一瞬间，我的确有点动心。但随即想，我已经说了要辞职，就不能变。我跟我妈说："我想去念文科。"

我妈又去了所长办公室。所长又惋惜又生气，可能还觉得有点好笑，觉得我连辞职都不会。他走到研究室来说："当我这儿是幼儿园啊，还要妈妈来说？！"

就这样，我红着脸，完成了人生的第一次辞职，重新回到学习的路上。

好些年后，同学聚会，我跟他们谈论起这次火锅，其他人都不大记得了。但好几个同学，也的确是先后在这一年，忽然"长醒"了，这一年，就像现在常说的"间隔年"，他们选择读书或者进修，重新规划了自己的人生。

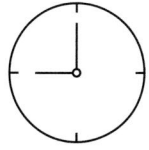

1990

美酒加咖啡，只喝这一杯

　　给她写毕业纪念册的时候，我问她，大学四年，有什么遗憾？她眼圈都要红了，说："遗憾可多了，没谈上恋爱，没人追，连咖啡都没喝过！"

　　她是我的上铺，也是我的死党，比我高两级。在我眼里，我觉得她挺有魅力，虽然肤色有点深，但是高鼻秀目，特别是偏长的瓜子脸，让圆脸的我特别羡慕。她聪明，说话有点小尖刻，经常不给男生好脸色。那个年龄的女孩，都觉得这样的态度很酷很帅，我常戏称她为"凉美人"。

　　没想到，她却说出这样的遗憾来。

　　我最喜欢自作主张地替人安排事情，要早说，没准就去给男生递点子，鼓动男生来追她。我一直觉得有几个男生挺喜欢她。

　　但现在的确迟了，她和她的同学们毕业分配已定，散伙饭也吃了几顿。好些情侣因为毕业去向不同散了伙。也有一些人在毕业前临时加演一场恋爱的，但那也需要时间，至少得有一个月时间吧。

只有喝咖啡简单。我说："我请你喝咖啡！就在今晚！"

后校门外就守着一家咖啡馆。

当时那条街上，主要都是些小吃、麻辣烫，有几家川菜馆，还有小服装店、书店、眼镜店、音像店。也有录像厅、茶馆。但咖啡馆只此一家。

咖啡馆守在校门的右边，挺大的一间。窗户很暗，白天也是深色的窗，但隐隐有灯光透出来。咖啡馆顶上有很大一个招牌，写着"梦咖啡"三个大字。

这独此一家的店，守在我们常出入的校门，显得特别诱人。走到那里，我们都忍不住会张望一下，不知那窗口里面会不会有熟悉的同学。又得装作若无其事，毫不在意，因为我们心里，都把那里判定为谈恋爱的地方。只有谈恋爱的人，才有资格去那里。

在这个1991年初夏的夜晚，我和凉美人进了梦咖啡。进得里面，发现灯光昏暗，并没有什么顾客。可能我们来得时间不大对。靠窗是火车座，坐下，正好看见进出校园的人。

吧台里只有一个人，估计就是咖啡馆的老板，他拿了水单过来，问我们点些什么。

我们多半都露出了茫然的表情。但我很快回过神来，假装老练地说："你们这里的特色是啥？"

他便指着水单最上面的那几个字："梦咖啡"。

原来他们有一款咖啡就叫梦咖啡。

我们当然要点这个啦。

老板回到吧台那边，捣鼓了半天，一会，就隆重地端了一个托盘来。托盘亮闪闪的。

端到桌前，看见那托盘正中是两只燃烧的杯子。蓝色的火苗，偶尔有黄红色的火苗闪现其间。老板拿起旁边的两只杯子，浇到燃烧的火苗上，火苗熄灭，一股浓浓的咖啡香和酒味扑面而来。

老板说："这就是梦咖啡。"

整个过程太炫了。我们完全被震住了。但还是要装出不在意的样子，慢慢地喝那带着酒味的咖啡，小声地说话。咖啡味我们还是熟悉的，我去过其他的咖啡馆，我们在宿舍也喝过速溶咖啡。速溶咖啡的主流是麦氏咖啡和雀巢咖啡。我们那时更偏爱麦氏，就是后来改名叫"麦斯威尔"的那个牌子。那时"麦氏咖啡"在电视里有一句深入人心的广告词，叫"滴滴香浓，意犹未尽"。这句广告词成了我们对咖啡最浪漫的想象。

泼进燃烧的酒里的咖啡，带着淡淡的酒味。那时的我们，对酒和咖啡都一样没有品鉴能力。就这一小杯，让我们沉醉不已。

快到宿舍关门的时间了，我和凉美人这才起身。她有些醉了，走路无力，我还好，我挽着她，慢慢回去。

几天后，送她到火车站。那时候，送站是可以进到月台上的。她和好些同学同一趟车，开往北方。她是北方人，这次，分回了北方。

来送行的同学不少，有人带了啤酒进到月台里。

在即将启程的列车前，同学们开始喝酒。凉美人也接过一瓶，仰头就喝。边喝，眼泪就下来了。同学们也都被一种气氛感染，觉得此番分别，就是天涯海角，就是生死相隔，永不见面。有些男生开始哭，女生更是哭得稀里哗啦。

凉美人喝了大半瓶啤酒，剩下的连酒瓶一起，砸到地上，摔得玻璃碴和酒水四散。这动作，真是又帅又伤心。同学们拥抱在一起，凉美人和我拥抱，其他男生也加入。大家抱成一团，哭成一团。凉美人最先放开大家，上了车，又趴在窗前的桌上。

我找到一个和她同车厢的男生，那男生跟我很熟，跟她也很熟。我郑重地请他要一路关照她，说她酒力不好，估计半瓶啤酒就已经让她醉得厉害。

几年以后，我到北京工作。以为离凉美人所在的城市不算太远，就起心去看她。她已经结婚生子，她所在的大厂远离城市，交通很不方便。打电话反复约了几次见面，双方的时间总是对不上。一直到我离开北京，也没能成行。

虽然从那次分别，一直未曾见过，但估计她和我一样，还会记得那奇怪的酒加咖啡。

现在喝咖啡，慢慢学多了一点儿知识，不再喝速溶的，开始自己磨豆，冲泡。这些年，去过好些咖啡馆，但都没见过点燃一杯酒，再往酒里倒入咖啡的做法。我猜想，所谓的"梦咖啡"，可能是那小店老板自己发明的。看年龄，他比我们大上好几岁。我们这一辈，最开始对咖啡的向往来自电视广告词。大几岁的人，应该是来自邓丽君的那首歌："美酒加咖啡，我只要喝一杯……我要美酒加咖啡，一杯再一杯。"

最初的手提串串，最初的市场报纸

我们三人在大街中间，围着一个小小的蜂窝煤炉坐下来。

炉子有一个提手，可以提起来，带着炉火移动。上面有一只铝制小锅，锅里的汤呈酱红色，漂着海椒皮、花椒粒，还有一点儿香叶、草果之类的东西。锅里煮着一大把竹签，上面串着着兔腰、鸡心、肫肝、土豆、白菜、海带等食物。

锅里微微沸腾着，散发出麻辣味、酱汤味，还隐隐混着中药香。旁边还仰放着一个锅盖，锅盖上铺满了干辣椒面。

我们不是坐在小餐馆里，而是坐在熙熙攘攘的闹市街头。

这是二十世纪九十年代初的春熙路街头。四周并无餐馆，我们坐在步行街的中央。

我们正在吃的这玩意儿，就叫"手提串串"。这是早期的，原始的，麻辣烫。

卖麻辣烫的基本都是妇女，拎着炉子和锅，来到大街上，就可以做生意。

吃麻辣烫的人，主要是逛街的人。从锅里挑选两串，尽量选那种切得大而厚的，然后再放到干辣椒面里，狠狠地翻动几次，裹上厚厚的一层红色，才心满意足地，觉得十分划算地，口里一边大嚼，一边发出"嘶嘶"声。这声音既可以解辣，也表示过瘾。

他们两位，我才认识十几分钟，我将跟着他们实习。他们热情地请我到街头来吃麻辣烫。

我一个小时之前，才去到这家报社。

报社位于春熙路一个商场的楼上。暑假，我想找个报社实习，就误打误撞地来到了这里。

这个报社很小，只有两间办公室。但是报纸显得好洋气啊，报头是蓝色的，纸张还非常白。那个年代的报纸，都是黑红双色套印，报头基本都是红色的。这家报纸，不仅印刷洋气，而且办公地点多好，就在春熙路。全市最热闹，最时髦的地方。

这份报纸的名字我之前没听说过。但这太正常了。

二十世纪八十年代，单位订阅的主要是《人民日报》《光明日报》《解放军日报》等，我们学生爱读的是《中国青年报》《讽刺与幽默》等等，家庭爱订的是《广播电视报》之类。到九十年代初，忽然涌出了不少"市场类"报纸。

这些报纸，往往是承包了一个报纸刊号，就开始"自办发行"。有的是正式刊号，有的是"内部刊号"，当然，有个别连刊号都没有。

官办的报纸都靠拨款，民办的报纸，就得自己想办法生存。

生存最基本的，当然是赚钱啦。所以，二十世纪九十年代初的报纸，多数都是"经济类"报纸。主要服务对象是企业，主要任务是经济报道，或者直白地说，是拉广告。

这是我后来慢慢意识到的。我到这家报社实习的时候，什么都不懂。

报社老总看了看我的学生证，看了一眼我在杂志上发表过的作品，点点头说："我们这儿实习没有工资，但如果有效益，提成还是不错的。"

我也跟着点头，我不大明白这其中的意思，但已经十分高兴。

我跟着他走到另一间办公室。老总环顾了一下，这间办公室比老总的那间稍大，但也就三四张办公桌，旁边一列旧沙发，沙发上坐着几个人。老总大声说，谁愿意带实习生？没有人吭声。我的脸刚才就是红的，现在更加滚热。

稍停了一下，其中最年轻的两位男青年站起来，说，要不跟我们吧。

正好中午了，他们便带我下楼，在这街头吃手提串串。

一边吃串串，他们一边自我介绍。

高个子的叫小龙，瘦的叫刘哥。小龙比我大一岁，刘哥大三岁。看起来，他们好像很懂社会的样子，至少，显得比我的同学成熟多了。

他们每天领着我，骑着自行车，一条街一条街地"扫荡"。每看见一个机构或者单位的牌子，便停下车，去问别人："你们的负责人在吗？你们要做报道吗？"

最开始，他们让我等在外面，给他们看着自行车，他们进去问。后来，觉得我好像行一点儿了，没那么害羞了，就带着我一起进去。

但是，无一例外地碰壁。

那时，成都除了春熙路、盐市口等最热闹的地段，好多小街上，都有一些没什么人光顾的店面，那是一些企业的"门市部"，大都是二十世纪九十年代下海经商大潮催生出来的。刘哥和小龙领着我去过好多这样的门市。

更大的单位，我们被门卫就挡下了。只有这样的门市，人家愿意和我们说几句。可能他们也是闲得无聊。

多数会有这样的对话："怎么做报道？"

刘哥会答："做多大都可以，看版面吧。一个版6000元。半个3000元。更小也可以，按面积算。"

"我们现在不需要……前一阵已经做过了。"

谈话到这儿，差不多就结束了。

我们三人站在街头的时候，刘哥皱着眉头说："看来我们又来晚了。可能这条街都被别人跑过了。"但他俩好像也并不气馁，仍是一家一家的去问。直晃到中午，我们固定骑车去一家面馆。

那家面馆是小龙的舅舅开的。他家的炸酱面非常好吃。肉臊炒到有点泛出金色，脆香，臊子放得又多，加上辣椒油、花生碎，跟面搅拌在一起，每一口滋味都很丰富。

关键是，在这家面馆，我们不用付钱！

大半个月跑下来，我们的业务毫无进展，我有时会生起一点儿疑惑，也许，我们三人每天的工作，只是为了中午的这碗炸酱面？

我们下午时常回报社坐坐。偶尔能看到那些"老记者"回来开发票。

他们拉到了企业的广告，赚到一大笔钱，兴奋得意，有时也会请在场的人，下楼吃个手提串串。

在春熙路街头，我和同事们除了吃串串，还一起去派送过报纸。报纸印出来以后，除了给各家企业送去，报纸的"发行"，主要靠派送。

站在街口，我们派出一份份蓝色报头的报纸。那时的逛街的人，对于派送的东西，很乐意接受。一会儿，半条街的人，手上都拿着一份蓝色的报纸。主编非常兴奋，拿了相机，在远处给人群拍照。

这算是早期的春熙路"街拍"吧。

暑假结束，我们三人的合作也自然结束。我不知道，他俩后来有没有一点儿成绩。我却因为这个经历，对"新闻"和"报纸"深深地怀疑起来。那时，我不知道，这只是市场报纸的雏形，好几年以后，真正的市场化报纸会出现，并慢慢成熟起来。

去食堂，跳跳舞

二十世纪八九十年代，好多大学的食堂，看起来外表平凡，由红砖或水泥砌成。但它们都不只是食堂。在特定的时刻，它们会神奇地变身。

每逢周末晚上，略略打扫，收去桌子，把条凳拖到边上，围作一圈。在墙角放上几只大音箱。用几根绳子在门口一拦，就可以卖票了。

食堂摇身一变，成了舞厅。

食堂变身的舞厅，空间高大，但是灯光不好。光线来自几只高瓦数的灯泡。由于空间太大，再亮的白炽灯，也不管用。整个舞场笼罩在一种昏黄的弱光下，空气中还弥散着淡淡的食堂饭菜的特有气味。

好在有巨大的音乐声。一听就脚底发痒，腰间发紧，让你马上进入这是舞池而不是食堂的状态。

不只是食堂变身成舞厅，凡是大而平的空间，都能变成舞厅。

灯光球场、教工之家，等等等等。

灯光球场，一听名字就知道，胜在光线雪亮。但白色的灯光，造成的氛围也不咋样。而且，露天的球场，冬天太冷，夏天可能遇雨，都很麻烦。

教工之家硬件最好。地面最平整，灯光适宜。甚至装上了舞厅的专用照明。闪烁的，旋转的。

但同学们并不太喜欢教工之家。

来教工之家跳舞的，真的不少"教工"。对于学生来说，在这里，遭遇老师总是略感尴尬。我想老师更会如是感觉。遇见自己教的学生，如果是女生，是该请她跳舞呢，还是不请？被男生看见老师和他们一样，大邀女士跳舞，师道尊严似乎也瞬间消失。

而且，"社会上的人"也喜欢到这里跳舞。所谓社会上的人，就是已经工作了的人。不少社会上的人喜欢到学校来跳舞，但他们难以接受食堂舞厅的"低档"，一般都愿意到票价贵一点儿，但显得档次高一点儿的教工之家。

食堂舞厅还是在进步。不多久，就引进了一种专用舞会灯，不知道叫什么，它并不能增强多少照明，但能把白色的衣服照出荧荧紫光。

有的同学发现了这紫光的神奇奥妙，便专穿白衣服去跳舞。别的颜色的衣服，在这种光线下，更显得黯淡。但白衣服的人，在黑压压的人群里面，身披荧光色，就如鹤立鸡群。

我的一位师兄，姓王，已经读硕士了，但因为身高原因，还没交到女朋友。不光没交到女友，矮个男生在舞场上，也非常不占优势。男生请陌生女孩跳舞的时候，女生如果涵养不好，就会抬起眼皮，把对方从上到下打量一番，如果看不上对方的样子，有时会话都懒得说，只摇摇头，甚至加一个白眼。

这位王师兄非常喜欢跳舞。发现紫光的妙用之后，他开始穿白色。一身白色的西装。

这白西装在舞池里太耀眼了。不管三步四步还是迪斯科，舞池里就看见他一个人灵动的身姿。

我知道，王师兄是苦练过舞技的。其实他在音乐和舞蹈方面，完全算不得有天赋，但架不住勤奋。

在食堂舞会上，能从一个人的表现，轻松分辨出他的年级。

在大门旁边，站立不动，伸着脖子，望一晚上的，多半是大一新生。

大一男生到了下半学期，站累了，就会和另一个男生，尝试着跳舞。会跳又无私的那个，往往跳女步，新学的跳男步。几场下来，就可以战战兢兢地去请女生了。

请女生跳舞，当然要紧的是高帅，没有这些，有气质风度，谈吐佳，也可弥补，再不行，舞技好，也是一个亮点。

王师兄的舞技就是这样一步步提升起来的，就像游戏里的打怪升级。

当然，舞技好，要出场以后才见分晓。你已经在场上跳了几轮，让别人领略了你的不凡，才可以比较容易地，说服女生跟你跳舞。

讲到这里，你就明白了，王师兄的白西装有多重要。他向全场的人展示了舞姿，而且让他们过目不忘。

刚入校的女生也差不多经历这样一个过程。当然，学习的过程还是比男生要容易很多。

一开始都眼巴巴地，站在舞池边上，内心忐忑，嘴上却说："我不喜欢跳舞，我就喜欢看看。"

但女生彼此都知道，周末晚饭后，在寝室借裙子，借口红是为了什么。

女生学舞容易多了，站在边上，男生邀请，你说不会，那男生就自会应对："我教你！"

那时候，一年级的学生多数都会陷入舞会痴迷症。不单是在自己学校跳，还要去别的学校跳。理工科大学的男生专到综合类大学跳。综合类大学的女生喜欢到理工科大学跳。

其实硬件都差不多。舞厅都是各个学校的食堂。不同的只是异性比例。

跳舞，是青年学生接触异性的一个重要途径，但据我所知，没几人会在舞会交上朋友。舞跳得再高兴，女生们仍心怀戒备，不肯说出真话，连名字和班级都不愿告诉对方，对方要约出去，散个步，喝个咖啡啥的，基本没可能。

学生跳舞大都很文明，但学校还是担心。

有的学校还会出动校工老头，拿一只大电筒背在身后，在舞会里逡巡，一旦发现男女生距离太近，马上打开手电筒对准他们，喝道："分开！分开！"

一直到真正谈起了恋爱，才能治愈周末食堂舞会痴迷症。

1998年，我们都已经工作好几年了。一次周末，和王师兄等人吃饭聊天，谈到了大学时的舞会，谈得兴起，大家就相约回了校园，以前常去的那个"食堂舞会"居然还在办。买了一块钱的门票进去，呃，这价格翻倍了。但混入学生堆里，大家看起来也还差不多。

　　王师兄现在没穿那标志性的白西装，情况似乎不妙。

　　好在是几个朋友一起来的，王师兄请不动女生的时候，我们有三个师妹可以顶替。

　　一切都让人觉得怀旧、有趣。

　　只是跳一会儿，王师兄就提出离开。出来之后，他说，跳着跳着，就踩到了一坨又软又黏的东西，黏在皮鞋底，清除不掉。他想了半天，那肯定是食堂掉下的一块肥肉。这让他再也进不了跳舞的氛围了。

不爱工作餐

"去给我端碗牛肉面，我不去外面吃了！"老总在隔壁叫着。

自小就被家里娇宠的我，从来没干过这活儿，工作变成了给老总买午餐，我觉得挺委屈，但这不是我辞职的理由。

"好的。"虽然别扭，但我还是答应着，下楼，去街对面的餐馆给老总端面。经常如此，心里的别扭也淡了。

工作餐。一大桌不熟悉的人围坐在一个圆桌。饭菜味道其实还可以，但有几个人餐桌礼仪不好，讲话喷到菜里，还喜欢用筷子去菜里汤里翻来搅去。我平时有轻微的洁癖，吃饭速度很慢。在这桌上，吃到后面，就觉得每个菜都很脏，不肯再吃，只好半饿着。但这也不是我辞职的理由。

每天都这样吃饭。我只好改变多年养成的吃饭习惯，一坐上桌，不再客气，先把米饭添足，在碗里压实，再把菜多夹一些到碗里，然后只吃碗里的。吃完就下桌，不再把吃饭当成个乐趣，只当是补充能量。

这是1993年，我在一家公司上班。这是我大学毕业后的第二份工作。

公司是一家大型的装修设计公司。打着香港的名号，其实是广东人过来开办的。

在二十世纪八九十年代，最先到内地的广东人，是发廊师傅。他们代表着洋气时尚，把一间间能染黄头发的发廊，开遍了内地大小城市。接着，就有更高端的来了，就如我所在的这家公司，他们也代表着洋气和更先进的理念。所以，就算不充香港的名头，内地也觉得他们时尚。

但近距离的观感就有些不同。公司的员工一部分是成都本地人，一部分是广东梅县人。设计师主要是本地人，广东人主要负责施工管理。

老总是广东人。那些广东籍的员工是他的老乡，是他带出来的。老总受过高等教育，老乡却没多少文化。老总大约念及他们的忠心与离乡的不易，对老乡总是格外关照。

设计和施工本来就有天然的岗位矛盾，再加上老总不公平，公司员工分成了两大阵营，矛盾冲突一直在酝酿发酵。但这不会是我辞职的理由。

公司给广东籍的员工租了不错的房子，员工们又不时地提出需要更好的生活条件，比如，有时需要给他们加一个菜板，配一个锅盖，有时，要配一个蚊帐挂钩，一个枕套。这些繁杂的事情，就落在了我的头上。

我当初应聘的职位叫"文秘"，没想到是做所有的办公室杂务。这份工作，完全不是我的兴趣，但，现在我有不辞职的理由。

不辞职的理由，来自前两次的辞职。

第一次是毕业之前，一位姐姐给我介绍了一份在电台接热线的实习工作。

我接热线的时候，一位工作人员走过来打电话，她把手上茶水弄洒了，淋湿了我桌上的几个记录本。然后她就转身离开了。我红着脸，急着擦干这些本子，不知该怎么向领导解释这件事。既不能告状，又觉得承担不起。心里矛盾焦虑，工作一天就放弃了。自己又觉得太难为情，辜负那位姐姐的好意，所以连她我都不敢再见面。

毕业后，我的第一份工作，是在一家杂志社。

我到杂志社的那天，新的杂志正好运到办公楼下。主编吆喝着大家去楼下搬杂志。杂志一捆一捆的，摞在地上。有的同事同时能搬两捆，最厉害的能搬三捆，我却一次只搬得动一捆。主编大声武气地说："你肩不能挑手不能提，有什么用？"

我从没听见过有人这么重地说我，非常生气，但只能在心里反驳："我又不是来当搬运工的。"

上半月的工作是修改稿件，这我能够胜任。下半个月的时候，主编的女朋友得了带状疱疹，住了医院。主编没时间去医院守护，就对我说："你明天不用来办公室了，去医院守病人。"

就这样，我每天骑很远的车，去医院，替主编陪护他的女朋友。

医院在郊外，最后一天回家的时候，被人扎了自行车轮胎，就在旁边的修车摊修理。修车的人一边修补，一边继续在车胎上扎洞，最后数出了八个洞，总共要收四十元钱。那时，四十元可是天价，差不多是一辆旧自行车的价钱。我看穿了修车人的把戏，但是没用。一群人围着看，我向他们求助，他们都开始笑，表示支持修车人，让我付钱。我才明白这都是修车人一伙的。修车人收走了我所有的钱。然后这一群人继续围着我，看着我哭。天渐渐黑了。

我紧张起来，收起眼泪，赶紧骑车离开那个地方。

我第二天就去辞了职。刚刚工作了一个月。

第一份工作是一天，第二份工作是一个月。所以，我下决心，第三次这份工作，怎么都要努力坚持。

第三次这份工作，是我从人才招聘会上找的。在招聘会上，去了第一个摊位，向坐在那里的女孩，递交了材料，她问了我几句话，马上就拍板，叫我周一就去上班。

她看起来很年轻，跟我年纪差不多，马上就能拍板。我很惊讶，也很高兴，这么顺利就找到了工作。

上班后，才发现，办公室就只有我和她两个人。跟她学处理办公室杂务，学接电话。电话铃一响，马上接起，恭恭敬敬地说："你好！×××公司！"。一两天下来，就知道，所谓的文秘、文员，就是办公室打杂的，给老总擦桌子、泡茶、接电话、采买杂项，等等。

我听到她在隔壁对老总说："这次招得好吧？符合标准吧？好看吧？"

我明白，这打杂的文员，同时最好有着花瓶外观。难怪这次找工作那么容易呢。

这跟我对职业、对未来的设想完全不同，但这却不是我辞职的理由。

渐渐跟公司的同事处熟了，我有空的时候，会主动帮设计室的同事做点杂事。有一天，几位设计师跟我聊天，说："你在家里是姐姐吧，是老大吧？"

"不是啊，是妹妹，是老幺。"

"啊，真没想到。我们几个都以为你是当姐姐的，做事情很成熟，很懂事，会照顾人。"

这是让我非常意外，也非常高兴的评价。我一直以为自己任性娇气，受不了委屈，公主病病入膏肓。

得到这评价之后几天，老总通知我，三个月试用合格，转正了。

就在转正的这一天，我辞了职。同事们都很意外，哪有转正的这天辞职的呢？

我知道我的理由，我没跟他们说。我就想试试能不能坚持，能不能努力，正式得到一份工作。我通过了自己的测试。

我至今还能想起那天辞了职，离开公司，骑着车，心忽然一松，有种前所未有的舒畅，整个人似乎轻得能飞起来。这才觉得，自己终于从学校毕了业。

羊肉串、呼啦圈和外面的世界

　　她一手拿着羊肉串，另一手支在腰前，半捂着胃，半弯着腰，说：
"我饿惨了，还好你买了这个来！中午的盒饭，完全不顶事。"

　　这是我俩最喜欢的羊肉串。

　　1994年，春熙路和青年路交界这家电烤羊肉串，永远要排长队。

　　这是成都的第一家电烤羊肉串。羊肉切得细细薄薄，刷了很重的
辣椒和孜然。每串的底部都串了一块肥羊肉，烤的时候倒过来，肥肉滴
下油来，把整个肉串都浸得无比滋润。最妙的是，烤到后来，这块肥肉
变得香酥，咬下去，油香满口，让人非常满足。

　　这是我逛春熙路的固定项目，现在又加了个固定项目，是来看
小星。

　　小星和她男朋友，在青年路盘下了一个铺位。

　　二十世纪八九十年代，青年路是成都最时尚的地方。相当于同时
期的广州高第街、北京路。外表看起来貌不惊人，只是几排低矮小铺面，
但却是最先下海的"个体户"在经营。他们脑子灵活，嗅觉灵敏，敢于

冒险。有很多人在这里发了财，成为传说，最著名的便是"杨百万"的故事。

后来知道，全国有好几个被称为"杨百万"的人，但我们成都，杨百万是卖尼龙蚊帐的。据说，他很有眼光，别人都还在用白色棉纱蚊帐的时候，他发现了一大批积压的彩色尼龙纱。他低价买进尼龙，自己设计，做出了漂亮的彩色蚊帐，一下子风靡了青年路，风靡青年路就是风靡成都，很快，他的蚊帐就卖到全国了，他就成了传说中的"杨百万"。

二十世纪八十年代后期，我们还在读中学。青年路对于我来说，除了跟父母来买买衣服，并没多大概念。但小星这方面比我早熟得多，青年路的很多故事，包括杨百万的故事，都是她讲给我听的。

二十世纪九十年代，她终于进驻了青年路。

她的摊档总卖着最流行的东西。我在学校里感受不到的风尚潮流，在她这里，全能明白。

还记得前一年夏天，我走到春熙路，就看到好多男男女女穿得皱巴巴的。特别是男青年，穿着大花短裤，不像是在内陆的城市逛街，而像正在海滩溜达。他们的大花短裤，当然也是皱成一团。

顺着人流到了小星的铺位，她和左右的店铺一样，都在卖这皱皱的花短裤。

她跟我说，这叫"揉皱装"，好卖得很。

"一流行你就有货了，你好厉害！"我赞叹道。

她神秘地笑笑，小声说："就是去年流行的沙滩裤，现在流行这种皱的，我就用洗衣机打湿再甩干，拧成一股直接晾干，就是这种皱皱的效果了。"

今天，我拎着羊肉串来看小星，看到的她店里的揉皱装已经不见了踪影。

几平方米的小铺里，三面墙上，都挂着很大的彩色塑料圆圈。我知道，这个叫呼啦圈。今年春晚，有个节目就是一个小姑娘转呼啦圈。小姑娘把一大堆呼啦圈套在腰上，同时转动，搞得观众们目眩神迷。

没想到，小星这么快就开始卖呼啦圈了。

"还好你这个时候来，每天只有这个时间人少，早点晚点，我都没时间跟你说话！"

"你在哪儿进的货呢？才在电视上看到，你就有卖的了。"

"开始是广州进的货。春节一过，就有人来问呼啦圈，我正准备去广州进衣服的，就改成进这个了。结果一下子就卖完了，"她压低了声音，"后来我发现，我可以自己做这个，就直接进了原材料，原材料就是塑料管，"她边讲边笑起来，"把它截短，接起……"。她拿起一个呼啦圈，摇给我听，只听到一阵沙沙的声音。"这个是关键，轻重，手感，就靠这个。你晓得是啥子？"她神秘地问我，看着我摇头茫然的样子，她很得意，"是沙子！是灌的粗河沙！"

"最近生意好得很，我把我们全家人都发动起来，帮我做呼啦圈了！小辉（她的男朋友）每天清早去进塑料管，白天就和家里人做，我在这儿守着，他们做好一批就拉过来，当天都差不多卖得完……"她正说着，就有客人来了。

是一对男女。问了价格后，那对情侣有些犹豫，姑娘小声说："不会转啊……"

小星马上把呼啦圈挎到腰上，扭动起来。呼啦圈在她腰间飞速旋转，小星抬高了双手，呼啦圈时高时低，自如灵活地移动。

我平时就觉得小星长得好看，身材纤细灵巧，五官清秀，眼神活泛。这时，更觉得她的腰长得美，舞动之中，就像长着不同于人类的骨骼，非常灵活柔韧，但又显出了力量和节奏。

不一会儿，就围了一圈人观看小星转呼啦圈，等她停下来的时候，好些人就开始买她的呼啦圈。

几个月后，我再到青年路，发现青年路有近一半的铺面都在卖呼啦圈。呼啦圈实在太火了，全国都非常流行这项运动。但小星那里永远是人最多的铺面，她的表演没人能及。她不仅扭得美，现在还增加了难度，同时要转两三支圈子。

大半年以后，小星住了院，累病了，出了院，把剩下的钱跟男朋友分了，给家里装了部电话。那时装电话机实在是天价，要五千多元。

她跟我告别，说，想去外面看看。

我问她，小辉怎么办？她说，小辉想法跟她不同，只想安定过日子。家里也担心她出远门，所以，她这次装了电话，随时能够打电话给家里。

那时，我们心目中的外面，其实就是广州和深圳。小星飞去了深圳，开始了另一段人生。

卖呼啦圈的成功，就像给了她一个印刻，她那时跟我总结，这种热潮，每过一阵就有，就看你抓不抓得住。两三年后，广东兴起过电子宠物，她还试图把这带到成都，但这并没真正流行起来。如果拉长时间来看，我觉得她说的是对的，这种席卷全国的流行热潮，的确每隔一段就会出现，只是它总是不同的面目，没有人能永远抓得住。

二十世纪九十年代初的时候，齐秦的《外面的世界》正流行，我和她都喜欢这首歌。我后来才想起，她铺子里，经常播放这首歌，那次我看她扭动着表演呼啦圈的时候，背景就是这首歌。

庆功宴、散伙饭与踩不中时间点的人

预期的庆功宴，一推再推。

那是主编承诺的。他说："等歌手大赛结束，我们要隆重地庆祝一下。嗯，你们每人都想一想，到时吃什么。"

1994年夏天，我刚入职的时候，主编就这样说。

这是一份关于流行音乐的报纸。到现在我也不太明白，当时为什么会诞生这样一份报纸。

报社很小，除了主编，只有两个编辑和一个美编。主编、编辑和美编同时得充任记者。人手虽紧，但也能顺利把报纸编出来。因为报纸只有四个版面。

我就是其中的一个编辑。我负责两个版。主要是关于评论，一个版面是专家的评论，另一个是爱好者的观察。

专家的评论好办，因为都是主编约来的。有本地音乐学院的，还有国内独霸流行乐坛的评论家。

爱好者的观察呢，呃，我们报纸没啥影响，没有读者来稿。但我转念一想，我身边的朋友，都算是流行音乐的爱好者啊，于是发动朋友们写稿子。

从第二期开始，我就想到了一个主题。

那时，有一盒磁带在朋友中流行起来。我们反复听那些歌，很快都会唱了。因为这里面每一首歌，都是那样符合我们的心境。

这盒磁带叫《校园民谣》。

那盒磁带的创作者、演唱者，老狼、高晓松、景岗山、沈庆、艾敬、丁薇……这些后来一度闪闪发光的名字，那时，对于我们只是陌生的名字。

我和我的朋友也都刚刚走出校园，跟他们是同辈人，这些歌，就像是我们自己的歌。

《睡在上铺的兄弟》《同桌的你》《流浪歌手的情人》……几乎每一首歌，都能对应一个身边的故事。我们在学校的那几年，每所学校里都有一些歌手，创作一些自己的歌，在自己的学校里传唱。他们会有自己的演出，会赢得一大群爱好者、追求者，每个学校都有自己的吉他王子。

但是，一旦毕业，他们被聚光灯照耀的日子就结束了。大家一样的服从分配或者寻找工作，他们进入普通的职业生涯，他们的歌曲也不再流传。

但没想到，终于，有这样的一盒磁带，收录了一些校园歌曲。听着这些歌，真是让我们既怀念又惆怅。

我们因为进入社会的不顺利，造成各种失落，更加怀念在校园的无忧时光。所以，身边的好几位朋友，都借着这些歌，写了好几篇小文章。

我连续做了两期关于这盒磁带的观察评论，以至于主编十分疑惑。那时，这个专辑刚刚出来，似乎并无反响。做一期也就罢了，为什么还要做第二期？主编大我七、八岁，他的经历和心情显然与我不同，他听着这些歌，没什么共鸣。

我本来还想继续做"校园民谣"的讨论，但他叫停了。他要我把精力放到"歌手大赛"上。

"歌手大赛"这个形式我们本不陌生。从二十世纪八十年代中期起，央视每年都在做歌手大赛，好多流行歌曲和歌手，都是从这个节目起步的。但是，在成都做一个流行歌手大赛，由这样一个名不见经传的报纸来做，就非常另类了。

主编多方联系，先是联系了一家歌厅，后来，还和一家电视台联系上了。一切似乎很有希望，马上要开始做推广，准备报名了。

好些联络跑腿的任务都是交给我和美编。

主编更是喜欢在办公室跟我们聊庆功宴的话题，问我们的爱好。

"火锅！"我每次都毫不犹豫。那个年纪的我，对吃没什么见识，只是想大口吃肉，快活地吃肉。

美编是同龄的男生，他的回答更是简单直接："肉！"

另一位编辑比主编还要大几岁，她第一次是沉吟了一会儿，说："要高档就去锦江饭店吃西餐！"后来，还提出了一些别的高档吃法。

我们经常中午在外面吃了一碗面，回到办公室就进行这样的讨论。讨论的频率从低到高，慢慢又变低了。

到最后，没有这样的讨论了。因为减少了出刊，我们感觉到了气氛不对，主编最近很少出现在办公室。

直到有一天，主编请我们吃饭。这不是谈论了许久的庆功宴，而是一餐"散伙饭"。

在报社旁边的一个小餐馆，主编点了几样家常炒菜。

在饭桌上，主编递给我们每人一个信封，那是我们最后的工资。他给每人倒了一杯酒，也不管你喝还是不喝。

"我们暂时停一下，休息一段，过一阵再联系你们！"

我知道这份报纸已经结束了，但主编这句话，又让我心存希冀。也许真的再等一段时间，就如主编所说，情况好转，他就再联系我们重新上班呢？

好长时间，我都这样自欺欺人地想。我和另一位编辑、美编，三人偶尔还聚一聚，相互交流一下消息。唯独，我没跟主编联系。

我不好意思告诉他，我其实多喜欢这份工作啊。算上实习，这是我待过的第二份报社。实习的那份报纸我完全不喜欢，但这份报纸，就是我想象的样子。看演出、做采访、约评论，每一样都是我喜欢的事情。我甚至幻想，将来还可以帮到我的哥们儿。我有一位哥们儿，就是一位毕了业的校园歌手，从事着普通职业，也许，将来可以让他也有机会，把自己的歌流传出去。

歌手大赛的预定时间早过了，但完全没听到相关的消息。

大半年以后，不知什么原因，《校园民谣》突然火起来，电台里、街道上，都在唱："谁把你的头发盘起，谁给你做了嫁衣……"

我忍不住猜想，主编听到这些歌会怎么想，会不会想起来，我们是最早刊发《校园民谣》评论的媒体。

我意识到了有关"超前"的问题，我们做的这组评论超前了大半年。

五六年以后，各个城市的市场化媒体逐渐成熟，我又想起这份生命周期只有几个月的民营音乐报。这份报纸超前了好几年，所以，主编找不到投资，也找不到让它生存下去的方式。

十多年以后，电视上有一档叫"超级女声"的歌手选秀大赛，非常轰动，成都出了好些有影响力的流行歌手，李宇春、张靓颖、谭维维，等等。我再一次想起了那位主编，他也许早就意识到这个城市有很多可以脱颖而出的流行歌手，所以想做一个立足于成都的歌手大赛。只是，这个想法，超前了十多年。

许多我们能看到的成功，只是恰好踩中了一个时间点。眼光前瞻的人，往往超前，一步就迈过去了，总是不在点上。只有隔得足够久远，回头的时候，才发现这一桩桩憾事。

串串店的婚礼

早些年，我常跟女友们说，你们如果结婚，让我做伴娘吧！但好友小月来请我做伴娘的时候，我却喜忧参半。

那还是1994年。

小月要结婚，我当然为她高兴。新郎她却不算很了解。我担心地问她："你想好了吗？这么快，要不要多相处一段时间啊？"

我很久没见过小月快乐的样子了。上半年她母亲自杀了，因为下岗。她父亲也下岗了。但因为儿女，他得强撑下去。

小月的弟弟还在念大学。全家的担子都在她和姐姐肩上。

她姐姐那一阵，认了一个中国香港人当干爹，干爹经常来看看她们。我见过她"干爹"送的金链子，很粗，挂着沉甸甸的坠子，刻着生肖图案。姐弟三人都有。生肖图案都不对。我知道，姐姐刻意把三人都说小了几岁。

那黄灿灿的链子让我觉得很难堪。小月也知道我的看法，她并没给我看这个。是在她家里，她姐姐给我看的。

我和小月毕业不久，工作都不稳定，能负担自己的生活就算不错。但我从小顺利，很难真正理解别人的难处。当时，因为和小月要好，只能体谅小月的艰难。现在回想起这些，才能体会，小月姐姐也是相当不易。

小月有着超稳定的性格。我有了烦恼，总喜欢拉着她倾诉，却少有听到她抱怨什么。也没见她表露过恋爱的甜蜜，却忽然要结婚了。

我知道新郎是别人介绍的，在外地当兵，只见过两次。一次是相亲的那次，再一次就是通了几封信后，回来了一次。

婚礼是在十二月。成都的冬天阴冷，难得有太阳。那天就是一个标准的冬天天气。

我一大早就到了小月家里。从厂区宿舍楼底，已经看到一路贴着红色的喜字，直到她家里。家里人不多，有两三个亲戚。弟弟不在，弟弟的大学在外地。她父亲不在。小月和姐姐也不在。亲戚说，姐妹俩去化妆了。

那个年代，已经流行把化妆、梳头、摄影的人请到新人家里。出去化妆，估计费用要少些吧。

我问了地点就出门寻她们。

厂区宿舍外，穿过一个菜市场，有一个发廊，远远地就看见她们坐在里面。

负责化妆梳头的是一男一女。在他们的神速处理下，小月的长发堆在头上，膨成一大团，又被胶水固定住，黏着花，脸上也化得红艳喜气。小月仿佛一下大了好几岁。很陌生的感觉。

小月对着镜子，左看看，右看看，问我："这样对吗？"

我赶紧发挥伴娘的作用："很漂亮，很漂亮！"

小月已经穿了红色毛衣和裙子。回到家里，脱下拖鞋和棉衣，换上红色的高跟鞋、红色的呢大衣。她说，本来想买件红色的绣花旗袍，但想着那以后就没法再穿，太不合算了。

新郎来接小月，他和他一个哥们儿来的。估计那哥们儿就算是伴郎了。厂区宿舍不能进车，这样连车也省了。

我们一小队人，拥着新人，去了餐馆。那餐馆是他们厂旁边的一家串串店。

成都那些年，婚礼流行在火锅店举行。虽然在成都人心中，串串是简易版的火锅，但我还没见过在串串店举行的婚礼。好在那家串串店很大，能装很多人。

就如别的婚礼一样。新人在门口接受贺礼，伴娘伴郎在旁边打下手，招呼客人。

到了中午，入席，举行仪式。

仪式很简单，就是拜了拜双方家长，又相互拜拜。

小月的父亲已经来了，他穿着平日的衣服，也像他平日的表情，闷闷的，坐在矮凳上。小月的姐姐和几个亲戚跟他坐一桌。

串串店都是小桌子小板凳，一桌坐不了几个人。

新郎家来的人很多，他们原本是近郊的村民，人丁兴旺，兄弟姊妹很多，亲戚邻人很多。我听小月讲过，新郎家早已不种地了，现在很富裕。

虽然是在串串店办婚礼，但新人给宾客敬酒、点烟、发糖之类的程序还是有的。作为伴娘，就要一直在旁边跟着拎酒，拿糖。几圈转下来，又饿又累。想到小月更是如此，赶紧去找些糕点，和他们分食。

成都的婚礼不算复杂，都是中午举行，下午一般是在茶坊打麻将，再加上一个简便晚餐，客人有的散去，有的继续麻将，就算大功告成。

从串串店出来，带着客人去了打麻将的地方。那是在新房附近。新房是他们租的，在一幢筒子楼的一楼。一个单间加一个独立的厨房。新郎家在外面搭了好些临时的棚子，摆了很多桌麻将。

到了晚餐时间，我才发现了问题。那时的婚礼，一般会预备碗装的方便面给客人，既不耽误客人打牌，又简单。但厨房里没有方便面，只有一大堆挂面。

我仔细搜寻了一遍，发现了一小盆肉臊，一小盆猪油，一小盆青油菜尖，一大桶酱油。挂面倒是不少。另有大锅一只，二十几个大碗。

新郎的姐妹过来说，这是准备给客人的。然后就不见了。

我和小月的姐姐只好自己动手。大锅烧上，我开始煮面，小月姐姐负责端给客人。

刚开始的时候，面里有肉臊，有油菜。客人们连说好吃。油菜最先用完，接着肉臊也没有。只有给客人放猪油和酱油。

客人还说好。坐在那里，忙着打牌，一边报名要吃面。

到最后，连猪油也没了，只有酱油。收回来的碗筷根本来不及仔细清洗，在水龙头下冲冲涮涮就了事。

打牌的人哪儿会在意，仍在连声说好。

直到每一个麻将客都吃上，煮了一百几十碗。累到脱力的我，反而有点高兴起来。很少做家务的人，不会做菜的人，居然煮了一百多人的晚餐。

此后，我跟别人吹嘘过很多次，我做过百人晚餐，只是一直没告诉小月。我和小月之间，再没谈论过这次婚礼。

烧菜馆的热与冷

在四川之外，我不知道跟它准确对应的该是哪种店。烧菜馆，它不只是小饭馆，也不是小酒馆。顾名思义，它就是以烧菜为主的饭馆。但这么讲，外地人可能很难明白，它在成都人心目中的位置，或者说曾经的位置。

烧菜馆通常都是很小的店，门口醒目地摆上一长排蜂窝煤炉，炉子上面是一只一只的锅，锅里插着一只大勺。夏天的时候，锅是敞开的，冬天，锅都盖着。客人会一只一只地把锅盖掀起，用勺搅动一下，看看里面菜的成色品相。

看上了，就留下来，扭过头，对着老板像点名一样点菜。

"萝卜烧牛肉来一个，魔芋烧鸭来一个，再要一个青笋烧鸡，一个排骨藕汤，老板，你这个烧肥肠咋个只有土豆没有肥肠了呢？"

老板赶忙解释："哥佬倌，这两天肥肠不好买，一大早就去排，还是没买到的好多，一会儿就卖完了，你来份樱桃肉嘛，这个好，本店特色，好多客人都喜欢！"

有经验的本地人，看那些菜品的样子就知道这家店的味道好不好。成色新鲜很重要，生意不好的店，烧菜卖了两三天还没卖完，肉和汤汁都呈现出一种混沌的深酱色，菜也松散不成形。锅里菜是才烧出来的，说明这家店生意好，老板有信心不停地烧新菜出来，自然，这家店的味道不会差。

烧菜馆最红火的时候应该是二十世纪九十年代中后期。那时，成都人不论阶层，都喜欢这种街边的烧菜馆。特别是午饭的时候。多点几样菜也不贵，花样繁多，滋味丰富，荤素齐备，因为一般都点现成的烧菜，不点炒菜，快捷方便。一个人去烧菜馆，点菜也方便。几个人去吃午饭，喝点小酒，也不掉价。

那时候成都最热闹的商业区还是春熙路步行街，逛街累了的人，周边上班的人，一般都会到商业场背后的华兴街吃烧菜。这条街的烧菜馆因此兴旺红火，竞争激烈。到二十一世纪初，其中有一两家胜出，变得相当有名，不单是规模扩大，甚至连服务差都受到食客追捧，外地游客也知晓它的名声，到成都要去领略一番。

我印象最深的一餐烧菜，就在1995年初的华兴街上。

那时，我还在一家小报社，正梦想着去北京。我的高中同学小敏请我在单位附近吃午饭。

当时的印象不是因为这餐饭如何美味，而是冷。如前面所讲，烧菜馆门口一排炉灶，最是能保证烧菜的温暖。

但那餐饭我们是越吃越冷。

我还记得当时的对话。

小敏说："如果这个项目成功，以后我就可以月收入达到1万元了。"

见我没啥反应，他有些不快，接着说："1万元是啥子概念？我们桌上这些菜，可以再翻一番。"

1万元是不少，我的月工资只有450元。

街边，我们坐在一张小桌旁，没上漆的木质小桌已经有些黑了。上面摆着三只土碗和一只土碟。碗里是土豆烧牛肉，芋儿烧鸡，魔芋烧鸭，碟里是拼的一份素菜，土豆丝拼藕丁和泡豇豆。

我很不喜欢他这种谈话的方式和口气，淡淡地说："也不用翻一番，把这四个菜撤了重新上就行。"

他看出来我吃得不开心，却不明白原因，以为我嫌菜少，就像他以为，挣钱多就能吸引女孩。他不知道，话不投机，让我觉得菜都凉了，很想让老板把菜重新热一热。

当时并不知道，这是我们在一起吃的最后一餐饭，也是最后一次见面。

二十世纪九十年代中期，成都的报纸市场一片混战。1995年的这家小报，已是我毕业后的第二份报社工作。前一份报纸很有趣，是一份关于音乐的报纸，真正的市场报，但却经营不善，没多久就垮掉了。这一份报纸很无聊，隶属新华社，前面三个版主要内容都是摘抄通稿，后面一个小版面刊发一点广告，广告都是赠送的。这份没人看的报纸，还得这样半死不活地办下去，好几年以后我才反应过来，这是为了养着刊号。

刊号，随着纸媒大量死去，这个词越来越不被人提起了。但在二十世纪九十年代，刊号是非常宝贵的资源。刊号是纸媒的准生证、户口本、通行证。有了刊号，报纸或杂志的名称可以变，内容可以变，编采人员可以变，甚至挂靠单位，主管单位都可以变。刊号才是根本。没有真正利用起来的刊号，也不能停刊，得按期定时出版，所以，得先办一份应付检查的刊物，养着刊号。

一份报纸，除了主编，所有的员工就只有两人。我们既是编辑，负责选稿，也像美编一样划版，送到新华社下属另一个报社去排版，自己校对、送审之后，再把胶片送到印厂。但这工作做久了实在无聊，那时，一心想去北京，想去真正的媒体。

小敏是我高中最要好的同学，很聪明，却因为父母不支持，没去读大学。1989年，他考进了一个国营大厂。那是国营大厂最后的红火日子。据说，3000人应试，最后只考进了几十名。他急于挣钱，进了最辛苦的锻压车间，大约会多一半的收入。其实，学徒期间也就多15块。

但那真是辛苦钱。他还在实习的时候就说过，那个车间的人耳朵都不好，被巨大的噪音震坏了。

渐渐大家就失去了联系。半个月之前，他联系上了我。

他请我去家里玩。那是在棕北小区，城里当时最高档的住宅。他和几个哥们儿租了套房子，租金每月3000元。在1995年，这是我难以想象的天价。当时我的房租是100元。

小敏说，他和人合办了一个厂，生产洗涤剂。我说，那好啊，我帮你上个广告吧。在那份小报，编辑有一福利，就是可以帮熟人免费上小广告。

小广告比豆腐干还小，上面只有厂名、地址、电话和负责人的名字。负责人就是小敏。

报纸出来，打电话给小敏，他说，好啊，我来请你吃饭。

冬天的中午，看着有太阳，坐在太阳下，人是不冷，菜却很快就凉了。就像我们的话题。

两人说话都不大对得上。

我把报纸递给他，把最后一版的小广告指给他看。他认真地读了，抬起头来笑着说："电话号码漏了一个数字。"

我的心一沉，接过来一看，果然少了一个数字。我懊恼地说："下回争取重新上一次。"

"没关系。"

我想解释，报社没有正式校对，自己校对容易出错，但是说出不口。就像我也不好意思明说，这份报纸太差啦，印出来根本就没人读。

现在两人明显感觉到了距离。似乎说什么都不对。

现在回想，很多二十多岁的小伙子，都以为只要有钱能够吸引女孩。即便不是真有钱，至少要宣称有钱。

小敏以为，我嫌烧菜馆不好，嫌菜太少。我其实是喜欢烧菜馆的，我一直喜欢路边小店。但我在意的是能够无碍地交流。此时，双方都已处在不同的频道。

饭后匆匆而别，好多年都不曾联系。我在那一年去了北京，进了真正的媒体。

后来，在同学中听到一个传闻，说小敏得了脑瘫。再打听，就没消息了。"脑瘫"，这个完全陌生的名词是什么意思，是瘫痪吗，会死吗？我找资料查询，也得不到清楚的解答。

2000年之前，我在互联网搜到他的名字，看到他出现在一个单位的科技小组里。我很高兴，觉得世界没有抛弃他，大家可以一同进入"新世纪"。但后来知道，那只是一个同名的人。

又过了几年，有人给我发了封邮件，说是小敏的朋友。信里说，就在1995年的冬天，朋友去小敏家喝酒，都喝得有点多，第二天不见他上班，打电话没人接，去他家里，才发现出了事。

因为喝酒过量，脑血管破裂，又因低温，长时间没人发现，送医院抢救，被诊为脑瘫，人没事了，但行动和语言功能都有严重障碍。

为什么会喝那么多酒？对方说，小敏进入锻压车间之后，工作太辛苦，常靠喝酒解乏，酒就越喝越多。

我提出去看望小敏。那位朋友几次通信之后，拒绝了。我知道，这是小敏拒绝了再次见面。

他一定也记着那次在烧菜馆的冷场。我猜，那时，或者现在，他的感受可能更冷。

煎饼馃子就是北漂滋味

要说北京什么最好吃，我肯定会想到煎饼馃子。曾经有一段时间，连着吃煎饼馃子，吃到后来，再也不想吃了。但还是觉得，这是北京最好吃的东西。因为它的刻痕太深了。

1995年的时候，忽然得了一个机会，去一个大媒体。关键是，地点在日思梦想的北京。

得到消息的时候，我所在的成都某小报，正好面临关张。我马上收拾行李，连最后一月的工资都等不及领，就飞去了北京。

十一月中旬，成都已经进入初冬。想着北京肯定更加寒冷，没去过北方的我，里三层外三层地穿着，我最厚的外衣毛衣全都上了身，里面裹着的是一颗兴奋热烈的心。拖了一个超大的行李箱，连床头台灯都带上了。毕业不久的我，这些是我全部家当。带上这些，是我对北京的全部诚意。

下飞机，坐大巴，下到复兴门。发现复兴路跟复兴门不是一回事，又打车。看着计程表一阵猛跳，心也猛跳。司机告诉我说，到了。我拖着行李箱，下到一个有军人站岗的大门。

门岗打电话进去，等了一刻来钟，出来个女孩。女孩说她叫小鑫，来接我去编辑部。她给门岗解释，说，这是我们的客人。

客人？我听着就心里打鼓。不是说好我是来工作的吗？

在大院里走了很久，到了后院的一幢小楼。进到楼里，看见了这家媒体的牌子。牌子和办公室都不大，但是口气很大。叫"世界××年鉴"。

小鑫领我去见总编。总编是个邋遢的中年男人，头发上是油垢，牙齿和手指上是烟垢。他一副摸不着头脑的样子，似乎真是不知道我要来工作。

我着急了，说，是陈主任叫我来的。然后说了一串名字。这些名字，就是介绍我的朋友和朋友的朋友。转弯抹角的关系。听说陈主任讲，马上来工作，这儿还分国内部和国际部，国内部又分文化部、经济部，等等，条件好，还有宿舍。中间传话的朋友对我说，赶紧去，这么好的工作，好难得。

周总编听了这一堆名字后，又听我转述陈主任的话，似乎明白过来了，说："小陈出差还没回来，你等几天吧。"

他语焉未详，也没说让我工作，还是不工作。看着我和我的大箱子，他叫小鑫带我去办公室。

看来小鑫就负责办公室工作。我在一张桌子边坐下，无事可干，室内暖气烧得很足，我学别人那样，脱掉外套，但里面一层又一层的毛衣不好脱，身上燥热难受，再加上心中忐忑，百般不自在。

小鑫抱了几本精装书过来，说："这是我们这几年的年鉴，你先看看。"

这些红皮大书，很厚很沉，外壳上烫着金字。里面翻开，前面一些难懂的文章，主体部分是企业名录。

在成都的时候，我也见识过一些媒体了。那几年，正是媒体走向市场，一片混乱的时候。我见识过的小媒体，好些并不靠内容或者发行为生，单为广告存在。

拉到广告才印，印出来直接给客户，并不在外发行。这样的媒体，没有读者，没有媒介作用，客户有的是为了私人得到丰厚回扣，有的是借公款为个人扬威，有的是为了讨好上级单位。

我心里越来越疑惑担忧，终于熬到下班时间。小鑫过来对我说，我老公正好出差了，你住我家吧。

我像看救星一样看着她，跟她回家。她家也在部队大院里，一间小小的宿舍，中间一张双人床。

小鑫其实大我不到一岁，非常能干，萍水相逢，却对我热情照顾。我住在她家，她烧饭给我吃。她还陪我去银行开户——那时银行之间不联网，去外地得带着现金去，重新开户。她又陪我去买羽绒服——四川没有暖气，穿衣习惯和北方相当不同，主要靠多层毛衣取暖，外套并不厚，所以到了北京，就得按北方的习惯来置衣。后来和小鑫成了很好的朋友，这是另话。

上班的时候，在办公室并无具体事情，总编老周拿一堆企业名单，让我抄到信封上。信封里装进广告，宣传这年鉴如何有影响力，进入了有什么好处。

几天以后，陈主任出差回来了。待了这几天，我差不多明白了。所谓出差，也就是去到"下面"跑了一圈，拉广告。北京之外，皆为"下面"。但他去的下面，是真有点"下面"。大城市已经跑完，大企业也拉得差不多了，他们最近在重点攻克一些小煤矿。陈主任在内未必是主任，但在外面，"编辑部主任"的名头是必需的。他告诉我窍门，他拿着主管单位的介绍信，先是对接省里建立联系，然后再下去，就比较好办。我明白，他们是一级级地拉大旗做虎皮。我也就知道，这介绍工作的误会是从何而来的了。

陈主任是四川人，回四川探亲，也沿用这些说法，我朋友的朋友就信以为真，替我找了这份好工作。估计他看着弄假成真，也不好说破，只好任由事态发展。

明白这点我就急了。这样拉广告的事情我做不来，也不愿做。他们有男生宿舍，却没有女生住的地方。小鑫的老公出差已回，她家里再住不下。

我搬到办公室住下。办公室有一张破旧的沙发，半夜暖气一烤，沙发背上，暖气片上，会爬出许多小蟑螂。我平素最怕这些虫子，但这些天，形势所迫，居然也能睡着。

我开始积极联系工作。离开成都时，朋友熟人给我开过一些名单，让我有困难可以去找他们。这是我的路条，是真正的护身符。打了电话，就挨家拜访。差不多每天都向老周请假出门。老周心里肯定明白，我不合适他们这里，但他不为难我，也不赶我走。有一晚某醉汉还来推过我办公室的门，吓得我一晚不敢睡，第二天我告诉了老周，老周还去帮我打了招呼，从此相安无事。

那时，每天早上，我出了大院的门，就到路边，去买一只煎饼馃子。

小贩照例问一声，要不要辣？要！我答。

然后看着他熟练地把面糊舀到锅上，转成圆形，再打上鸡蛋，加上辣椒酱，加上别的配料。

当然要辣椒啦，在北京吃得没有滋味的时候，煎饼馃子的辣椒酱也能解解乡愁。

鸡蛋也给人安慰。如果是中饭的时候，吃煎饼馃子，就要求多加一个鸡蛋，顿时觉得自己很会照顾自己，吃得很有营养。

大半个月跑下来，很有成效。先是找到了一份不错的工作，在某大报当夜班编辑。这份工作，没有"指标"。那时，北京的媒体，没有指标就不能正式调入，只能临时聘用。干的活比别人辛苦，收入却只有别人的几分之一。但对当时的我来说，这已经是非常好的选择。接着又找房。都解决好了，可以去上班了，才跟老周辞职。

老周一点儿没为难我，甚至还给我结算了这半月的工资。这让我有些意外。我到的时候，并没跟他谈过工资，甚至他也没承诺给我这份工作，后来，我多数时间都在外面跑工作找房子。

那时，我接触到的老周手下，好多对老周都有微词，觉得他抠，觉得他精。我不喜欢他做的事情，但他对我，真是宽容，并无计较。

我听他讲过一点儿事情，不知真假。他是万县人，早年坐过牢，在北京他有一个好朋友，他的老乡，南德集团的老总牟其中，他们住得近，两个家庭经常往来。

我到了新的单位后，再没去见过老周，2000年，牟其中被判无期徒刑的时候，又想起了他。过了几年，听小鑫讲，老周已患癌症去世，他去世前，公司已远不如我见到的时候。2016年，牟其中出狱。2018年，新闻报道，最高法院提审牟其中案，再审期间中止原判决，78岁的他欲重振雄风，创立了新的公司。我又一次想起了老周。

铁路边的咸鸭蛋

我急需租一个房子。

我完全不熟悉北京，到北京不足一个月，我临时住在北京西三环的一间办公室，得在北京三环的东南方向找一个住所。

我得到的新工作要有固定住房才能上班。

新单位的主任说："快一点儿，最多等你半个月。也别远了，方圆六千米吧。最好在我下班的路上，我可以顺路捎你回去。"

那是一份夜班编辑的工作。

除了主任，部门里有北京户口的正式员工都觉得太辛苦，没人肯干。主任就得找个帮手，于是，我得到了这份工作。

但是，我却不知道怎么找房子。

小鑫安慰我，说，别急，周末休息，我带你去找表姐，表姐有办法。

其实我一直不太明白，小鑫为什么对我那么好。不只是萍水相逢，差不多算是她把我"捡"回家的。我到老周那个可疑的媒体上班，结果是个误会，没地方可去的头一天，她就收留了我。

相处久了，越来越惊讶。

小鑫身上似有无穷动力。

她是个农村孩子，读的书不多，一个偶然的机会，到北京某部队的食堂帮厨。人漂亮，热情又肯吃苦，虽然学上得少，但其实挺聪明，很容易赢得别人的好感。于是，某位领导觉得她不错，把她介绍给了自己的司机。年轻司机看起来一表人才，两人很般配，恋爱结婚，小鑫顺利留在了北京。老周常到食堂吃饭，也觉得这姑娘踏实勤劳，便挖到自己单位，处理办公室杂务。

我跟她相识的时候，正是这个阶段。

星期天，她果然带我去找表姐。表姐在丰台。

跟小鑫坐公车，绕来绕去，我不住为窗外的景色惊讶。1995年的北京南面，比同时期的成都似乎还要落后很多。街道破旧，房屋也越来越矮，越来越破。

下了公车，走了一段，越来越不像在一个大城市，像是典型的城乡接合部，有一种乱纷纷的氛围。前面出现了一条铁路，铁路两旁很多临时摊贩。

小鑫走到一个摊位前。那个摊位，其实只是铺在地上的一张白色塑料布，塑料布上摆着一堆咸鸭蛋。摊位上并没有人。小鑫问旁边的一个小贩："我表姐呢？"

显然，她对这里很熟。还没等那人说话，远处一个大姐就热情地叫着，赶了过来："我在这儿呢！"

小鑫把我介绍给表姐，我也跟着喊："表姐好！"

表姐穿着格子外套，很像我们想象的农村大姐。但除了晒得黑些，皮肤粗糙些，眉目轮廓还是挺好看，跟小鑫长得挺像，只是个子更高，人显得很热情爽利。

表姐把钥匙给小鑫，说："你先上家去，我跟着就回！"

我跟着小鑫继续走。眼前的景色跟先前看到的更不一样。这里沿着铁路的是一大片窝棚一样的临时建筑，有的是红砖砌的，还有好多是土砖所筑，顶棚也都很简易，石棉瓦之类的，有的窗户没有玻璃，只是个黑洞，有的是用点蓝色塑料布蒙上的。房子都修得歪七扭八，中间有一些自然形成的通道。

这相当大的一片棚户区，沿铁路生成。我从没到过这样的区域，不知我有没有露出震惊的表情。

不一会儿，表姐骑着一个拉货的小三轮赶上来了。三轮车上是她没卖完的咸鸭蛋。

表姐招呼我们上车，我们摇头拒绝了。她也就下了车，说："正好买点儿菜。"

这是棚户区中间一小块稍微开阔的地方，中间有一棵大树。是我在这个区域见到的唯一的树。大树下有两辆带玻璃橱柜的三轮车。卖熟食的。拌得红艳艳的猪头肉，很可疑的样子。看起来，表姐铁路边上的摊档，针对的顾客是下班路过的人和临时停车的火车乘客，这里的两个摊档，针对的就是这个棚户区里的人。

表姐买了两样凉拌菜，一边跟卖猪头肉的两个小伙子聊天，又指着我说："你们是老乡呢，她也是四川来的。"两个小伙子明显很热情，问我家在四川哪里。出于自我保护的本能，我只是笑笑，并没怎么答话。

表姐家也紧挨着铁轨，但在棚户区里算是好一点的房子。红砖砌的，屋顶是铁皮的，有一大一小两间。大间里面一张大床，旁边放了几只罎子。小间支了一张小床，里面有更多的罎子和瓦缸。没有厨房，屋檐下有一只煤炉。

房间里都散发着一种可怕的气味，特别是小的那间房，那种臭味浓得散不开。不用问，我知道，那是坏了的咸鸭蛋的味道。

表姐夫也回来了。他们还有两个孩子，才两三岁。小鑫跟我讲，表姐夫妇是因为想多要孩子，才出来的。"这里钱好挣。"表姐在一旁补充。

表姐夫炒了一个白菜，又切了几只咸鸭蛋。

这时，那两个卖猪头肉的小伙子也走了过来，手上拎着他们的凉拌菜和一瓶酒，他们跟表姐夫打招呼，说："给大哥大嫂带了一点菜。"

几人七手八脚地搬了桌子凳子摆在露天，晚餐就开始了。

十二月初的北京，天气已经很凉了。但他们似乎一点儿都不冷，喝着白酒，聊着天。我简单地就着咸鸭蛋和白菜吃了一点儿饭。表姐做的咸鸭蛋味道很好，红红的蛋黄，刚好出油。但闻着屋里传出的味道，咸鸭蛋也没有往日对我的吸引力。

当晚，我和小鑫就跟表姐住在那间大一点儿的房里，表姐夫另找地方睡了。屋里没有暖气，取暖就靠床上铺的一张电热毯。电热毯没有调温挡，睡下一会儿，背上就烤得滚烫。而前胸还是凉的。只好侧身再睡。辗转不停。半夜，每有火车驶过，屋顶的铁皮便扑挞扑挞地动起来。迷糊中，我想象那是一只大铁鸟正在起飞。

第二天上午，我跟小鑫说，这地方还是离新单位太远，小鑫和表姐也没多劝，我们就离开了表姐家。

这之后，我每天去报社附近转悠，挨家打听，大约一周后，终于租下房子，开始了新的工作。

后来的小鑫，越来越让人刮目相看。她在老周那儿工作了几年以后，慢慢对广告宣传摸清了门道，便自己开了公司，公司做得规模还不算小，俨然一位成功的女企业家。但对我的赤诚热心依然，她有几年不大能理解我在家里写作，不外出工作挣钱，很担心我，总想着介绍事情给我。我知道她的好意，又觉得很难解释。直到近些年，看着我出版的书多起来，她才放下心来。

前一阵，她给父母在老家和县城都各买了房。那里现在已经不算偏僻，算是大北京概念里的地方。她跟我聊天，聊到了她的表姐，表姐一家现在也很好，在老家买下了很大的房子，孩子也已经大学毕业。

饺子冻在窗外

饺子冻在窗外，窗外是天然冰箱。

这是我到北京之前就设想过的。那时，不知从哪里听来，北方人把饺子挂在窗外，想吃的时候就拿几个下来煮。

1995年，我见到的北京，大多并不是这样。屋里都有暖气，房里非常温暖，有暖气的房子也会有冰箱，哪至于要把食物冻在室外呢。

但我租下的这个房子，没有暖气。

房子离报社不算太远，两千米的路程。从报社往这个方向，走一千米，公路就没了，再走土路一千米，就是这个村子。这距离在能接受的范围，一起值夜班的主任愿意开车把我送回这里。土路时不时有冒出的石头，有时会在主任的车底，敲出哐当的声音。我的心提起来，主任的心也提起来。他有时忍不住说："你再重新找个房吧！"

其实这个房子找得已经相当不容易了。

那时北京的报社，没有编制，几乎就没有工资。没有北京户口，就不可能有编制。北漂的人怎么可能奢望北京户口。这简直是个死循环。

我在报社值夜班，直接报酬叫"劳务费"。每月350元。当时报社的正式员工，收入达到3000很正常。

这就是编制的价格。

但是，有这么值钱的编制，凭什么还要辛苦地值夜班呢？所以，我所在的这个头版，除了主任，没人肯干夜班编辑。因此，主任得雇一个临时工，来当夜班编辑。夜班编辑差不多算个隐形人，外界不知道你的存在，好在我也同时采访写稿，我的名片或报道上署名的职位是："实习记者"。

这么一讲，按现在的思维，可能会以为，这是一个官僚的，没人干活的，质量很差的报纸。但并非如此，这份报纸，在当时的北京，是十分有影响力的，特别在市民中口碑相当不错。我作为一个欠缺正式编制，没有北京户口，欠缺记者证的"实习记者"，在外面采访或者其他时候，常得靠一只大挎包。那是一只电脑包，上面大写着报社的名字。我靠着这只包和一张名片，狐假虎威，采访就没人质疑我的身份。报社开给我的采访介绍信，我一次都没用过。我明白，一旦用上了介绍信，那才更让人不能相信呢。北京的记者们，都牛皮哄哄的，一旦谦虚谨慎，别人肯定认为是假的。

正因为能够采访，写稿，能挣到夜班编辑之外的稿费，才能生活下来。

我的房租是260元，如果只能当夜班编辑，那一个月只剩90元生活。主任也觉得这太少，但他也没办法。这是规定，劳务费的上限就是350元。

这个村子，是因为拆迁临时修建起来的。在一大片荒地之上，修建了很多排红砖平房。每套房子都是小四合院的形式。我的房东住在正房，东厢房是厨房和杂物间，西厢房两间，一间是我租的，另一间租给卖菜的一对外地夫妇。

我的房间很小，中间摆一张小床，边上刚够放一张小书桌，没地方摆椅子，坐在床边正好。另外一个角上还能放一个小小的简易塑料衣柜。

租房的时候，房东说他装了"土暖气"，但住下来，发现，我那间房是"土暖"的最后一间。暖气管从来是冷的，去跟房东抱怨，他便把他的土制锅炉烧旺一点，于是，暖气管的尾部便会突突突地冒出一股水，有时太突然，没及时用盆接住，床便会被喷湿。几次以后，我便放弃了有暖气的念头，就靠着电热毯来抵挡冬夜了。

白天就好了。虽然夜班编辑下午四五点到，能赶上编前会就可以了，但我会上午就去报社。帮着接热线，从热线里找些采访的线索。小的线索可以当即电话采访，大一点儿的线索，贮备起来，放着休息日去跑。

报社的暖气，真是温暖如春，食堂还是免费的。虽然工作时间每天都有十几个小时，但正好让人忘记了居住的困难。

我一周有两天休息，休息时间差不多都是出去采访，回来写稿。吃饭反倒是个问题。这时，我的窗台"天然冰箱"就派上了用场。我平时有空，就买上两袋速冻水饺，买回来就放在窗外。要吃的时候，就去房东的灶上一煮一煮，完全实现了我早先对北方的想象。

直到天暖，"冰箱"存不住饺子，只能改为休息日吃面，从荤到素，生活水平直线下降。

在报社，当时像我这样的北漂青年极少，好些同事知道我的情况后很惊讶，我似乎提供了一个"忆苦思甜"的例子，他们甚至提议要组队来我住处参观。因此，他们会把不愿意跑的，不屑于做的小采访交给我，让我多些小收入。

天气渐暖，我住在那里，又有了新困扰。平时白天上班，穿过一大片荒草，有条小路能够接上公路，比村中央的土路少走半里路。

有一天，我正走着，远远地听到有人在冲着我喊："喂，喂！"我一扭头，看见荒草里站着个露阴癖，正对着我。我吓坏了，拔腿就跑，那家伙居然还喊个不停。

到了报社，我惊魂未定，跟同事讲起这事。有同事说，这种人最怯懦胆小，骂回去就好。我可没这个胆量，只能从此不走小路了。

因为值夜班是和主任及老总一起工作，老总估计也听说了这件事，主动给我开了一个条，让我去广告部，打一个免费的分类广告。两行字："本报某女士求租一间房，传呼号：……"

广告一出来，我就收到了很多传呼。电话回过去，很多稀奇古怪的情况。听起来最可靠的是一对老两口，说可以去他们家住，因为女儿出国了，空了一间房，但条件是，不要带行李，只带把牙刷就行了，可以跟他们做伴。这个我仔细想了想，我没办法陪伴他们，我是来工作的。其他的电话，要不很可疑，要不就是中介。联系了一大堆，还是没租到

煤油灯时代（西门媚/绘）

1970

泡桐花开（西门媚/绘）

1970

半截巷的孩子（西门媚/绘）

1970

BO 收录机（西门媚/绘）

1980

新片未到（西门媚/绘）

1980

停课的下午（西门媚/绘）

1980

大哥大时代（西门媚／绘）

1990

买花去（西门媚／绘）

1990

冬阳（西门媚/绘）

1990

当时明月（西门媚/绘）

1990

小汽车时代（西门媚/绘）

蜡梅茶（西门媚／绘）

2000

假日将尽（西门媚/绘）

2000

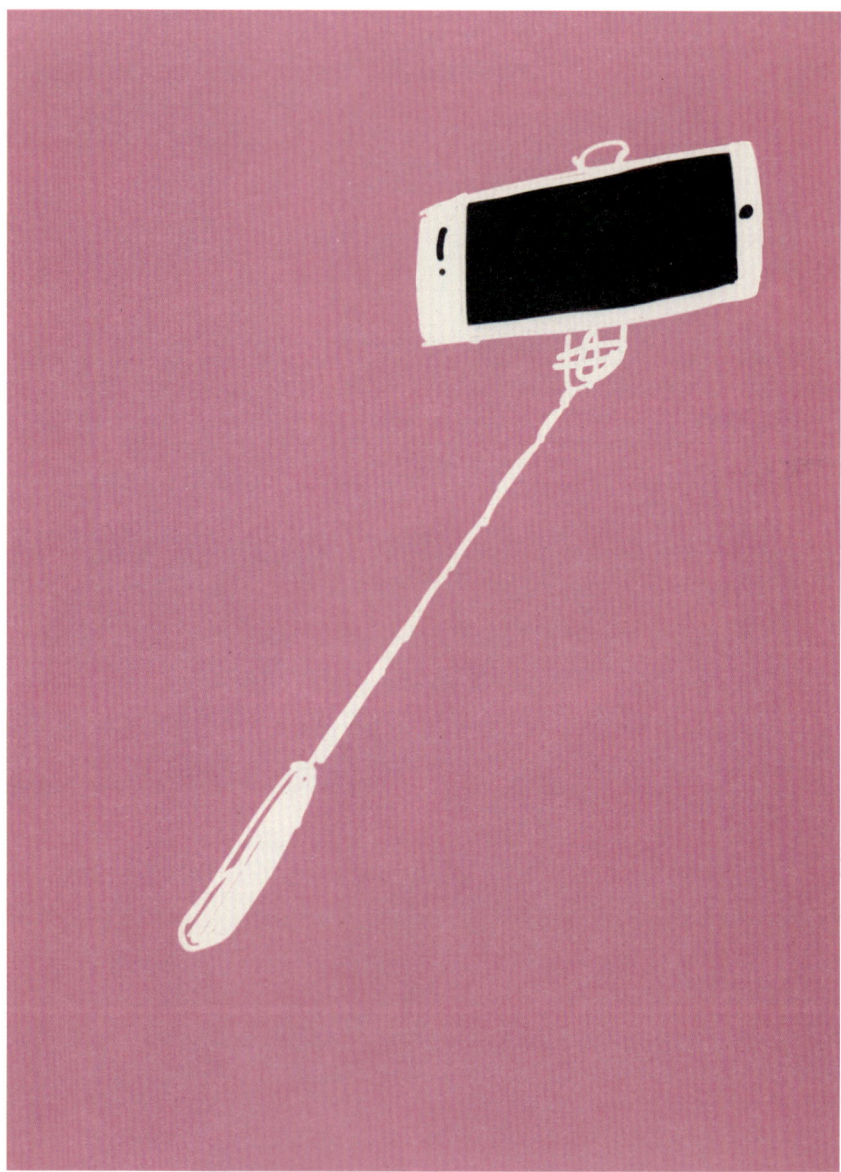

智能手机时代（西门媚/绘）

2010

蝉之歌 (西门媚 / 绘)

2010

暮春者（西门媚/绘）

2010

房子，归根到底就是，好一点儿的房子，我的收入支撑不了。

那时，看地图就知道，自己已经住在地图的角上，地图上印"图例"的地方。那时北京城不大，报社处于东三环外，周围间插着楼房、平房与荒地。

夏天的时候，报社楼下隔壁的小铺，忽然开了一家餐馆，可能是想针对报社的人做生意。他们把桌子摆在露天，桌面是黑色的，一个伙计，背对着桌子，拿个苍蝇拍，就像扇扇子一样，往身后拍打。一会儿，才回头，扫一扫，把一堆东西扫到地上。我走近的时候才看清，那黑色的桌面，是一层密密的苍蝇。伙计背对着桌子打苍蝇，不需要看，不需要准头。

我知道，这些苍蝇来自附近的旱厕，肯定也包括我所住的那个村子的旱厕。

但一墙之隔的报社里面没有这些。报社窗明几净，灯火明亮，人气十足，看起来跟周围的世界格格不入，就像一个独立城堡。我一进入城堡，立即启动另一个状态，我几乎忘记了生活里的苍蝇。

我和北京的重要分歧

我和北京的重要分歧是：吃。当然，很多四川人到了外地，都会有这样的分歧。但是，北京更特别，不仅是四川人，来自其他地方的北漂青年跟北京的分歧也有这一条。

1995年，在北京住下来，开始工作。到了1996年，工作稳定下来，吃的分歧就更明显。

我所在报社的食堂，据很多友报同行说，这是全北京最好的报社食堂了，他们有机会，就顺道来吃上一回。

理智上，我知道他们是对的。

我一天会在报社吃上三顿。午餐、晚餐和夜宵。这三顿，不仅提供给我温暖和营养，还让我省下钱来付房租。

报社食堂里的菜品让我大开眼界。比如我以前没见识过的木须肉。我不知道食堂做得正宗与否，这肉炒得就像木头一样，坚硬，有一种吃柴的感觉。这让我百思不得其解，为什么这名字和口感这么吻合。多年以后，才知道，原来准确的说法是"木樨肉"，是指里面的鸡蛋，像"木樨"，即"桂花"一样。但我至今认为，报社食堂做的是"木须"，是木头棍，而不是"木樨"。

平心而论，报社的食堂是努力的。晚上夜班的空档，到食堂里吃一碗小馄饨，再回办公室，接着排版、校对、对红、送签。小馄饨深受夜班人员喜爱，里面有紫菜，有虾皮和葱花。缺点是太咸。回到办公室继续夜班的时候，我需要不停地喝水。有时候，夜班加餐是面点，我喜欢这个。顺便再带个小花卷回家，第二天早餐就有了。最特别的是我见识了一种叫"插枣饽饽"的面点。之前在莫言的小说里读到过这个词，作家是当黄段子讲的。现在见到真品，便心怀邪念，觉得不能直视。

跟外面餐馆比较起来，报社食堂绝对算相当不差的了。但因为我大部分时间都吃它，所以，抱怨才日渐累积起来。除了单调和厌倦，更主要的是因为没有辣椒，因为思乡吧。

在大办公室空下来，闲聊天的时候，我跟同事们绘声绘色地讲述成都的美食，引来一片啧啧之声。我正讲得起劲，米拉叫我去她办公室坐坐。

米拉是我同学的同学，是个热情、能力很强的记者，也是资深的文艺青年。我的这份工作，就是她介绍的。进了报社没多久，我们就成了好朋友。

在她的小办公室，她说："你别老讲吃的事，对你的形象不好！"我愣了一小会儿，心想，在成都，大家觉得谈论吃的，是懂生活的，有趣的人。但我相信米拉的判断。她在周末部是顶梁柱，出差在外是有魅力的北京女孩，在文艺圈里，潇洒利落，好多人会一眼爱上她。

她的这个说法，肯定是对的，不要以谈吃为乐。我听从了她的意见。但心里觉得，北京真是跟成都不一样啊，这是我们的分歧。

但是，在异乡的时候，吃，不仅是个爱好了，有时，只是为了寄托一下思乡的情绪。

其实米拉也喜欢搞点小调调的生活，喜欢吃川菜。她在成都念的大学，念念不忘成都的美食。我休息的时候，经常和她在一起，就像别的闺蜜常做的那样，谈女孩的心事，也像别的文学青年一样，讨论文学。我在她那儿，两人还像过家家一样，共同做点吃的。

她住在单位宿舍的筒子楼里，虽然只有一间房，但在我看来，已经是非常好的条件。有暖气，有公用的厨房和卫生间。

那时，对于做菜，我其实只会纸上谈兵，米拉比我好不到哪儿去，但她胆子大，可以发明菜式。

我印象最深的是，她从冰箱拿出一盒鸡翅，放到锅里，掺上水，放点酱油之类的，就没有多的配料了，她想了想，拿了茶叶筒，倒了半筒乌龙茶进去，开始煮。我那时从没看见过把茶叶煮到菜里，其实，她也没有。她一如平时的潇洒劲头，说："这是我发明的！肯定会很棒！"

我觉得心里打鼓，不知那会是什么味道。

然后我们回到屋里，继续聊天。好半天想起来的时候，赶紧去厨房关了火。锅里的水已经下去了一半。

米拉一边盛出那些黑黑的鸡翅，一边自我表扬："太香了，我简直是天才！这创意，没人了！"

在她的带动下，我也觉得这茶叶鸡翅味道相当不错。

边吃边跟米拉讨论，这鸡翅，没有辣椒，也不是川味，我为什么还吃得津津有味，肯定是因为，这是一种自由状态。

我明白我对北京关于吃的抱怨，其实是对诸多方面的不满。生活的不便利，各方面的不公平。

米拉虽是北京女孩，但一样的对北京抱怨许多。

1996年上半年，忽然有一种传说，说是北京会有大地震。这传说不知起端在哪儿，但却在报社悄悄流传，我和米拉一见面就讨论这个。我们忧心忡忡，夜不能眠。米拉说，要这里真是有大震，那普通人最惨了，救援肯定按级别来的！

传说日益显得真实。记得7月末的一个晚上，我在报社值班，大家都说得有鼻子有眼，说，就在八月！那时，值班的夜班编辑又新招了一人，是一位重庆籍的男生。我和他轮流值班，都是没有编制的"临时工"。

听到言之凿凿的地震之说，这位男生当晚就告了假，买火车票回重庆了。没买到坐票，买的站票。他这一走，大家当笑话传，但又更为这谣传加了料。

我坚持着值完了那一周的班，也回了成都。就如那位男生一样，我们对北京真是一点儿忠诚度都没有。

回了成都，天天给米拉打电话，让米拉也来成都避避。米拉去采访了一位地震专家，专家说没这回事。米拉还是不放心，因为有的同事晚上都不敢回家睡觉了，就在车里过夜。一个晚上，传说中地震就要来的那天，米拉又打电话到专家的家里，专家太太说，专家睡下了。米拉这一下才放下心来，跟朋友们通报："专家都睡下了！"

谣言大半个月后就消失了。8月下旬，我接到研究院的录取通知，才重新回到北京。

学生食堂的咸蛋黄到哪儿去了

中秋前后，必然有两件事，一件是订月饼，一件是讲月饼的笑话。

我自然会想起1996年的学生食堂。十月，食堂连续卖好多天暗黑料理。当然那时，还没有暗黑料理这个词。

这个菜是以咸蛋白为原料做的。另外加上青椒。青椒炒咸蛋白。

看起来不太难看。青青白白。但不能入口。咸到极点。

那个年龄，胃口极好，也没法消受这个菜。先把青椒挑出来，下着白饭吃了。蛋白全部剩下。

第二餐，就知道不买这个菜。

可这个菜，顽固地待在食堂菜牌上。甚至最后其他菜都没有了，只剩下它。我和同学们，不再吃食堂，都到校门外的一个小饭馆吃饭。

同学们开始是很困惑的，天下怎么会有这么难吃的菜。食堂的师傅是怎么发明出来的？我忽然福至心灵，说：中秋节剩下的吧？！

同学们来自不同地方，月饼馅各不相同，所以，大多数都没反应过来。我也不知，咸蛋黄做馅是否是北京月饼的主流，但我们食堂，连着用咸蛋白做菜，肯定是这个原因。

那时，我们刚刚入学不久。

我和我的同学们，都是工作了几年，才来这里念研究生的。除了我在媒体工作，他们大多从事艺术工作。我宿舍和隔壁宿舍的女生，就有一位画国画的，一位画油画的，一位弹古筝的，一位跳舞的，一位唱京剧的，一位弹钢琴的。

以前所学专业不同，背景相异，但都是在工作之后，觉得需要再补充，再提高，都对艺术理论、艺术批评感兴趣。

研究院在北京的一个破旧大院里。大院后门进来，几排旧平房，那是部分老师的宿舍。旁边有两层旧楼。楼修得相当简易，很薄的水泥板，用铁件加固而成。楼梯和走廊也是铁的。走在上面，发出"哐当哐当"的声音。这就是研究生宿舍。

楼上女生宿舍，楼下是男生宿舍。

宿舍里没有水房，也没有卫生间。下了楼，西面近处有一间没完全封闭的平房，是水房，远处是一个公共厕所。

东面的小红楼便是教室和研究生部办公室。再远就是食堂。

被这些简易破旧的建筑围合起来的，是一块小空地，中间好些巨大的老树。树上栖息着许多乌鸦。

我之前从没见过这样多的乌鸦。这些乌鸦自由得很，墨黑的身体，慢腾腾地在老树间起飞降落。每天早上，我都站在半露天的铁皮走廊上，边梳头，边看着乌鸦，觉得这黑鸟原来挺好看的，跟这老院子的气质很搭。

每天清晨，女生们拎着个小红桶去公厕。这小红塑料桶，就像我们画画时用来洗笔的小桶，在这里，它变成了马桶。晚上去公厕，太远，光线又差，很吓人，但常规的马桶，又太让人难堪。所以，文艺的女生，就用了这个小塑料桶，有一种掩耳盗铃的乐观。

洗衣服也是个麻烦事。天气渐冷，水房里越来越冻。那个年龄，最喜欢穿牛仔服、牛仔裤之类的厚衣，洗起来就麻烦了。应对的方法是先用洗衣粉泡上好一阵，然后打开水龙头猛冲，冲上一阵，算是漂洗。入冬以后，水房两头都结了冰，进入水房都得小心翼翼，很容易滑倒。那时，幸好有一位阿姨，每周到我们这儿两次，收费替学生洗衣。洗衣阿姨很辛苦，据她讲，一周的另外几天，她在北京的其他高校洗衣。

听了她的状况，既同情，又怕她跑一趟生意不够，赚钱太少，于是，我每次都鼓动其他同学也去找她洗衣。同宿舍的古筝妹妹最听话，每次听我说，都跑到楼下去，找她的男朋友，她的男朋友高我们一级，就住在楼下。铁楼梯跑出"蹬蹬蹬蹬"的声音，就像她平时在宿舍练的琴。她师从的那个流派，弹琴最是有力铿锵。

"古筝妹夫"比她大好几岁，贵州人，性格温柔得不得了，从各方位照顾她，甚至帮她洗衣做饭。这下好了，洗衣的事情可以交给阿姨了。

饭得自己做，不能总是吃食堂的咸蛋白炒青椒啊。总在外面吃，又花钱，还不恩爱。他俩搞了个小煤油炉，在宿舍里，过起了小日子。

我记得，有一天，古筝妹妹专门来叫我，说她男朋友要她来请我，因为我一定会非常喜欢。原来，他不知哪里去搞到了豌豆尖，嫩嫩的，肥肥的，煮了汤，烫了来吃。

豌豆尖不是"豌豆苗"，是种在土里的豌豆苗顶上的嫩尖，是冬春才有的美味蔬菜，四川人最爱的口味，四川人对它的爱称是"豌豆巅儿"。贵州人也好这个，所以，他专程邀请我品尝。

看着这绿油油，嫩生生的豌豆尖，我眼睛都亮了。

在那个学院里，吃变成了很重要的一件事。

不光学生是，老师也是。

我在老师的办公室里，经常听到他们聊天的内容就是关于吃。在那时的我看来，他们吃的相当不高级，谈话也相当不高级。因为他们最喜欢讨论的是如何吃得便宜。我听他们互相传授，如何起一大早，坐车到相当远的批发市场，去买菜买油买肉。

在课堂上也是如此，老师们喜欢在课堂上抱怨生活。研究生住得差，其实院里的年轻老师也住得差。他们在旁边住着平房宿舍，在门口盖个小厨房。学生们走过时候，经常看见老师在小煤炉上煮菜，不免心里面嘀咕一下，"果然吃得比我们还差"。

那个年龄的我，不仅是个文学青年，还喜欢艺术，是个艺术青年，同时还喜欢摇滚，虽然不敢称摇滚青年，但也性格反叛，愤世嫉俗，眼高于顶。看见老师比我们更计较日常生活，牢骚那么多，便觉得跟他们学不了什么东西，于是下定决心，去申请退学。

研究生部主任十分震惊，觉得我真是大逆不道。也有好心的老师来做思想工作，但我的牛脾气上来，什么都听不进去。

1997年春天的时候，我跟同学们告别。北京的春天短促又美丽，我们的学院忽然变得非常漂亮，在四月末，所有的花一齐开放。我们在这座古老的园子里游荡拍照，那些照片极其美好，一群热爱艺术的学生，年轻的脸庞衬着盛开的春花。

好多年过去以后，慢慢跟同学们都失了联系。我想他们到现在，应该都在各自的艺术领域里很有成就了吧。对于这段求学经历，让我真正有收益的不是来自课堂，而是来自宿舍。我们的夜谈跟大学时代不一样，不再是讲情感心事，而是讨论艺术。就如我常向她们介绍我心目中好的文学，其他每位同学也会热情讲述自己的专业和想法，音乐、戏曲、绘画。生活是食堂的咸蛋白，水房里的冰凌，但这群青年学生都对艺术，对未来，信心勃勃。

社会新闻记者吃什么？

街上有一堆人围着，我停下自行车，就想凑过去。

"啥子事？"我伸长脖子张望着，一边问围观人群。围观的人也很乐意跟我讲。

因为这里是成都嘛。

成都人经常调侃自己，说，街头一群人都低着头围观，肯定是有人在地上吐了一口痰；如果街上一群人都仰天围观，可能是因为有一个人流了鼻血得仰着脖子，后来的人都会学着样子，仰天找寻，觉得天上有什么稀奇。

我以前不是这样的，我是个胆小的人，看见街上有人吵架，甚至拉开阵式，可能打架，我会马上离开，避得远远的。我不喜欢听人吵架，更害怕看人流血冲突。

但1997年春末的我，完全转了性子。我也像别的成都人一样，一

159

边往人群中挤去，一边问："咋个了？咋个了？"

因为，我现在是一名社会新闻部的记者。

我所在的这家报纸，两三年前我离开成都时，还很不起眼。我在北京转了一圈，回到成都时发现，这份报纸，已经在市民中相当有影响力了。

当报社领导问我，想做编辑还是记者时，我毫不犹豫地说："记者！"

我前两年在北京工作的那家报纸，新闻部门都是采编合一，除了部门领导，没人想干编辑，编辑得上夜班，记者却自由风光。都在同一个部门，编辑没法否决记者的稿子，只能为记者提供服务。

但成都的这家报纸，采访部门与编辑部门完全分开。新闻部采回的稿子，交到编辑部，编辑用不用，怎么用，记者完全没有话语权。编辑和记者的关系，跟北京那家报社是反的。

后来我想，如果早知道了这一点，我可能还是会选当记者。我早已不想夜夜守着编报纸，而对在外面寻找活泼的新闻，充满了兴趣。

领导对我的态度似有小意外，又让我选部门，我选了社会新闻部。

他似乎更加意外。

在食堂吃午餐时，我很快就明白了其中原因。

报社食堂质量不错，一日四餐，吃饭都是免费的。但那天，正好有一样紧俏的小菜，引起了风波。

社会新闻部的一位同事，跑了新闻回来，到了食堂。他伸长脖子望了望，向打菜的师傅提出，要一份折耳根拌嫩胡豆。听起来虽然普通，但四川人才知道，好些时令小菜，比大鱼大肉更有吸引力。那师傅说，这个菜今天太少，得给总编留着。同事一翻白眼，想说什么，又忍了回去，转头去打别的菜。这时又来了位编辑想要折耳根胡豆，这师傅居然乖乖地给编辑盛了一小份。

社会新闻部的记者不干了，发作起来。"我们每天在外面那么辛苦，回来吃个折耳根都要被你们刁难！"接着，他吼出了振聋发聩的一句："你说，我们记者该吃啥子？！"

一位正在食堂就餐的副总脸色铁青地走过来，记者总算吃到了折耳根，师傅被严厉批评了。

后来我知道，这位记者说的没错，他的确相当辛苦，风里来雨里去，常做暗访，化身车站黄牛、假药贩子等等，做采访常常做得险象环生。

不仅他，整个社会新闻部的记者都很辛苦。

街头市井，鸡毛蒜皮的小事情，都得去发掘。那些看似不起眼的社会小新闻，谁家的八哥多学了两句话，哪条街有人撒酒疯，都是读者感兴趣的。

这跟我在北京的那家报纸大不相同。

在北京，我们写的新闻，更多关注的是某种趋势，某种风向。北京的读者和成都的读者兴趣点不一样，就如这两地的出租车司机不一样。北京司机谈政治厉害，成都的司机爱说俏皮话——本地称之为嗑话。

在北京那家报纸，我们写新闻，经常采访出租车司机，从出租车司机的角度，来看某种现象，从出租车的口中，引出某种观点。打个出租，就把采访做了，真是便利。

在成都就不行了，大家对"观点"并没兴趣，感兴趣的是"事实"。跑社会新闻犹如开出租车，也需要"打街"，一条条街地去扫荡，看街头哪里有稀奇事情发生。

收集这些琐碎的小新闻，回到办公室快速写好，交给编辑部，最后能不能采用，就不是自己能把控的了。

好在读者喜欢。每天社会新闻部的热线电话都会响个不停，读者倾诉他们对某条新闻的看法，还会提供他们身边的消息。社会新闻部的记者从这些线索里，挑出有价值的，跑到现场看看。

报纸是每天清早上街，因此，编辑晚上编版，凌晨印刷。跟很多版面不同，社会新闻版晚上十点钟才截稿，保证新鲜的事件不遗漏。

因此，社会新闻记者，除了睡觉，基本没有下班的时间。要随时处于待命或者发现新闻的状态。

晚上，记者轮流值守热线电话，值班到十点钟截稿为止。

要是没接到什么有价值的线索，便挨着给一些线人打电话，给医院急诊室打电话，给交警打电话，总能多少找到一点儿消息。

一旦听到哪家急诊室接收了奇怪的病人，哪条街出了车祸，马上想办法赶过去，匆匆问几句，再赶回来写完稿子，交到编辑部。

社会新闻部的记者这么拼，并非是出于对市井新闻有无穷的热情，而是报社设计了一套精巧的机制，督促记者像鱼鹰，像蜜蜂，像蚂蚁一样，不停地往回带战利品。

每一条稿子，如果刊发出来，可以值上0.5至1分，大稿子分值更高，全月20分才及格，到40分收入就能翻番……三个月不及格的记者面临淘汰出局。

虽然记者辛苦，但报纸的社会新闻版面因此变得非常鲜活热闹。

还记得那时成都市民最喜欢的就是这份报纸，这份报纸受追捧的程度，在其他城市也成为传说。街头的售报亭变成抢手的高价铺面，流动的报贩也生意红火。那是报纸最兴盛的年头，茶馆里报贩穿梭，每个茶桌起码会买一份报纸。报纸上的市井新闻，成为茶桌上、办公室里必然的话题。

那时，我们认为，纸媒会一直红火下去，影响力会越来越大，这是个魅力无穷，前途无量的行业。

文化记者吃什么？

最初哪有什么文化记者啊！

我们是一家市场报，读者喜欢什么，老总就想方设法提供什么。

老总创办这家报纸已经几年，到1997年的时候，已经差不多成了本市读者最喜爱的报纸。搬了新楼，这次已经是自己的大楼了。从商业上看，这很了不起呢。

但报纸上还没有正式的文化版。文化版是干什么的啊，领导们意见不统一。市井新闻才是市民的热爱。

我作为一名社会新闻部的记者，却想做一些文化新闻。

这既是我的爱好，我也认为，这是我比较擅长的。

社会新闻部里面分了一些"口子"，比如"政法口"、"医疗卫生口"、"教育口"等等，有相关的消息，就分派给这些口的记者。诞生一个"文化口"也正当其时啊。

部门领导便分我和一位老记者跑文化口。

文化版不固定刊出，如果有新闻，就从社会新闻版边上辟出半个版出来做。

但是，文化版到底做什么内容，领导和编辑总是主意各一。有时，会是一些作家、图书消息，有时，会是一些明星消息。文化版都才初初萌芽，娱乐版更是还没起步呢。

有一天，领导通知我去参加一个省上的文化活动。活动邀请了省里市里好些家媒体，那些老牌党报、电视台、电台，都在被邀之列。能被这样的官方文化活动邀请，对于这样一家新兴的市场报纸来说，呃，也算是相当有面子。

这还真是一个大型活动。要花一周多的时间，走一条线路，采访五、六个城市的新华书店。

我兴冲冲地向领导汇报了活动方案和具体线路，领了令，就跟团出发了。

各家媒体的记者坐满一个长途大巴。他们相互打着招呼，非常熟悉。估计，这样的活动，他们是经常参加。

我一人都不认得，但也不妨事。反正我是来工作的。我计划着，每到一个城市，做好一个采访，就当天传回去。我还念叨着要发稿挣分呢。

但采访工作有点出乎我的意料。

每到一个城市，就是去一家新华书店。这是一个由新华书店系统组织的大型采访活动。

这跟我理解的新闻出入很大啊。

这是一种并没有新闻发生，但得报道的活动。

那些同行完全没问题，他们早已习惯这样的活动。

我却越来越犯难。

关于活动本身，算得上是一条新闻。我出发的那天就已经发了稿。但是，这每天的报道，该写些啥呢。

每到一处书店，负责人都出来发言，做个小报告，说一点官面话，然后记者们逛逛书店。大约一个小时后集合，然后吃饭。再坐大巴，要么去下一个书店，要么去找酒店住下。

跟传闻中的吃喝采访团不同，我们这一行，吃饭住店，一丁点儿都不腐败，甚至算得上简朴清贫。各个小城的新华书店并不富有，没有多大的财力来接待这个记者团。我估计，这个活动是上面愿意做，下面只好勉力配合。

该报道啥呢？我写不了稿子。心里越来越焦虑，开始念叨，这个月的报道任务，怎么才能完成得了。这出来一周，就耽搁了一周。

同行们看起来一点都不着急。他们既不着急写稿，也不担心发稿。每到一处，当地书店也会准备一些通稿给大家。他们收好，回去改改，就能发了。

但那种官样宣传稿，怎么可能当成新闻，在我们这个面向市场的报纸刊发呢。

以往去小城旅行，我最喜欢的一个项目就是逛小城书店。小城书店常能买到大城市书店早已卖断的书籍，甚至是好些年前的版本，那种价格非常低的版本。图书大约几年到十年，价格就会猛翻一次，在小城市淘书，常常让我有如捡到宝贝。

但眼下，由于焦虑，也由于把逛书店当成了工作，我完全感受不到应有的乐趣。

有的书店，送给记者一些购书券。有的书店，在讲场面话的同时，也跟记者团声明，经济状况不好，请大家包涵。其实他们不声明，也一眼就能看出，这些书店经营不佳。

我除了写不出稿子的焦虑，又增添了点儿困窘尴尬，觉得好像白吃白喝来了。

有一家书店，送了每位记者一本新华词典。看看版权页，是积压了好几年的词典。新的修订版已经出来了。

给记者们送旧词典，是相当有幽默感的人吧。

记者一行最后到达川北的一座大城市。这座城市的新华书店状况很好，估计这个活动就是为了以此压轴。负责人热情地招待记者去看溶洞，又花了半天，请记者们去市里的水上公园游泳。

因此，我回成都，带回的除了几本书、一本旧词典，还有一件花哨的泳衣。泳衣穿上身实在太丰满了，只好送给闺蜜。总共只发了两篇稿子，一篇是关于活动出发的，另一篇行程中间书店的印象。写得勉强，也发得勉强。

倒是突然想明白了一件事。我该关注的是成都各家民营书店的状况啊。

九十年代成都的民营书店，相当红火。春熙路的龙池书肆，是每次逛街必去的地方，展览馆两侧的民营书店群更是热闹。

每次在主席像下存了自行车，进入书店区域，就有一种小鱼入海的感觉。有时即兴逛，看着喜欢的书就驻足半天，有时带着目的逛，一家家去寻想找的书。

作为文化记者再来看这些书店的时候，眼光就有所不同，心里很快给这些书店分了类，人文的、科技的、教辅的、生活的……

而且，马上发现了最好的一家人文书店，叫弘文书局。老板是位看起来爽利又文艺的女士，跟她聊了聊，问她最近新书热点之类。她提议我每周去她店里借书，这样就可以有更多的了解，下一周去的时候，再还给她就行了。

这真是文化记者最好的福利。我连忙答应。不仅再不愁选题，更有了好多新书可以看。

还记得那个夏天，每次拎着一包书去取车，自行车坐垫都被晒得滚烫，我把包放在上面，把车推行一段路。再将书放在车筐里，满足地往报社骑去。

就这样，我和弘文书局的老板成了朋友。以弘文书局为代表的那一批民营书店，从兴盛慢慢走向衰落。但这都是后话了。

朴素的羊肉泡馍和华丽的百凤之舌

在西安最有名的羊肉泡馍店里，他们点下了一份最昂贵的菜，为了款待我们。

还记得，那位高壮的陕西大汉，叫服务员拿来菜单，翻过来翻过去。菜单的两面是一样的。他又叫了服务员过来，说："你们这儿还有什么好菜吗？"服务员给他指了指最上面。他说："好！就要这个！"

后来我看了菜单，那个菜很贵，大约一两百元吧，这在当时可以算是天价了。那个菜叫什么"百凤舌"。端上来，是一大盘清炖鸡舌。很多，估计实在的西安人，真的是用足了一百只。但一点儿也不好吃，不新鲜也不入味。我猜想，从没人在这儿点过这个菜，这些鸡舌不知在冰箱里积攒了多久，终于凑足整数，又不知等了多久，才等到我们这样一桌客人。

其实这家店的泡馍很好吃，到这里来的人都是本地人，大家都是吃泡馍来的，基本没有人需要另外点菜。

这几位朋友，教我们如何把馍掰成小碎块，又帮我们把碗递回窗口，跟我们聊着关于羊肉泡馍的笑话。

他们其实不用另外点这个贵菜的，我知道，他们只是想表达热情与友谊。

到那一刻，我们相识也才短短一两个小时。准确地说，是他们在一两个小时之前搭救了我们。

那是在1998年的3月初，西安还很冷，草都是黄的，春天还未到。我和我的同事，从成都开始，追踪一位江湖大骗，做连续报道。因为缺乏人生经验，所以工作起来胆子很大，成绩明显，但同时也因为年轻，难免莽撞冲动。我们去了骗子的老窝，被他的打手发现，一路狂追，最关键的时候，是一辆路边的面包车救了我们。

车上就是他们，我们不认识的同行，西安当地最活跃的报纸——《华商报》的记者们。

那个时期，各地纸媒正在走向市场。二十世纪八十年代，全国报纸基本是一个面孔。二十世纪九十年代前期，报业一团混乱，各地创办了无数只为圈钱，骗"广告费"的报纸。二十世纪九十年代中后期，在这些混乱的报业中，产生了一些真正做内容的报纸。做内容，追求发行量，通过发行和广告，养活自己。我在成都的这家报纸，就是一份典型的市民报。创办它的老总经常会讲起他的梦想："连街边蹬三轮车的，都在读我的报纸。"

其他地方市场类型的报纸，也会有大致相似的追求。为了吸引更多的目光，各地报纸上都有一个特殊的体裁，叫"特稿"。各报的特稿虽不尽相同，但有些大体的规则，就是篇幅大，吸引眼球。这个版块是报纸发行量的一个保障。

许多报纸都是每天一篇特稿。因为需求量大，报社自己的投入又不够，很多稿件来源于自由撰稿人。撰稿人为了稿子能发出来，挣得更多的稿费，稿子变得越来越离奇夸张。大多数特稿，根本不是新闻报道，有的连事实的影子都没有。

那些特稿，很有二十世纪八十年代地摊杂志的特色，标题中往往会出现"浴缸女尸""谋杀""命丧""悲剧""少女"等等字眼，也有点儿像现在某些网站某些自媒体为了吸引流量，做出的标题。现在也许难以想象，正规的纸媒，也曾经历过这个阶段。在二十世纪九十年代，不仅地方都市报有过这个阶段，连南方一家曾在全国相当有影响力的新闻大报，也经历过这个阶段。

1997年，我离开社会新闻部之后，到了特稿部，当了编辑。我很快觉得这些稿子跟我的新闻理念完全不符。我跟老总说，应该往深度新闻转，现在这个特稿形式，早晚会死掉，会被淘汰的。老总很不爽，说："笑话！特稿怎么会死掉。我们有调查，这是读者阅读时间最久，最受欢迎的版块。"但他仍放手我们部门内部改革，我和几位同事，开始自己采写深度报道。

真正记者采写的深度新闻，读者是非常喜欢的。真实的报道比那种为了耸人听闻而添油加醋的文章，有意思多了。不要低估读者，读者其实能判断它们的区别、价值和趣味。所以，我们每有一篇深度报道出来，就会收到很多读者来电与来信。报社当然也高兴，连着几个月，我和我的同事，都在拿"好新闻"奖。全国很多媒体都转载我们的报道，我们这个小团队，一下子在国内同行间有了点儿名气。

这些都给了我们正向的鼓励，所以，也就有了更大的胆子，就有了到西安的这次追踪大骗。

在西安这家羊肉泡馍馆，我们和《华商报》的记者热烈地聊了起来。他们知道我们，我们才第一次认识他们。他们也是做深度报道的记者，我们的理念很相似。

骗子事件当地明令不得报道，但他们认为，本地发生这么大的事件，就算不能报道，作为新闻记者，也必须见证。所以，他们每日在骗子老窝外面蹲守，到现在已经一个来月。今天上午，他们眼见着两位长得就像记者的人，摸进骗子的老窝，再过了几十分钟，就被一群黑衣男子狂追出来，便当机立断，发动汽车。他们开到正在奔跑的人的身边，打开车门，说："快上来，我们是《华商报》的记者！"

这逃命的两人，就是我和我的同事。我们不仅感激他们相救，更被他们感动。我们自忖，如果是明令不得报道的事件，我们是否还会在现场坚守一个月？

我们越聊越投机，谈得心心相印，惺惺相惜。在那个阶段，我们和国内好多做深度报道的记者，都建立了联系。我们有些选题，会和其他地方媒体的朋友，共同去完成。有的不能做的选题，我们会交换完成。

那些来成都采访的外地记者，常常会惊叹我们在成都的影响力。最有代表性的一件小事是，我们开车去采访，带一摞自己报纸，过各种路口关卡的时候，递上一份报纸，说，某报采访。对方便高兴地收下报纸，开闸放行。报纸能当过路费。

但记者的角度和报社老总的角度注定不同。有的报道反响热烈，又没风险，老总就高兴。风险，是老总最担心的，因此经常怀疑记者在给他们挖坑埋雷。几次大的冲突之后，我们部门被冲得七零八落，大家慢慢从挖深度新闻改成了做文艺副刊。副刊也受读者喜欢，但那已经是另一条道路了。我们也就跟其他媒体的深度报道记者们，失去了联络。

但"华商报"，几个字，一直让我特别留意，特别有好感。大约十年以后，《华商报》的编辑还约我写过一阵专栏。因为是《华商报》，我特别认真地对待这个专栏。但我知道，当初认识的那几位记者，早已离开。

我还记得，1998年离开西安的最后一晚，他们给我们饯行，是在大学旁的小街上吃羊肉串，喝米酒。我平时不喝酒的，但那天迷上了米酒的味道，回到成都后，还想去找到那种米酒。现在想来，我迷上的，并不是酒，而是一种共同进退，互伸援手的深切情意。我们当时还以为，很快会再见面的，却再也没见过。

泡一碗网络世界的面

"你这几天都没吃饭吧？"

我打量他的脸。瘦了好多，脸青白色，胡子也没刮。

"我吃了的。"他反驳我。我看到了垃圾桶里支棱着方便面和火腿肠的包装袋，忍不住皱皱眉，屏了半秒的呼吸，不想闻那气味。因为好些年不安定的生活，我变得极不喜欢方便面，觉得方便面散发着一股漂泊味。一闻到那味道，就开始自我怜惜。

但表弟不这样。他从小就是理工学霸，一直顺顺当当，安安静静读书、工作。最近辞了职，等着开学去读博。他读书虽然厉害，但对日常生活完全没有追求。所以，肯定不会对方便面有啥成见。

那是1998年的夏天。

二十年后，在腾讯游戏嘉年华上，主持人问起，你印象最深的游戏是什么，我就想起了表弟的故事。

嘉年华的讨论会上，聚集的是一帮特别的大咖，有游戏设计者，也有游戏投资人。我和西闪是作为作家和文化观察者参与的。这一小群人，除了不同的身份，差不多还有一个共同点——都是资深的游戏爱好者。

每个人都讲起了他们最爱的游戏，其中，也有很多我喜欢过的。比如《文明》《仙剑》系列、《轩辕剑》系列。在座的大咖都讲到他们在这些游戏里有什么样的收获。我就讲起了近二十年前的这个游戏。

在1998年，电脑对于普通人来说，还是很珍稀的玩意儿，大多数人还没听说过网络。那时，上网，需要用一个"调制解调器"（又称modem，那时还亲切地把它叫作"猫"），连接电话线和电脑，上网的时候，它闪烁着小灯，会发出"嘶嘶嘶——吱吱吱——"的声音。

仅凭这一点，你就能想象，那时，网速是多么慢。

所以，网上的游戏，是不用图像，靠文字来完成的。

这种游戏叫作 mud 游戏。

进入游戏里，你所见到的一切，都是用文字描述的。比如，让你选择你前进的东南西北方向，然后告诉你进入了一个山谷或者客栈，前面有一个什么人，地上有一个什么物品。

这种感觉，有点像进入了一部金庸小说，但这个小说是交互式的，你是其中的一个角色，由你自己来选择这个角色的性格爱好、发展方向。

这是原始的角色扮演游戏。没有一点点图像和声音，全靠玩家通过文字，在想象中，构筑一个世界。

我们把它称为"泥巴"游戏，后来才知道，"mud"原指"Multi-User Dungeon 多使用者迷宫"，后又被称为"Multi-User Dimension

多使用者空间"与"Multi-User Domain 多使用者领土"。但在我们心目中,"泥巴"就是"信雅达"的翻译。玩这个游戏,就像是电子时代的玩泥巴。

给自己取个名字,进入一个文字世界,把自己塑造成一个想象中的人。

那个夏天,因为表弟从外地回来,帮我配了台电脑。我再也不用在单位的图书室里蹭电脑用,可以在自己家里上网了。那时候,大家把上网叫作"冲浪",从这词你就能感受到,这种新鲜刺激。

上网的第一件事,当然是搜索各种以前看不到的东西,先把敏感词都搜一遍,过足了信息的瘾,除了新闻,其他就显示了性别区分。据说,男生都是看《花花公子》网站,打开一张图,要等很长时间才能显示。我反正是把以前的禁书,全都搜了一遍,有意思的就读下去。

第二件事,便是玩游戏。之后,是上论坛,再之后,试着自己做个人网站。

这个泥巴游戏也是表弟介绍给我的。

我只能下班空余玩玩,在游戏里,更像一个观察者和过客,碰到人就说说话,聊聊天。他却正好有空,很快沉入其中,晨昏颠倒,以至在外地的姨妈不放心,打电话催促我去看看他。

果然,一周没见,表弟瘦到脱形,一副失恋的模样。

之前,在游戏里,我是常看到他的。他化名"少爷",四处游走,练级,他平时对朋友热心慷慨,对女孩相当绅士温柔,这些性格也带到了游戏中的"少爷"身上,在这个虚拟世界里,少爷算得上一位翩翩佳公子。

我也知道，进入游戏没多久，就有几个女孩喜欢他，特别是一位叫"小宝"的女孩，常约着一起游荡、练级、打怪。那时，网络游戏世界里，什么都是新鲜玩意，这个游戏，还能"结婚"了。于是少爷和小宝，便在游戏世界里昭告天下，宣布共结连理。江湖朋友听闻，都纷纷送上各种宝物相祝，热闹了好半天。

表弟给我讲了这故事的后半段。

第二天，他和一个姑娘在山谷合力打怪升级。正在这时，小宝来了，她是赶来报信的。她说，有一位机器人大 Boss 正在前来，他们得火速撤退。

在这个游戏里，有一些由系统设定的，玩家打不过的怪物。玩家跟它相搏，只会死路一条。

小宝拉着少爷就离开了。在这个游戏里，一个人只能拉着一个人前行。少爷出了山谷一看，刚才那位姑娘并未跟来，于是又返回，想带那位姑娘脱困。

赶回去已经来不及了，大 Boss 已经到了，两人力不能敌，双双战死。在这个游戏中，"战死"也不是那么可怕，只是玩家会降一级，随身物品会丢失，然后从另一个地方复活，重新出发。

小宝发现少爷回去了，很伤心，也去找大 Boss 决斗，只求一死。

但故事并未结束。"少爷"死后，表弟心意难平，又注册了个新的身份，去到游戏里围观。他于是看到，小宝一遍一遍地复活，又一遍一遍地去找大 Boss 战斗。这样当然是找死，这样，一次降一级，最终会在游戏里，真正"死亡"。

这么情深义重的小宝，让表弟又惭愧，又感动。他终于忍不住，跳了出来，对小宝说："别这样，我们见面吧！"

表弟没跟我细说见面的情况，只有一句："后来见到了，结果他是个男的。"

那时有句流行语，"在网上，没人知道你是一条狗"。上网的人，都认为自己已经对网络身份的不同有了理解，但表弟经过这事，才算真正领悟。

二十年后，我跟做游戏设计的大咖们，讲起这个故事，讲到了当时我从表弟的内疚、喜悦到失意，看到了虚拟世界、多重世界里的情感反应和真实世界相互联结。那时起，我就想，游戏这种互动式的故事形式，是一种新的叙述艺术。就如小说之后是电影，电影之后会是游戏。

培根路的茶与酒

"我第一次来成都，就跟阿多去了一个小街喝茶，在川大后边，茶馆老板叫三嫂……"

"嗯，那条街叫培根路。"我接口应道。

"对对，那天还有你，有燕明，有翟顿。阿多坐下来，身后另一桌，就是他的前女友。萧瞳来得晚一些，到了就给大家分发他的新诗诗稿……"

我非常吃惊，他记得太准确了。这是二十世纪九十年代末，我们一帮朋友典型的场景。他其实来成都次数很少，我上次见到他，也是十五年以前了。

"吃饭就在旁边不远的地方，一个小馆子……"我知道他说的那家小店，叫"醉牛肉"，招牌菜就是"醉牛肉"，烧的一大碗豆花牛肉，麻辣味，真的放了酒，现在想来觉得又辣又咸，但那时，正是重口味的年龄。

"你记得太清楚了！"我向他表达我的惊讶。

"那当然，那是我人生中闪光的一天，人生中这样的日子不多，每一天我都记得很清楚！"他说了相当文艺的一句话。

我记得那时，外地朋友来了，我们的接待就是去培根路。我们自己的娱乐生活，也是在培根路。

所以，凡是我们视为朋友的，都领略过我们的培根路生活。

那时，我们一帮朋友大多单身，都爱好文艺。我们没有家庭生活，除了工作，我们就和朋友们待在一起。

四川大学铮楼附近，有一个小铁门，出来是一条小街。小街很短，路两旁是三四家茶馆，三四家小酒吧。这条街叫培根路，据说这名字来源于二十世纪二十年代的"培根火柴厂"。

这几家茶馆除了小小的室内店面，以露天经营为主。竹椅小木桌，摆满整个街面。这里没有车辆通行，行人路过也要穿过这些满布的桌椅。

天气好的时候这里满座，天气不好的时候，只要不下雨，这里人也不少，哪怕是冬天。

坐在这里的人，大都跟学校有关，老师、学生，或者毕业后仍喜欢学校氛围，在校园附近逗留的人。另外就是我们这样爱好文艺的人，喜欢聚在一起清谈的人。

当时我们这一群人，阿多和萧瞳在写诗，燕明在摄影，我和翟顿正在南方的媒体上写专栏。除了萧瞳，我们都还有另一个身份：媒体人。而且是那种信心勃勃，觉得传播能改变世界的媒体人。

那时，我们跟外地媒体联系得很紧密。不单消息互通，更有一种共担天下的感觉，当然，现在来看，那其实是一种错觉。当时，我们不能单独做的报道，便邀请外地的媒体一起做，有的报道不允许本地做的，我们就把选题、资料什么的，交给他们。那时我们相信，说出真相最重要。

开头提到这位多年未见的朋友，当时就是《南方周末》的记者。外地好些记者，特别是广州的，把我们这里当成了他们的消息源、工作站、办事处。我想，假设这编外"记者站"有办公地点的话，地址就应该在这培根路。

那几年，是难得又短暂的媒体"黄金时期"，从一个角度看，这个说法当然夸张了，但从现在回望，这短促的年代，也的确闪着一点点的光。

身在其中的我们，当时既不去想未来如何，也不想现实如何。我们的工作量其实与收入并不怎么挂勾，但我们喜欢自己找事做，自己给自己设定新的目标，能顺利做出来，就已经非常开心。

完成了工作，当然，就是跟朋友们混在一起，混在培根路。

还记得，那时我和翟頔下午如果不上班，多半就晃了过来，走进培根路正中的那家茶馆，就是三嫂的那家，必然能找到萧瞳。萧瞳的主业就是写诗，其余的时间就是看球、打球、看书……他租住在川大校园内，下午起床后，肯定直接到培根路的茶馆。春天的时候，他自称专职是"迎接春天"，秋天的时候，当然他的任务是迎接秋天。他一个人在培根路的时候，往往是在看书。所以，我们来找他，不用相约，一找一个准。

他经常笑称我和翟頔是"一黑一白，黑白双侠"。黑白双侠便要求萧瞳陪我们去吃甜点。吃甜点是我的偏好，他俩其实都是陪我，就在培根路巷口，有一家学生价格、文艺调调的水吧"橄榄树"。吃一份冰淇淋，再走回培根路，阿多差不多就已经到了。

时不时还有其他朋友也来喝茶，比如热爱登雪山的阿苏、喜欢皮划艇的阿西、拍纪录片的陈忠。

朋友们都爱说，培根路有三大花痴。但是哪三位，版本各不相同，有的说有阿西，也有的说包括阿苏，也有的讲是陈忠，这些版本唯一共同的是，都有阿多的名字。

我们三五人在培根路茶馆坐下时，阿多就开始左顾右盼，前后打量，看看邻桌的女孩，看看走过去的女子。一会儿两眼发直，一会儿魂不守舍。他会忘形地站起来，坐下去，走来走去。他也会小声征求我们的意见，问我们觉得如何。

他其实在女孩面前非常腼腆，除了心猿意马，并无多少办法。他经常自我鼓励：如果那个女孩是单独一人，他就去告白。

有时，他见女孩独自起身去趟小街外的公厕，他就会跟随，似乎走在路上，就会有勇气，跟对方表白。但无一例外，他只能晃一小圈，灰溜溜地回来。

在我们的鼓励与嬉笑中，阿多的一个又一个白日梦就这样诞生又破灭。但阿多对朋友好，又天性幽默，我和翟顿拿他的故事，写进一个又一个的专栏，他不但不生气，甚至还乐于给我们讲述，对我们表演。

在成都，我们通常说的喝茶，其实重点完全不是茶。什么茶一点都不要紧，可以是便宜的"三花"，专业一点点的"毛峰"，也可以是菊花茶，柠檬水。真正的"喝茶"，关键是说话聊天。从文学到情感，从社会到时政，从艺术到哲学，无所不包。唯独少的是金钱话题，急着挣钱的人，才不会把时间浪费在清谈上呢。

一直喝茶到深夜，其他朋友走了，最后往往还剩下我们四人。多数是我提出，去消夜吧，去吃烧烤、串串。我笑眯眯地吃串串，笑眯眯地看他们三人喝酒，他们喝得惺惺相惜。

那时的我们，都喜欢熬夜，觉得通宵达旦本身就是一种极致狂欢。那时身体年轻，经得起熬夜，而且平时在报社上班，也经常昼夜颠倒。

夜里一两点钟，翟頔永远是扮演理性的那一个，总是她提出："散了吧！再不散，就把夜熬白了！耍白了！"

这种说法每次都会惊吓到我们。"耍白了"是她发明的说法，在四川方言里，"茶喝白了"，就是泡久的茶，失去了滋味，"话说白了"，是把话说得太明白，失去含蓄。总之，"白了"就是过度。照她这说法，似乎终有一天，我们的嬉戏再没趣味。

我们培根路的茶聚，2003年就散掉了。不是因为"耍白了"，而是培根路拆掉了。我、翟頔、阿多也都早已离开了以前的媒体，进入了新的领域。

也是从那时开始，城市开始大规模的改造。小街和露天茶馆都变得稀罕，培根路变成了传说。

几年后，四川大学的一份校园杂志找到我，请我给他们讲讲培根路，我便好好地怀了一次旧，他们听得神往不已。十多年后，四川大学的新一代的学生又来找我谈培根路，这次我拒绝了。

我明白他们需要培根路的传说，这里，这么多年来，并没有一个地方，重现当年的盛景。

但我们经历的培根路，也只是我们自己的培根路，一个看书，读诗，喝茶，喝酒，看球，谈天，谈文学，谈新闻的地方。如那位早年在《南方周末》的朋友说，这是生命中闪光的日子。

自行车之城简史

我惊讶地发现，咦，扶着自行车把，左脚一踩在车蹬上，身体本能地就靠向车座，右腿自然地一抬，熟练地跨上了自行车，毫不费劲，车子"自行"起来。二十年没骑过车了，一点没生疏，就像走路吃饭一样，不需要思考，身体就能自行其事。

曾经，自行车是我们生活中多么密不可分的内容。

写作这本书的时候，我同时着手画一系列插图。就开始回想，从上世纪七十年代到现在，各个时代的典型场景。

提到八、九十年代，自然就想起了自行车。

那个时代，最典型的城市画面，就是上下班时，一辆接一辆，横向能排到街中心的自行车群。

那时，汽车很少。街道上的汽车主要是公交车，有些线路还有电车，也有运货的卡车，偶有小汽车，小汽车都姓"公"，没有私家车。

普通人最重要的代步工具就是自行车。

但自行车普及，也是八十年代中后期的事了。之前，自行车是一种宝贵财富。因为，那是有钱也买不来的物品。

我记得，我家里拥有第一辆自行车，大约是1984年前后吧。单位每年会领到一些票证，电视机票、自行车票，等等。凭票才能购买这些高级的东西。票是稀少的，远远不够分给全体职工的家庭。分配权和分配术，是领导崇高地位的一个体现。

经过跟同事私下调济、交易等等，我家总算拿到了票，买到了自行车。因为我哥吵着想要骑车上学，已经很久了。

我拥有第一辆自行车，是在1986年。那时，自行车票还没最后消失，但不用票也能买到车了。不仅如此，自行车的选择也变多了。

自行车的牌子还是凤凰、永久，但颜色和款式多起来了，不再是黑色的男式车一统天下。

我的第一辆自行车，是白底上有渐变的紫色，前面没有横杠，24圈，是一辆相当时尚的女式车。

这辆拉风的车，我骑了好几年，从中学到大学，有一天，它忽然丢了。

那已经是九十年代。这辆车不算新了，但由于它鲜明的颜色，在一堆以黑色为主的车里，仍是相当打眼。学生宿舍外的车棚里，有一天早上，我去取车的时候，它消失了。

我疑惑起来，我明明昨晚还骑了车，难道是停错地方了？我走遍整个车棚，我心存侥幸地，又去了其它车棚，想象自己也许昨晚回来的时候，犯了糊涂，停到别的地方去了。

这种困惑、奔走、懊恼，后来常常出现。因为，在九十年代，我丢了好些辆自行车。

我才知道，在学校里丢车，是个常态。

有一次同寝室的女生，丢了车，发动全寝室成员，各守一个校门，没多久就把丢的车找到了。一个外校的学生，他正准备把车骑回去。

传说，那时都是跨校偷车，女生如果丢了车，男朋友就去别的学校偷一辆回来。

为了应对这种情况，大家都把自行车的外观搞得又脏又旧，很难骑的样子。同时，还多加一两把锁，可能的话，还用软锁把车就近锁在树干、栏杆上。

好友把她已经淘汰的旧车借给我，20圈的，十分矮小，骑着车，就像坐在一个小板凳上。

这辆旧车坚持到毕业。离开校园，这辆车也丢了。那时没想到，社会上丢车，比学校里更严重。车无论新旧好坏，都会丢。

接着骑我哥的旧车，他到外地工作去了。车是男式的，28圈，前面有一根横杠，我很快就能把脚抬得高高的，从前面上车，感觉自己是个身轻如燕的杂技演员。

这辆车丢了之后，我积攒工资，买了一辆很喜欢的新车。蓝绿色的，轻盈的，像赛车一样的款式。我很爱惜它，回住处总是会扛上楼，扛进房间。

但总会有一个不留神，车还是丢了。

我准备向恶势力低头：买旧车。

那时的成都，有几个庞大的二手自行车市场。有的显得正规些，比如白天的会府市场，有的显得更像黑市，比如清晨和傍晚的九眼桥桥边。

九十年代，丢车已经是这个城市的痼疾。城市也有好多相对应的手段，比如，每辆自行车要上一个车牌，车牌的号码还要用钢印打在座垫下方的金属主干上，车主还要办一个车证，上面有照片有身份证号码。我们在会府买的二手车，就是这样的"证照齐全"。

但我心里一直嘀咕，我怀疑我买的有证的，能够过户的二手车，都是失窃的黑车。虽然不知道这个产业链如何构成，如何运作，但是在这个自行车失窃成风的时代，会有人转让自己的二手车吗？

二手车买来，最长半年，最短一个月，就会再度失窃。

每逢这时，我就会陷入良心拷问。我是不是已经成了这个庞大的黑色链条的一环？但我也不愿再买新车，因为知道，新车也会很快丢失，给地下黑市增添新的材料。

现代人有个惯例，回溯往昔，总会说彼时人情美好。估计都不记得这些事情了。

这黑色链条，让我既愤怒惭愧，又无能为力。我不仅会自我怀疑，也会怀疑这个世界，觉得人人都是沉默的共谋。

有位熟人跟我炫耀，他有特别的门路，五十块钱买到相当高级的山地车，还是合法的。那是相关部门收缴的车。并不是赃车，而是停的地方不对。那时街上常看到一景，执法部门开着卡车，把停放位置不对的车，一辆辆地扛上卡车，拉到某个固定的地方。有的人知道自己的车是被没收了，找到那个处罚点，找到了自己的车，交了罚款，可以取回车。没人认领的车，就会进入特别的拍卖流程，有门路的人才会得到。

1997年年末，自行车又丢了。我当时租住在一个看起来管理得不错的小区。头一天我上夜班，把车停进小区的时候很晚，第二天一大早要出门，发现车不在了。去问门卫，门卫表示不知道。

我像往常一样在小区里停放自行车的几处跑来跑去，仔细回想昨晚停车的细节，怀疑自己是不是忘记把车骑回来了。车确定是丢了。

我在路边发了会儿愣，决心不再骑车。

这样一想，心情反而好了起来。我逃脱了那个看不见的黑色怪圈。我虽然没有能力打破它，但至少，我能摆脱它。我不愿被它欺骗，也不愿与它共谋。

差不多是同步的，自行车之城的图景慢慢也在消逝，骑自行车的人越来越少，停车点和修车点都变少了，汽车多了起来，电动自行车多了起来。

直到共享单车出现，自行车才回到我的生活。二十年已经过去。

据说，天府新区那边，早上上班的时候，骑车的年轻人汇入公路，密密麻麻，行人无法从人行道穿过。我没亲眼见到，听起来，这有点像八九十年代的样子。

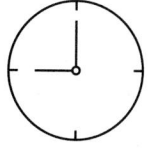

2000

赤膊自助餐，迎来新千年

不知是谁想出来的主意。老总和下属们，差不多赤膊相见了。

外面穿着条纹浴袍，松松的，宽袍大袖，有点和服的效果。看得见里面。而里面，男士穿了条泳裤，女士穿了件泳衣。

几乎每个人都端了盘子，拿着叉子，盘子里装着食物，有的人还举了酒杯。坐在沙发上，沙发扶手上，椅子上，地毯上……

温度太高，人被烤得微微泛红。光线明亮，有种沐浴在五月阳光里的感觉。

那时，成都兴起了一种奇怪的风尚——"城市温泉"。

阳光和温暖，是成都冬天最稀缺的。

成都没有暖气，冬天漫长，阴湿难过，一旦出个太阳，人们马上吆五喝六，坐在露天，晒着太阳，喝喝茶，打打麻将。

2000年前后，成都忽然开了许多家大型的"城市温泉"。这些所谓的城市温泉，室内空间高大，高大到可以模仿海滨，暖水池边，种上一排几乎乱真的塑料椰子树。暖水池有的像大型泳池，有的是山里的温泉格局，一层一叠，环抱相绕。在池边，可以仰躺在沙滩椅上，戴个墨镜，晒"太阳"。翻过身，可以招来一个按摩师，松松筋骨。

这里有"太阳"。同空间、温暖一样重要的是，这里有模仿日照的灯光。

当然，以吃为享乐的成都人，在这里也非常看重吃。

这里一定会有自助餐。成都离海太远，海鲜就是成都人心目中最高标准的美食。好的自助餐，一定得有海鲜，有三文鱼刺身。

于是，自助餐台前面，排长队的，一定是在等三文鱼。师傅每切出一大盘三文鱼，马上就被排队的人瓜分了。

在1999年最末的那一晚，我们报社的同事们，就在一个豪华的"城市温泉"，穿着浴袍，排三文鱼长队，泡澡，按摩，喝酒，等着"新千年"的到来。

不管是之前，还是当时，或者现在，我都觉得这景象相当荒诞。

对于报纸来说，岁末年初，总是要好好计划一下，在版面上做出花样，是给读者，也是给自己一个交代。那一晚，编辑们是做完元旦出街的版面，下了夜班，才陆续来的。从报社角度来看，算是大手笔，请员工们舒服一下，犒劳一年的辛勤。但那时报社已经人心浮动，好几位优秀的记者离开南下。大家私下议论，老总这么做，是想拉近上下层距离，稳定军心。泡澡的时候，已经是最"坦诚相见"了。

那天做的版面，不是我想做的内容。

我是特稿及副刊版编辑，前两年，都想着花样做内容。还记得，1997年和1998年的年末，我和我部门的同事们，做了两个特别的年度版。

　　平时，我们版面都是由特约作者或者编辑、记者写稿。那两个岁末迎新版，我们让读者来写他们自己的故事。

　　那时，正是报纸的黄金时代，成都市民喜欢读报，特稿及副刊是他们最喜欢的版面。所以，征文启事一发出，读者来稿很快就堆满了我们的案头，两次都收到三千多封。几个编辑都各分几大摞，分头看稿。

　　那些普通读者写下的故事，经常让我们拍案称绝。我印象最深的，是一位老人用七百八十八字，写了自己一生。写自己和青梅竹马如何相爱，如何参加革命，后来又因家庭原因如何遭遇大难，爱人被批斗至死，后来这些年，他随时带着爱人的骨灰，日夜相伴。这篇文章情感深沉，文字节制。我还记得文章的标题叫《红蚂蚁》，在叙述了一生之后，就以三个字结尾："我老了"。文字和情感，收束得干干净净。我认为就算专业作家也很难达到这样的凝练深邃。

　　那些非专业的作者，因为是写自己的故事，很多都充实真切，不需改动，已是元气满满的好文章。

　　有一位初来城市打工的十八岁姑娘，写她在餐馆里工作，一个同事追求她，她也喜欢上这个男孩，谁知男孩是个轻浮浪子，她听到了他对别的同事，轻薄地谈论她。我还记得她文章的结尾："一个月的恋情匆匆而过。"简单的文字，却恳切动人，把青春、恋爱的激情与困惑表现得非常充分。

还有一位化名"令狐冲"的读者非常特别，他文章标题叫《我的逃亡生涯》，讲他酒后伤了人，以为对方死了，连夜带着女友逃亡，隐姓埋名在南方打工，觉得非常拖累女友，满心愧疚，想让女友回家过上正常生活。现在知道被捅的人并没死，却不知怎么从头再来。

这篇文章还有个特别的后续，约一年以后，有读者打来电话，说是文章作者的家人，希望用这篇文章证明他有悔改之心。但是我们没办法帮到他们，因为当初文章用了化名，也没留地址，唯一留下的，是已经见报的文字。

那几年，可能是纸媒在这座城市最有影响力的时候。岁末版，不单是读者来稿踊跃，刊登之后，反响更为热烈。我们在办公室，要接听无数读者热情的电话。有的是表达他们的感想，有的是也想讲述自己的故事。

但1999年最后一天，副刊部没有再做什么特别岁末版，因为全报社统一有个"大策划"。报社派出记者，到了全球各国，写当地看到的"新千年"阳光。要做出一百个版面，很厚的一沓报纸。

可能有人会喜欢这个宏大的策划吧，我却做得毫无感觉。分到我做的是三个版，内容关于三个国家的报道。头条是刚刚飞到当地的记者，写下的几百个字观感，剩下版面就是把那个国家的相关资料堆上去。我不敢想象，读者看到这个版面会怎样。

还记得那一天，有一个大型艺术展，在半夜开幕。大家都想讨口彩，毕竟是新的一千年要开始了。展览内容不错，名字也不错，叫"世纪之门"。我做完版，下了班，先赶去看展览。然后接到电话，领导催促，去某"城市温泉"汇合，和全报社的同事一起泡澡。

和老总一起，共同品美食美酒，共同泡澡搓麻的欢乐，我融不进去。那家"温泉"很大，游乐项目丰富，我找了间电影放映厅，看着电影就睡着了。

当我在放映厅醒来，已是2000年元旦上午，发现同事们都走了，还带走了我的衣物箱钥匙。于是，在新千年的头一天，我做的第一件事是，穿着一件浴袍，在一幢大建筑里奔上奔下，跟管理方交涉，好让他们给我打开箱子，取出我的衣物。半年之后，我辞职，去了南方媒体。

城中村的麻辣基围虾

我至今还清楚地记得，2000年8月1日，在苹果家的那个中午。

她在厨房里炒菜，一股浓烈的麻辣香味，扑了出来。

多熟悉的味道，我惊喜地问："啊，这里还有小龙虾？"

"不要急，你马上就晓得了！"她探出半个身子回答我。

她房间很小，厨房就只能站一个人，里面一个单孔的煤气灶，一个小台面，她一扭身，就可以跟客厅里的我说话。

有人敲门，小锋开门，来的人还没进门，熟悉的重庆话就传了进来："哎，我的手机被抢了！"

是位大眼妹子，一看就是重庆女孩。小锋还没给我们介绍，她就说，"苹果早就给我讲了，我是菡菡！"她接着刚才的话，"我刚刚进冼村的时候，后面突然冲出来一个人，把我手机抢了就跑，我追了两步，他跑到一条窄巷子里了，我就没敢追了。"

苹果说：“不追是对的！这个村里，有些在外面晃的人，一看就是吸毒的。你咋要把手机拿在手上呢！”

“啥子好香？你做麻辣小龙虾啦！好想吃！”

菡菡似乎转瞬就忘记手机被抢的事，我的心情却沉重了起来。

我在成都辞了职，来广州媒体工作，明天就要去报到。

两个小时前，苹果和她男朋友小锋去机场接了我，直接就到了她家。她住在冼村，离报社很近。她说这里很方便，让我在她家先住着。

那一年，广州的老白云机场还在使用。从机场打的到村口，就下车了。出租车进不了村。村子里道路狭窄，变化万千。我第一次看见这样的城中村。

平房变成小楼，小楼又层层叠叠地往空中长去，二三十平方米的地基，上面能搭到五六层。这些小楼下面已经紧邻，但有时还留了些过人的小巷小路，空中更是紧密相接。没完全接到的地方，窗户、阳台或楼顶，长出很多铁刺。那是防止小偷的。据说，房顶靠得太近，可能会有小偷在一幢幢楼间跳来跳去。

早先在北京租房，也租住过城边村子，但完全没有这般景色。

这样的村子，走进来还是让我有点害怕。菡菡手机被抢的事更是给我下马威。

在等苹果做大餐的时候，小锋和菡菡都在对我讲城中村的故事。

在冼村租房住的人分几大类，媒体人、IT人，苹果和小锋正好是代表，剩下的还有吸毒的和卖淫的，另外还包括很多说不清的外来人士。

2000年前后，广州有几大城中村。广州高速发展中，城市很快包围了农村，农村迅速繁殖出无数的出租屋，提供给来广州的外地人。

苹果极力推荐我租这里的房子。她再三强调，住这儿上班多方便啊。房租又不贵，卫生间和厨房都齐全。

苹果比我早来广州半年。问她为啥选中洗村，而不是另一个离报社近的城中村——杨箕村。她说，因为小锋选的。小锋为啥选这里，因为同事先租了这里。

苹果还讲了一个诱惑我的条件："你住得离我近，可以随时来我这儿吃饭嘛，外面吃饭没有辣椒，你肯定不习惯！"

苹果端出了她的大菜，原来，麻辣扑鼻的，不是成都正在流行的麻辣小龙虾，而是用基围虾做的。

早先四川人看不上小龙虾，觉得不干净，吃起来土腥味重，后来有了重口味做法，麻辣小龙虾风靡一时。但说到底，我们吃小龙虾，是因为没有真正的虾啊。

如果有基围虾，恐怕不会发明出小龙虾的做法。小龙虾是基围虾的替代。

但苹果正好反过来，到了广州，用基围虾来替小龙虾。

苹果做菜手艺相当不错。"当什么记者啊，应该去当大厨！"我和菌菌一边吃一边赞美。小锋也赞美，但是，他还不停地发出被辣坏的声音，最后，拿了杯白水来涮着吃。他是扬州人。

我连续好几天都在吃苹果做的饭，她变着花样做川菜，用广东的食材，四川的作料、方法来做菜，正好取长补短。

苹果的家虽小，却充满了甜蜜的气氛。她和小锋，互称着"老公""老婆"，客厅里有块小黑板，上面写满着肉麻的留言，还养了一只猫儿子。

她对我极好，觉得我住客厅会不方便，因此，把卧室让给我，她和小锋住在客厅。

我每天在杂志社下班，坐五块钱的"摩的"，回到苹果家。我不打算在冼村住下去，就一边到处找房。2000年的广州，十分不安全。单身女孩走在大路上，经常被劫，我所有认识的女孩都在街上被抢过，一看就非常混乱的城中村更让我不安。

一周后，另一位女友把她空着的单身宿舍借给我，我就搬离了冼村。广州仍让我时时觉得不安全。

菡菡安慰我说，别担心，被抢过一次就不怕了，就觉得没什么大不了。

但苹果一点儿不忧虑这些，她沉浸在甜蜜的小日子里，和她男朋友，就像两个小孩子过家家，把生活过得很童话。

说实话，这极大地影响了我。之前，我和我周围的女友，都像不食人间烟火的文艺女青年，过的都是泡吧，泡茶馆，谈文学，谈理想的生活，十指不沾阳春水，以只会工作，不会家务为荣。跟苹果生活的这几天，我才体会到这种生活的细腻动人。

以前在成都，我只见过苹果一次。她比我小好几岁，读了我的文章，约我见了一次。之后，跟我通邮件，告诉我她要去广州媒体。我很鼓励她支持她，一直互通邮件。我没想到，半年后，苹果会热情邀请我住到家里。

她更没想到，我会从她身上学到很重要的东西。

一年多以后，我在成都结了婚，把小日子过得安宁甜蜜。好多年以后，苹果告诉我，她没想到我会结婚，会在一个地方安定下来，她以为我是到处闯荡，独身主义的大女人。我仔细一回想，刚刚认识她那个时候，可能真是宣扬过这个。

这些年，苹果跟我正好反了过来，她走过很多地方，做过很多事情，但是没进入家庭生活。我们就像在2000年的广州城中村，交换了生活态度。

兔兔这么可爱，为什么要吃兔兔！

"兔兔这么可爱，你们为什么要吃兔兔！"这是外地朋友在成都的餐桌上，常有的反应。

北方的朋友这样，南方的朋友这样。我最想不通的是广东的朋友。不是传说广东人什么都吃吗？考察以后，我发现，在吃上百无禁忌的广东人，不吃兔子。

当然，这只是普遍规律，总有些按捺不住好奇心的外地人，勇于尝试。只要肯试，一试便会爱上这滋味。

2000年的时候，我在广州工作。就如所有在外地的四川人一样，味蕾会非常思念故乡。

因此，中间借故或者请假，时常溜回成都，安慰一下自己的胃。当然，说安慰身心更为准确。成都那种朋友之间清谈的愉快，话题放松散漫，不实用，无功利，慢节奏的感觉，其它地方也很难再现。

于是，每次回成都，我都把朋友约饭一圈。每天每顿都精心排一个表。好朋友一个都不能落下。

跟朋友们吃吃喝喝，谈天说地，我称之为充电。当电力十足，就可以再到工作中慢慢释放。

那时，我在《城市画报》上，编一个欢快又犀利的随笔专栏，叫"老友记"。专写朋友间的趣事逸闻。那时正流行美剧《老友记》，这个栏目有点像一个纸质版，身边版的美剧。

我找朋友笨笨约稿，他写了一篇叫《兔头、龙虾及其他》，开篇就是关于我回成都的一次相聚。他是重庆人，在成都生活几年了，但却没吃过兔头。

他写道：

"一向对吃的兴趣不大，上帝对我这种没热情的人的惩罚非常直接，空给我近一米八的个头，却只给了50公斤的体重，让我想不飘飘欲仙也难。

对吃热情高涨的从来是另一类人——女人。我的朋友中，西门媚是典型。

一天和朋友去吃华兴冷啖杯，照例是西门媚点菜。她极内行极温柔地唤出：牙签牛肉、麻辣鸡翅、鱼香田螺、蒜泥豇豆、凉拌土豆……就象一个国王在一个暗香浮动的晚上唤出他众多的爱妃。最后她不可避免地点到了兔头！这是她的正宫皇后。很快，四只面目全非的兔头出现在越来越狭小的桌子上，在洁白的盘子里拼成一朵紫荆花的模样。

未茹伸出兰花指，轻轻拈起一只兔头，微张玉唇咬向兔头的脸颊。据说脸颊的肉特别嫩。我默默地看了她一眼，夹起一个土豆。

西门媚用我仅在香港赌片里见过的迅雷手法抄起一只兔头，左手擒住兔头的上门牙，右手扳住兔头的下颌骨，不见怎么用力，兔头的笑容便夸张起来，直至分裂。她瞄准的是兔舌，据说兔舌鲜脆无比。我默默地看了兔头一眼，夹起一个土豆。

未茹的经验有些不足，她向西门媚请教如何吃到兔脑。西门媚以一位外科手术专家的方式介绍："就这样，喏，咬住这里，轻轻的，用力。"即使餐厅里嘈杂如斯，我也明明白白地听见一声脆响，豁然开朗了——一个草食动物的思想固态地展现出来。未茹惊喜地说："哦"。

……

当我读到他这篇稿子的时候，有点儿吃惊。我沉浸投入地吃东西的时候，没想到他这样默默地观察我。但是真活灵活现啊。这就是我吃东西的形容样貌。

他文中提到的未茹，是我的一个女友，外省人，移居成都几年了，慢慢地跟成都人的口味一样了。

广州的朋友看到这篇文章，有的反应很大。

于是，我第一次听到了："兔兔这么可爱！为什么吃兔兔？！"

我这才震惊地发现，可不是吗？除了四川，全国很少有地方会吃兔子。兔子对于很多人来说，也许是小时候养的宠物，或者只是童话里智斗大灰狼的小英雄。

吃兔肉他们已经不能接受，更不能接受吃兔头。在他们看来，兔头的形象实在是太可怕了。

我猜想，在他们心中，实在难以理解四川女人，看起来又漂亮又爱美，怎么有这么残酷的爱好。要是他们知道，"啃兔脑壳"在四川，还是接吻的戏称，更不知该作何感想。

但是兔肉多美味啊。在四川，关于兔肉有无数的做法，传统的缠丝兔、红板兔、卤兔，经典的红油兔丁，新派的鲜锅兔、冷吃兔，时尚的烤兔……而麻辣兔头，则是美味中的巅峰。

关于四川人吃兔肉的起源，说法不一。但我觉得这一点儿也不重要。重要的是，它是四川餐桌上相当重要的一部分。

每到世界杯的时候，新闻就会想起成都的兔头，照例就会做一则关于成都人吃了多少兔头的报道。世界杯，就是成都人集中超量消灭兔头的一个月，但平时战绩也是可观的。法国媒体报道，四川人每年会吃掉三亿只兔头。四川虽然要自己养兔子，但根本不够吃。现在，每年，要从法国、意大利、德国等等，进口不少兔肉和兔头。

最近这些年，兔头的版图在扩大。听说，在武汉，在广州，在重庆也偶有兔头销售，淘宝也有。虽然会差一点点滋味，但却可以让四川人一解乡愁。

中国人尚吃，人在异乡，乡愁差不多都集中在味蕾。四川人以前在异乡的时候，花椒辣椒和郫县豆瓣就是乡愁。但现在这些在世界各地都容易买到了。买不到的，才是乡愁。比如冬天的豌豆尖，春天的樱桃，都是无法贮存，极易腐坏，没办法成为远距离贩卖的商品。兔肉也有相似特性。在外地的菜市很难买到兔肉，白煮的兔肉不耐存贮，几个小时就会变质。所以，从外地回蓉，一定得吃吃兔子，感觉才像回了家。

所以，2000年，我从广州回成都，跟朋友吃饭，一定会点兔头。从笨笨记叙中，我就能想起来，那一餐冷啖杯，只有我们三人。笨笨约我吃饭，我带了未茹同去。他不吃兔头，我和未茹每人两只，所以，一共四只。

面对未知的事物，有的人会坚持己见，有的人会默默尝试。对食物也是这样。

笨笨在那篇专栏的结尾部分写道：

"又一个晚上，几个朋友吃冷啖杯。我点了牙签牛肉、凉拌土豆，还有兔头和龙虾。我挽起袖子正在盘子中搜索龙虾，一个朋友拿着兔头犹豫不决：'这玩意儿怎么吃？'

'嗨，简单。这样，喏，咬这里，轻轻，用力。'随着我的演示，发出一声愉快的脆响。

……

两年以后，笨笨有了新的称谓，叫西门家的人。

漂在北京的年夜饭

那一天只是稍稍有点冷，但房里有暖气，完全感觉不到。我挂在 msn 上，和几个朋友聊得开心。聊天没平时热闹，因为好多人的头像变成了灰色的。他们都回家过年了，正忙于应付家人呢。

只有我们几个人，开了个窗口，拉到一起聊，想把气氛搞得更热烈一些。

平时我们也常这么聊。因为都是电脑前的工作，边工作，边聊天，模仿大家身处同一个大办公室。俏皮话多说几句，说不定就激发出新的工作灵感呢。

但到了下午四点过，大舒忍不住说："今天是除夕啊！"

都知道是除夕，只是没人愿意提。

大家聊天停顿了一会儿，金四说："该计划吃饭了，今天我们一块儿吃年夜饭吧。我们自己还不是要过年。"

我们平时也经常在网上约着吃饭。都漂在北京，周末一定会约饭局的，平时下班也经常约。

其实这几人吃饭没什么追求。要是有追求的话，早就约不齐了。老家是不同的地方，口味相差太大。平时约着吃饭，饭后找个酒吧混混，只是图在一起好玩，晚上不那么寂寞。

今天又像平时一样，三言两语就把吃饭的餐馆定了，主要是考虑地方。他们一直比较照顾我，选的地方，离我稍近一点儿。

一切感觉都跟平时差不多。出门的时候，我在红色毛线围巾和蓝花丝巾中，犹豫了一下，最后仍系的是平时常系的蓝花丝巾。红色的会太配合过年吧？酷才是我们的审美。

但出了门，感觉还是不对。

天色已经黑了，街灯亮起来。街上已经没什么人和车了。

地铁里也没人。

我到达约定的餐馆时，发现他们几人已经到了，站在门口。心里一沉，想，是不是已经没位了，但马上明白，不是没位，是餐馆没开门。

餐馆门口的红灯笼都没亮起来。

金四说："就等你来，我们换一家。"

反正哪家吃都一样。这家本来也不好吃，还贵。唯一的好处是比较大，有个小院，有盆景，有挂灯，环境看起来有点模样。

我们几人，揣着手，跺着脚，往前走。路灯亮着，但整个北京比平常黯淡很多。远远的一家好像亮着灯，我们走近，发现，也是关着门。

前面路边有一小群人。大舒忽然说："那是检查暂住证的吧？"

金四说："你盼着检查吧？"

那时，北京街头夜里有时会检查暂住证。我不愿意去办。不知在哪儿听了一个说法，要是有近期的机票，能证明是来京出差的，就可以过关。于是，我身上一直带着一张旧机票。因为我为一家外地杂志在北京驻站，我经常述职、出差什么的，机票总是有的。

大舒是我们中唯一办了暂住证的。暂住证分 ABC 三类。科研单位的等级最高，算人才引进。大舒公司挂靠科研单位，他跟我们讲过，他那儿看门大爷可得意了，跟同乡炫耀，自己的等级最高。

金四觉得这是大舒自己得意，经常拿这事儿刺他。

小珂说："你们什么眼神，那是一家酒吧门口的假人！"

连酒吧都没开门。今天注定不能像平时一样吃饭泡吧了。越走越担心，大街上就我们几个游魂，除夕夜里，估计我们会吃不上饭了。

大舒说："我宿舍冰箱里，还有几袋冻饺子，要不行，只能吃这个了。"

这倒是启发了我，我那儿还有父母寄来的香肠腊肉呢！

小珂说她有家乡的醉鱼。桉树说他有酒。

大家你一言我一语的，在口头上凑了个年夜饭出来。

金四还是最像老大哥，说："那就这么办，我们开车去挨家取，然后到我公司去，我们自己动手，保证有饭吃。"

我们一小群人，又往回走，坐上金四的车，然后，设计了个路线，去各家取菜取酒。

平时我们都只是在网上聊天，线下聚会，都不进入各自私生活，我们互相称呼网名，餐馆和酒吧是我们的客厅。但今天不一样，他们先是跟我取了家里寄来的腊味，又去小珂那儿，去桉树那儿，去大舒那儿，最后去金四那儿。

我租住着小房子，桉树住在朋友借的房子里，小珂跟人合租，大舒住在单位宿舍。金四就住在公司，公司就是一个套二的房子，公司就他一人。好在客厅大，厨房有简单装备，烧水煮饭没问题。中间我还接到同学小艾的电话，她和表妹也没地吃饭，我叫她们赶紧来加入。她们还神奇地拎了萝卜、白菜来，正好弥补我们的不足。这样，除了肉、鱼、饺子、酒，汤和蔬菜也有了。

九点过，我们终于坐好，围着金四办公室的长条茶几，开酒，开饭，边喝边聊。

每个人才讲起，为什么春节不回家。

我上个月出差的时候，就回过家了，父母又去哥哥那儿过年，我正好乐得轻松，平时到处飞，终于有一个安静的时间。

小珂说，父母催婚太烦，回去就得吵架。

金四也说，过年走亲戚太烦人，躲过才好。一会儿，又说，他离婚的事情没跟父母讲，如果回去，还得去把前妻借回来，假充一下。

桉树正在等移民，父母出去多年，去年，姐姐也移出去了。现在，老家没人，在哪儿过年都一样。

我同学小艾还在读硕士，正为一段爱而不得的情感苦恼，她表妹挺着大肚子，却遭遇家暴，从东北跑来找她，她没别的办法，就只好两人在学校过春节。

只有大舒很想回家，没买到票。动手稍晚，到处托人也不行，只买到大年初一的票。现在一肚子委屈。

大家半是嘲笑，半是安慰，说，家里哪有这么自由，估计你在家里，也就看一个无聊的春晚，明早给一堆长辈磕头请安，给侄儿侄女发钱。

酒至半酣，我跟大家介绍，小艾以前是学京剧的，最拿手就是贵妃醉酒。大家刚一鼓动，小艾就端起酒杯开始唱。

小艾比较丰满，加上一点点酒劲，当真是醉眼如星，娇喘微微，比我以前听她唱得更好。当然，除了小艾的贵妃醉酒，我其实没怎么听过京剧，但小艾的动人，那天得到了大家的一致赞美。大家最高的赞扬，是都开始端起酒杯，跟着小艾学唱两句，或者学着一两个招式动作。

电视里的钟声响了，有人接电话，打电话，剩下的人嬉闹着。在众人的撺掇下，大舒要向小艾求爱，发誓明早不去坐火车，留在北京跟大家一起过年。我记得大约就是这些。

这也许是我记忆中最特别的一餐年夜饭了。多年过去，回看那时，就像把时间拉长或者压缩，很多觉得重要的事情，都只记得一些淡淡的情绪。

当时大家互诉衷肠，突破了平日的距离。但那样的亲近，并没维持太久。我想，真正把我们联络到一起的，就是那种莫名的漂泊感。那个除夕夜，更让人觉得漂泊无着。也许这种感觉的凸显，让人内心触动，导致了大家的改变。

很多改变就发生在那一年，2001年。那一年，大家都先后离开了北京。我回了成都，进入了稳定的生活。

大舒在那天之后，追了小艾一阵，后来去了南方做1T。这些年，换了好几次单位，离了两次婚。

声称要独身的小珂，在那一年嫁到上海，又不甘心，拖了好些年才要小孩，现在天天在网上晒娃。金四转了几次行，创了几回业，现在又回到北京，据说成功拉到风投，不知身价是千万还是过亿。桉树那一年，去美国读了个书，后来又回来了，差不多十年了吧，最近几年，居然从摄影师转型成画家，据说，画卖得还可以。

小艾那一年毕业后，回老家高校教书，现在偶尔在朋友圈里，看到她提到她表妹，已经在海南，独自把女儿带大，女孩正值青春期。

结婚记

本来两人对领不领结婚证，是抱着无为而治的态度的。两人都号称先锋青年，而且朋友中，有好多伴侣都没有取得一起居住的合法资格。但他俩过不了这关了，因为父母大人对他们的态度非常不满，下了最后通牒，要求在春节前必须办证。

向革命前辈取经，知道了第一步是要到户口所在地的妇幼保健院体检。打的去到郊区的一个偏僻所在，看见田野中耸立着一幢贴着白瓷砖的大楼，上书"锦江区妇幼保健院"。进去刚交费领了一套表格，就听见另一对男女吵了起来。原来这对男女只比笨笨媚媚晚了一步，就没有表格了，他们被告知明天请早，女青年借口请假扣钱你一个人来之类的事情就和男青年吵了起来。

看来他们是第一关都过不了，说不定两人就此别过？

怀着这样兔死狐悲的心情，媚媚和笨笨走进了一间间的检查室。好在每项检查都很快，都控制在几十秒以内完成，只剩最后一小关，拿检查结果的时候，里面传出来的声音说明天来。笨笨和媚媚虚心向他求教，他说，可以加急啊，加点加急费就可以了。一算那加急费，仅仅是从市区打车到这里的往返费用。顺利交钱取表，表面平静的他们心里乐坏了，因为保健院的人说现在已经不办学习班了。他俩听前辈介绍过，婚前学习班每月只有一期，每期要学习三天，然后还要结业考试，拿到合格证以后才可以去民政局。

接着就需要单位证明了。看来要在单位表现得好才可以结婚，他俩还是比较高兴，想着单位的人是不会反对这桩婚事吧。虽然他们也有点愤愤，因为看见新闻说，今年将推行宣誓结婚制度，如果晚一点办，应该就不用找单位盖章了吧。乐观主义者媚媚说，我结不结婚还要单位领导许可真是奇怪；悲观主义者笨笨说，我觉得宣誓结婚也不见得会轻松。

拿到单位证明，他俩在一个阳光明媚的早晨起了个早，因为听说民政局每天只有上午才办公。打着车在一条破旧的小巷里绕了很久，最后下车步行，再绕进更小的一条巷子才找到一栋像地下旅馆的小楼，上面写着"锦江区民政局"。进入小楼，就看见一个像吧台一样的台子里面挤坐着三个人。他们冷静地检查了媚媚和笨笨的体检表、户口本、身份证、照片、单位证明，对着媚媚指出，你的单位证明不行。单位证明应该是打印的表格，你这是手写的。媚媚急了，那我用电脑打一份表格不就行了？那也不行，我们这表格是统一印的。媚媚只好收起小姐脾气，说："我们单位没有这表格，你们这儿一定有，你卖一份给我吧。"那人仍然很冷静，说："你是私人，我们不对私人卖表格。""那我们单位开介绍信来买好吗？""不可以，你单位只能开介绍信到所辖的街道办事处去买，如果街道办事处也没有，街道办事处再开证明到我们这儿来买。"

媚媚已经晕了头，出来坐在阳光下，对笨笨说，我们还是别办这个东西了，大家不是一向爱讲民间立场吗？我相信民间的力量，到九眼桥办一个民间的结婚证吧。九眼桥是著名的办各类假证的地方，什么证件都可以办到。笨笨说，可惜那个民间一点不彻底，完全是向官方靠拢，办出来的证件一点民间特色都没有，还是算了吧。

媚媚在单位再次开了介绍信，然后就去找街道办事处。可找到那个地方一看，只剩一个拆迁遗址，旁边贴了一个告示，说，街道办事处由于拆迁，所以原红星路以东的单位合并到 ×× 办事处，以西单位合并到 ××× 办事处。

××× 办事处，只有名字，并无电话地址，笨笨和媚媚辗转半天，终于找到了。在楼下，笨笨若有所悟，让媚媚在楼下等着，一个人上了办事处大楼。找到专管此事的一个某某科科长，笨笨拿出介绍信，说，我是 ××× 杂志社人事处的，单位有人要结婚，所以到贵处来买本表格。年轻的女科长看过介绍信，打开了身后的保险柜，拿出了一小叠表格，说，买不了一本，我们都没有那么多。笨笨说那就买十张吧。女科长小心地数了十张，说五毛一张，共五块。就在笨笨掏钱的时候，同一间办公室的三个年龄大的妇女干部一起说话了："他们单位可能没和我们这边计生办挂钩吧，再说他们的单位级别也不对，我们街道办事处是乡级，他们单位可能是乡以下的，所以他们的主管单位才可能有权和我们的计生办挂钩。这样他们单位是没有权力买我们的表格的。"笨笨急中生智，拿起那叠本应到手的表格，一边虚心向四位女干部讨教，一边悄悄地把其中一张叠进了手心。

这种表格是用一种泛黄的纸张简单印制的，本来他俩还想多复印几份以备后患，仔细一研究，这根本不好复制，因为现在很难再去找到这种黄旧的纸张，计划经济时代的纸张。

战战兢兢填好这张珍贵的表格，盖了章。他俩互相表了决心，如果再有麻烦就不办了。

2002年立春那天，天气很好，气温升了起来。两人中午一起吃了午饭，在春熙路溜达。肯德基正在推广蛋筒冰淇淋，一块钱，买一赠一。媚媚提出要吃，笨笨去排队，得到两支。两人举着冰淇淋，相互看一眼，说，要不现在就去。

这次熟门熟路。吃着冰淇淋，他们坐上一辆人力三轮车，心情如今天的节气。来到民政局。吧台里的人再次审查资格，然后开始填表，填完表一个年轻女干部说，到这边来照相。媚媚一边想去梳梳头，一边想，果然是想多收个照相钱。有前辈指点过，说当时他们来办证的时候，要当场照张拍立得双人照。可媚媚还没来得及照一下镜子，他俩就被拉入了一个房间。

女干部已经改用普通话："欢迎你们来到宣誓大厅！"这个大厅地板是绿颜色的，中间铺了一条常在饭店里看到的红色塑料地毯，大厅的中央摆了一张桌子。

看到他俩目瞪口呆的样子，女干部说："哦，这是我们新推出的全套宣誓服务，又新颖又有纪念意义，花钱也不多，你们都是知识分子，懂得起的！等会儿音乐响起的时候，男左女右，小姐挽着先生的手，从这个红地毯，走到那个桌子那儿。"

他俩现在一心想领到证万事大吉，当然点头答应。结婚进行曲马上就响起来了，只见桌子那儿冒了一个老头出来，对着笨笨说，"你是笨笨先生吗？你爱媚媚女士吗？你愿意和她结为夫妻吗？不管生老病死互相扶养？"又如此一番对着媚媚重复一遍。回答完毕，他拿出两张纸，让笨笨媚媚按手印，旁边的女干部同时在招呼："请抬头，看这边"，说着举起一个傻瓜相机闪了一下。老头又从桌子的左抽屉拿出一卷纸，撕下两小张，说："请擦手"，然后又拉开右抽屉说，"请扔进来"。只见里面红红白白的纸已经要满了。然后那个盼望已久的证件就到手了。

　　这过程中，笨笨几次都笑得趴在了桌子上，媚媚本来想混过了事，但也是忍不住一会儿就扑哧一下。老头和女干部很有点诧异，可能是从没见过在这儿这样狂笑的吧。老头悄悄对女干部说："是不是他们觉得我的普通话说得不好？"

　　接着，女干部提醒他俩说："你们还是知识分子啊！来，站在宣誓大厅这几个字这儿照一张，往旁边站一点儿，不要挡住国旗了。再在这个双喜下面照一张，两人各用一只手来做个这个手势。"她用手比了一个"心"形。媚媚和笨笨压住笑，马马虎虎地比了一下，谁知女干部并不满意，她走过来，纠正了一下，说："这儿要按下去，是个心形！"

　　其实从进去到出来交费，已经流水作业化了，总共不到十分钟，费用他俩真的觉得一点儿不贵，才149元，有了前面所有的铺垫，要他们再多付十倍可能也不会有问题。但干部们还是解释了一下，这是"仪式长久"的意思。

百合几重滋味

现在仔细回想，其实我和小欢只见过一面。

我一直觉得我们非常熟悉，没想到，其实仅有一面之缘。

她的小脸尖尖的，有种透明的白，我不由得就想到百合。不是百合的花，百合花太丰满大只，花香有种强烈的侵袭感。而是百合的鳞茎片。像做到菜里的新鲜百合，半透明的，小小的，清新，清甜，轻柔。这么想，还可能是因为，见面那次她带了些新鲜百合给我，是从上海的一家超市买回来的。

那之前，我们已经联系一两年了。

2003年，那还是博客时代。那时博客如日中天，网络社区论坛渐渐势衰。

我和以前玩论坛的朋友都开始写博客。博客像一个私人杂志，可以放入成型的文章，也像一个可以公开的日志，可以装入连图带文的生活记录，又像一个虚拟会客厅，许多网友会在博文下留言交流。

我就是这样认识小欢的。

她经常在我的博客下留言，说她还在念大学，是我的读者，也喜欢文学。

交流多了，她跟我要了邮箱。通过邮件谈得就更深入了，开始只是问一些关于文学和读书的问题，渐渐她就谈到对未来的打算，谈到想做媒体，最后谈到心灵问题，是否加入组织问题，信仰问题。

谈过这些，我自觉这关系已经很近，觉得对她有种责任。我鼓励她，如果做媒体，一定要走出去，中国最好的媒体在南方，北京、上海新兴的媒体也不错。

2005年夏天，她在邮件里跟我说，她毕业了，已经到了上海，是到《东方早报》实习。

这种实习，跟毕业前的实习已经不同。很多年轻人到报社工作都是以实习的名义，干很长时间，没有多少报酬，也不一定能留下来，但是，从中却能积累到难得的工作经验。

我热情地支持她，告诉她，这份报纸相当不错，争取留下来吧。小欢也做好了长期实习的准备，她告诉我，她在报社旁边租下了房子。上海租房不便宜，我知道她父母非常疼爱她，正全力支持她。她是在文化专题部实习，每周要报一次选题。她没经验，很紧张，经常来邮件，来电话跟我讨论。

她很信赖我，也想以她的方式关心我。在博客上看见我常出去写生，便强烈建议我去她老家写生，并且去她家住。她说她父母外出工作，家里是空着的，她让她父亲把钥匙给我。我没有去，但从其中更明白了她家人对她的支持与爱。

不久，另一份新锐媒体创立。我把她推荐给一位好友，好友在那里负责，正在找记者。小欢前去面试，好友跟她聊过以后，觉得不符合标准。他们想找的是有经验的成熟记者。好友之后跟我讲，因为想着是我的小友，让她白跑一趟，有点过意不去，准备请她吃个饭，但小欢拒绝了。

我其实还给过小欢几个名字的，都是我很好的朋友，也都在上海的几家媒体负责。我让小欢去向他们转达我的问候，小欢也忠实执行。但，也都只是把问候带到，并未跟他们有进一步的联系。

一年后，小欢回了成都，我们终于见了面。我请她吃麻辣烫，她给我带来了百合。

见面的时候，我才发现，她长得挺好看，还有种惹人怜惜的神情。忍不住想，要是别的漂亮女孩，多半会和我介绍的那些朋友建立联系。那些朋友都是媒体前辈，帮一下后辈是很容易的。小欢不懂这些，会多走好些弯路，但也让我对她多了分看重。

以前去江南的时候，特别喜欢吃百合炒西芹，半透明的白和绿，非常美的颜色。我在博客里随意提到过这道美丽的菜，抱怨成都没有鲜百合。小欢一定是默默地记下了。

过了一段时间，我的好友回成都创办了一份时尚生活类杂志，正在找人，我就推荐了小欢。这次，她顺利得到了这份工作。

小欢忙碌了起来，我们的联系变少了。她有时到我博客上来留个言，我有时也看看她的博客。我觉得她成熟起来了，已经能顺利应对工作。

那份杂志品质很好，在本地媒体中相当出众，既时尚先锋，又很接地气。但人事方面却不顺利，上面给好友指派了一个副手，处处掣肘。好友出国了一次，回来发现，这位副手在这期间辞掉了三位记者。其中就有小欢。说是因为一个工作态度和经济的小错。

好友给我打电话，解释这件事。我对她是非常信任的，我知道她的难处。我也相信小欢，我知道小欢为人认真，断不会犯这方面的错。

我等着她跟我联系，我想告诉她，我相信她。

从其他朋友那儿得知，小欢很快就到了另一家媒体。

过了一年多，圈内的朋友告诉我，小欢结婚了。

我有些意外，觉得小欢应该告诉我啊，这样的人生大事。我连她谈恋爱的事，都没听她说过。我这才发觉，我们已经很久没联系了。我点击她的博客链接，居然显示，她的博客已经关闭。

那时，我根本没想到，这是一个信号。

半年以后的一个早上，一位朋友打电话，说，小欢自杀了，从高楼上跳了下来。

我以为我听错了，愣了几秒，请朋友再说一遍。朋友说，听说她患了抑郁症，他知道的也就只有这些。

我马上打开电脑，去看小欢的博客。页面上仍是那些字样：该博客不对外开放。

我非常难过，不停地设想，她如果来找找我，也许就能渡过难关。我盲目地想象，我这样乐观积极的性格，肯定能够影响她，带给她动力。

接下来的日子，我常在网上搜索小欢的名字，希望多得到一点儿消息。有一天，在网上搜到了，那是一个网络墓园，亲人为她设了一个网络祭奠点。她丈夫写的悼念文章里，有一组他们度蜜月的照片。看她的照片，我很惊讶，跟我印象中的那个苗条乖巧的女孩很不相同。照片里她胖了很多，是一种不健康的虚胖。我查了关于抑郁症与肥胖的关系，轻度抑郁症有可能让人变胖，有的治疗抑郁症的药物也可能会让人发胖。从这点分析，小欢出问题可能有好一段时间了。

小欢的网络墓地里，还有两三篇同学的文章。同学写的都是大学时的印象：一个认真矜持的女孩。

好一段时间，我都会去看看小欢最后的这个地方。对于她这样离开，我很难释怀。我设想她的家人，特别是疼爱她的父母，该怎么面对这件事情。

我一直记得我和小欢那次最深入的通信。她很犹豫是否加入一个以信仰为基础的组织。我回答她，如果不相信，就不要加入，不要欺骗自己，一个谎言会带来另一个谎言。了解她之后明白，像她那么认真的性格，来询问我，是因为心里已经有了答案。后来，她信中告诉我，她当时已经"预备"了一年，就要面临"转正"，最后她拒绝了。

转眼已经快十年了，这几天我在菜市看到新鲜的百合，又想起了小欢当年带给我的百合。那些鲜百合我不大会做，也没舍得全吃，把好几颗鳞茎种在了土里，期望能发出芽，开出花。但花园里从没出现百合的影子。可能我种得太不经意，也可能是超市卖出的百合，处理之后，很难发芽。据说，种百合主要是培养球茎，每年花开之后枝叶会枯萎，只有地下的鳞茎活着，等到春来，又会重新发芽开花。

　　回想小欢的事情，去网上查找她的博客，博客仍旧不能显示，她的网络墓地也已搜索不到。因为雅虎邮箱前几年退出中国，当初和她的通信再无从找寻。她曾有过关联的那几家纸媒，曾经热闹过的，领过风气之先的，这两年都已经停刊。当年我那些在纸媒里激情满怀，期望从这里改变中国的好友，全都离开了媒体，转行、创业，或者远走，都已是另一段人生。

一起蹲着吃盒饭的朋友

初夏的日头已经很烈了。我们找了个墙根蹲下，勉强能遮住太阳。手上捧着个盒饭，里面的菜是芽菜扣肉、炒青笋片和拌大头菜，米饭偏黄，松散，一看就是很陈的大米煮出来的。这菜如果平时吃，应该算咸，但此时正好。出了太多汗，正好补充盐分。

我们三人吃得很香，连我也把一个盒饭吃得干干净净。

那是2004年，我、西闪和张勇，在郊外一个庞大的家装市场。

这是我记忆中，最后一次这样吃盒饭，可能也是第一次，蹲着吃盒饭。还是唯一一次，张勇跟我们一起吃饭，这么放松自如。

张勇是我们的装修师傅。我们买房子，其实跟他大有关系。

张勇是我们的好友河马推荐的。2000年的时候，河马想粉刷一下房子，便去桥边找小工。那时成都有个有趣的现象，城里每个桥边，都会有粉刷匠、泥水匠，穿着沾满白灰的蓝色工作服，扛着长长的粉刷滚筒，眼巴巴地望着来来往往的行人，期望雇主出现。如果有人骑车到那儿稍一停留，他们马上围过去。讨价还价之后，就有一人脱颖而出，跟着雇主离开。

有人刻薄地给他们取了个绰号："桥头堡"。虽然大家会觉得这说法有些不尊重，但还是会让人心里忍不住觉得好笑，真的很形象啊。

河马就是在一个桥边看中了张勇，把张勇叫回家刷墙，刷得很满意。没多久，他又需要做一下泥水活路，就接着叫张勇。泥水是张勇的强项，河马也很满意。再接下来，河马想装一下他的房子，仍交给张勇。张勇再一次很好地完成了任务，自己也从一个南充来成都打零工的泥水匠，转变成了一个小小的装修包工头。

2002年，我们第一次见张勇，是想改造一下我们的一个旧房子。我看别人把阳台削矮加宽，可以把阳台矮墙当成座位，显得很舒适漂亮，把书房和客厅之间的墙拆掉，房间变得通透。我给张勇一一讲述这些要求，谁知他不住地摇头，说，这不符合规定，这个墙不能拆，这个会改变外观，不能动！

我邻居就改了这些的，人家的包工头，什么都一口应承。张勇不跟我讨价还价，固执地一口拒绝。我生气了，这装修的念头就搁置了。一拖就是一年多，我家楼下忽然变成了菜市场，环境一下子恶化，老鼠进了家门，有一天蟑螂甚至爬到了床上。我眼泪和冷汗都吓出来了，西闪马上决定，我们另外买房吧。

2003年，正是房价飞涨的前夕。我们没有预知未来的能力，近三千的房价，我们觉得好贵。咬咬牙，去贷了款，买下新房，心里非常不踏实。2004年装修的时候，想起了张勇。要是张勇2002年帮我们装好了房子，我们可能就舍不得换房了。这样一想，就明白，张勇的倔，正是他的优点，他不会为了承接生意放弃标准和原则。

这次，我们决定把新房交给他来装。张勇已经做过一些小工程了，但看起来，仍像在桥头找零活的泥水匠。跟我们年龄差不多，却显得非常老相。黑黑瘦瘦，眉头皱着，和抬头纹连在一起。

我跟张勇一项项讲我的想法要求，甚至还画了几张图纸给他，包括手绘的彩色效果图。张勇没看图，让我在房间里给他讲就行了。我指着这儿那儿，讲着开关插头龙头管线之类，他点头记着。我后来才发现，他其实极聪明，一遍就记住了所有东西的位置。这次，他说不能改的地方，我就依了他，我相信他了。最后，他还是礼貌地拿走我的图纸，事后我想想，他根本不需要这些图纸，是给我面子呢。

他时时想着替我们省钱，约我们一起去买主要建材，于是，就有了前面所说的，在郊外的家装市场吃盒饭的事。

郊外的那个市场太大了，像一个小镇一样。分成一个个片区，一条条巷道。之前朋友开车带我们去过一次，但我们完全摸不着头脑，就像迷失在巷战中的小兵。这次张勇带我们去，一个片区一个片区地买齐材料，从地砖到木板，从门窗到浴缸……张勇比我们更尽责，他挑剔讲价，用手去敲击那些货物，听音辨质。特别是选木板的时候，他大力去折那些板材，质量差的木板就发出啪啪的声音，似乎马上就要折断了，以致卖家毛了，怒道："你又不是老板！"搞得我们都害羞起来，忙拉张勇到另一家去买。

后来，我们才明白，张勇这么讲价完全不是一个装修工头的常规做法，别的包工头会跟店家合作，交易达成后，店家会悄悄给他一些回扣。

但这么买下来，的确质量很好，价格又便宜。到装修的时候，我们完全放手让张勇去做，不用经常去工地看。偶尔去了，请张勇吃个饭，他就扭捏极了，肯定先是推辞，接着要求吃个面就行，我们不肯，要正式吃饭，他在桌上吃得总是很少。很熟了也是这样。他不爱说话，但相处久了，他会在饭桌上，讲一讲他的家人。我知道，这是真正建立起了友谊。

房子装完后，报的费用不高，我们主动再加一些钱给他。他推辞半天才收下。

越看他装的房子我们越满意，于是，我们变成了他的义务宣传员。一听到哪位朋友要装房子，我们马上推荐他。有一家杂志到我家拍了照片，拍得挺漂亮，我专门留一份杂志给他，让他下次去跟客户谈的时候，把这杂志给别人看，就像装修公司惯常做的那样，表示这是装修样板。他略显羞涩地带走了杂志，就像当初带走我的那些效果图，但我还是怀疑他是否会给别人看，他太腼腆了。

靠着口碑，这些年下来，我们朋友圈里的房子，差不多都是张勇装的。我们房子偶有问题，如果自己处理不了，就会跟他联系，这样，差不多我们几年会见上一次。

我们知道，他从骑自行车，改成了电瓶车，在老家的县城买了个房子，当时以为年纪大了会回乡，后来还是决定在成都定居，在成都的郊区买了房子。他曾想过要开个铺子，卖点儿装修器材、水泥河沙或者帮人维修一下房屋，这样就轻松一点儿，但是一直犹豫，也没相中合适的铺面。我们曾建议他开个小的装修公司，升级一下，收费可以稍高一点儿，他也曾为了能给别人开票据，挂靠过一家公司，但后来觉得划不来，还是变回小包工头。2008年以后几年，人工涨价，木匠之类都涨了，他变回个体工人，自己一人给客户装修，只能做水电管线、泥水粉刷之类，不请工人，他老婆经常到工地，为他帮手。好在都是信任他的客户，也由着他慢慢一个人做。

这十几年房市持续着热度，时不时还飙升一下，做家庭装修的，赶上房市的热潮。有时和其他朋友聊天，聊到张勇，不了解的人就会问：他发达了吧？发达，这个词，概念再模糊也套不到他的身上，他只算是在成都扎下了根。几年前，他请我们帮他查过个人怎么买社保，他说，眼睛慢慢变差了，以后总会考虑退休的问题。还记得，那时他抱怨过女儿，说女儿不懂事，贪吃贪玩，乱花钱。2004年他给我们装房子的时候，我们见过他女儿，当时才几岁，因为有几天他妻子要来给他打下手，女儿没人带，所以就带到工地。我当时就觉得，他女儿安静乖巧，完全跟城里小孩不同。我问了他女儿怎么乱花钱了，他说，他每月给她十元零花钱都不够。我说，十几岁的姑娘，一个月怎么都会有些花销，而且有的又不方便给你们讲，你得再多给她一些才行。他听了我说的，严肃地点了点头，应该是听进去了。

这两天，跟几个朋友小聚，有位朋友讲起了张勇的女儿。她读了护士专业，最近在一家大医院实习，换了几个科室，每个科室对她评价都很好，相当懂事，学业好，又能吃苦，估计毕业的时候，这家医院会把她留下来。这个说法来源于朋友，不知张勇是否已经知道。

西餐厅五美图

我忽然留意到，邻座坐着五位美女。

2005年，我们下午常去一家西餐厅喝咖啡，吃蛋糕，看看书，画点儿小画。那时，我正在整理书稿《结庐记》，西闪要为我的书稿画插图，好些图就是在西餐厅画下的。

还记得那是5月下旬的一天，西闪正在画西餐厅里玻璃屋顶下的植物，阳光透下来，植物显得葱茏。那时，我正对水溶彩铅感兴趣，拿着画本，对着西餐厅的几件别致的摆件，画来画去。

打量摆设之余，忽然看见了这五位美女。

"美女"这个称呼，现在基本上是对女性的泛称，凡是女性都可能被笼统的称为美女。在2005年，这还没变成一个完全通用的代词。

邻座这五位，如果走在以美女著称的春熙路上，也会很打眼。

我悄悄打量她们，她们年龄有些差距。有两位很年轻，化了点淡妆，稍显得成熟些，我想，如果卸了妆，应该看起来最多不过二十岁。

她们和另三位美女相对而坐。这三位打扮化妆更入时一些，年龄应该都在二十五到二十八、九之间。

听了几句对话，发现这五位身份各不相同。

两位小美女，是音乐学院学生，大约是专科二年级，课程不多。

对面中间的那一位，卷发盘在脑后，看起来最为精明能干。右手夹了支细细的香烟，左手把玩着一只银色的打火机。给人一种看起来轻松，但却什么都了然于胸的感觉。在一问一答中，她一直在起主导作用，是主要讲话的那方。

原来，她是一位老板，正在面试两位学生，到她那里工作。

都不算面试，称之为游说更恰当。她身旁的两位，一位应该是两位学生的介绍人，另一位应该是她的同伴。这女老板，看起来年龄虽然不大，但是口气不小，派头十足。

一会儿我就听出，她马上要开一家特殊的餐馆，要请两个女学生到她那里工作。对即将开的餐馆，她信心十足，说，就算不能全部按她的预想，收入个七八成也绝无问题。她说，她的餐馆是私密性的，总共就五间包房。只有包房。

两个女学生听了半天，问，她们要做的工作是什么？

女老板答：也不止你们两个，还有几个。门口也不需要你们都站着，只站一个人就可以了。没有客人的时候，你们就在门厅里，在沙发上坐着，除了抽烟，其他事情都可以，可以聊聊天什么的。我会给你们配专门的服装。如果客人来了，你们就要马上站起来，客人选中你们，你们就要跟客人去包房聊天。只聊天就是了。正菜上来，你们就可以退出来了。

介绍人问：那需要什么培训吗？

女老板说：不需要什么培训，只要你们懂礼貌，站有站姿，坐有坐姿就可以了。要什么培训？

学生小声问：那客人会不会……

女老板说：怎么会？！我们的客人到这儿，只是想跟素质高的女孩聊聊天。只聊聊天就可以了。

介绍人也问：你们那儿消费怎样？

女老板说：我们那儿最低消费每位400元。

400元？

女老板说：也没有定最低消费，只是我那儿配餐最低算下来就是400元以上。

待遇？

女老板说：待遇到底怎么定我也没想好，我想听听你们的情况。反正你们也算是勤工俭学。你们现在一个月要用多少？你们是租的房子吧？以后不能随便请假的。我以前找的学生经常请假……平时每周休息一天。如果晚上没什么生意，也可以早点儿走，如果有客人没走，你们也要晚点走。

介绍人附和着：对对，就是要让客人多留一会儿。

女老板声音果断：你们决定了给我电话！

介绍人说：是啊。你们这样也可以多接触一下社会，锻炼自己跟人打交道的能力嘛。

两位女学生交换了一下眼神，又坐了坐，其中一位说：我们回去想想。

女老板把电话号码报给女学生，说：给我电话哦！我姓李，我叫欢欢。

女学生走后，剩下的三位又坐着聊了会儿天。

我听出，原来她们三人曾是同学，学的幼教，毕业后那两位教了幼儿园，女老板很得意地说，她一天都没教过。的确看得出，她是老江湖了，听她的说法，好多餐馆酒吧夜总会的某种特殊服务都是她在联络打理。

另两位同学，现在也离开幼儿园了，她们对女老板既羡慕又有点儿略略的酸意，想了解多一些她的事情，特别是介绍人，还想在她手中挣些钱。

看着眼前这一出，我想起我念书时隔壁寝室的故事。两个女生，第一学年恋爱，第二学年失恋。失恋后觉得痛苦不堪，开始放纵自己，先后被校外的人带出去"开眼界"。先是从陪唱开始，然后就有钱了，管宿舍的阿姨收了钱，她们再晚都可以回宿舍。

两人的打扮马上变了，穿黑网丝袜，黑皮衣，极短的黑皮裙。完全照着大家想象中的某职业的标准装扮。在二十世纪九十年代初，她们最早地配了传呼机，有时候晚上有空，待在宿舍，跟同学们一起拿个小锅，悄悄地煮点吃的，但仍不住地关注她们的传呼机。传呼来了，她们去管理阿姨那里回电话，然后就要出门。压抑着兴奋，表面淡淡地，跟同宿舍的说，朋友忙不过来，让她们去帮忙。

　　大约过了一学期，她们应该升了级，因为她们开始招人。周围的好多女生都被她们问过，要不要去帮忙，她们可以为去的女生配传呼机。没有女生跟她们去，也渐渐疏远了她们。她们很快就搬出了宿舍，去外面住了。

　　我不知她俩后来的情况，只能肯定她们不会回老家。我还记得其中一位女孩，来自一个山区里的三线大厂，刚入学的时候，非常单纯，因为第一次离家，对成都很不适应，信誓旦旦地说，我们厂什么都有，比成都好多了，我毕业了马上回去。

　　如果她们还在成都，应该是这位叫"欢欢"的女老板的前辈吧，也许她们认得。

拿什么招待你，远方的游子

在老灶火锅边上坐着，大家听着老卡不停地讲他在外面的见闻，同时关注着他，催着他："吃这个，这家的鸭肠跟别家的都不一样，很脆，烫不老！""青菜头刚刚才上市，你肯定好多年没吃过青菜头了！""你以前在成都的时候，还在流行吃牛黄喉，现在都兴吃猪黄喉，这个嫩多了，还入味，你尝下！"

老卡的兴趣都在谈话上，大家很愿意听他讲那些，但又隐隐地觉得似乎哪里不对，便又更加殷勤地问他，还要加什么菜，还想吃什么。

老卡从美国回来，从上次离开到2008年，已经好几年没回过成都。大家都是极好的朋友，一直相互支持，相互理解。但此时，不知如何款待他才好。

老卡自然明白我们的意思。他笑着说："昨晚回来，我弟到机场接我，马上就要拉我去火锅店。我说，不忙，我们先去吃碗肥肠粉，再晚肯定就没有了！当时都快晚上十点了，他拉着我满城转悠，最后终于找到一家正在关门的店，求老板重新点火，煮了两碗粉。我弟抱怨粉都碎了，泡太久了嘛，不是现打的。但我已经很满足了。在外面，最想念的还是成都的地沟油。吃了粉又去吃火锅，一会儿肠胃就不行了，太久没经过锻炼了嘛，有成都人的心，但没得成都人的肠胃了！今天还在拉肚子呢。"

请外地回来的朋友吃火锅，是常规选项，如果我们离家久了，回来最想的就是那种麻辣重口的东西，大至火锅，小至甜水面、酸辣粉，但没想到老卡是这样的状况。我们的脸上都不觉挂着遗憾的表情，阿多更是连连说："老卡啊，你该直接告诉我嘛，我另外选一家，你想吃小吃啥子的，我们也可以啊！"

老卡说："我还是喜欢火锅的，跟大家围坐一起，边吃边聊，这最像我们以前在一起的样子。"

阿多却满心过意不去，执意要老卡确定吃完饭之后去哪儿坐坐，补充一下。老卡笑嘻嘻地说："有一个地方，老是听你说，从来没去过，你带我去看一下吧！"他说到这儿，我们也差不多都猜到他要说啥了。我马上跳起来："我要去！我要去！我也好想去看看！"

在2008年，我们一小群老友，都在一个很小的网络论坛玩。老友在一起，都想做网络论坛里的"话霸"，但个个都觉得自己学问杂见识广，谁都不肯让谁，谁都不服谁。那一阵，阿多总喜欢在论坛里吹嘘一个神秘的地方，吹得神乎其神。我们都没见识过，只能听着他吹。在这个话题上，他总是赢家。那个地方，就叫"砂轮厂"。更早以前，2000

年以前，我们一起做同事的时候，就听阿多吹嘘过，那时，他把那地方叫"洞洞舞厅"。

据阿多介绍，洞洞舞厅的名字来源，是因其为改造的防空洞。但我听起来，却总觉得那是形容黑的意思，乌漆麻黑，黑洞洞。

这样的舞厅，兴起于二十世纪八十年代，一直是城市里的特别场所。除了大学的舞厅，也许外面的舞厅都是这样的吧？我们没去过，都觉得神秘无比。

从火锅店出来，阿多带领我们去了城市中心的一家。

在一家有名的餐馆旁边，远远就能看到一个龙飞凤舞的"舞"字，上一段露天楼梯，到二楼。挺大的一个入口，甚至有点像超市的入口，一边是存包的地方，一边是售票的地方。女士免票，男士十元。

存包的地方，看到三三两两的女士正在寄存手包和大衣。

到这里来的人，很少像我们这样成群结队，更没有这样男女混杂的。但只有这样，才给我们壮了胆子，阿多买好了票，大家一拥而入。

我们穿着大衣进到里面，才发现里面很热。

舞厅里面的格局跟我们在学校里跳舞的地方不一样。也许是因为这是别的用途的房子改造出来的原因。

舞池周围没有坐的地方，旁边有一个小间，里面摆了一些桌椅，像一间简陋酒吧。我们像平常泡吧一样，去买了些啤酒，在这里坐下。这里其实人不多，也没啥可看的，空间封闭，更显得乌烟瘴气。阿多指导大家，要参观，得真正去跳舞才行。

我仗着自带舞伴，马上拖着他，去到大厅跳舞。我们显然动机不纯，边跳边移动，力图把每个地方都看个遍。

舞厅里的灯光分布十分不均。刚进舞厅的那个区域，灯光很明亮。两排女孩站在那里，显然是在等人邀请。她们十分年轻，打扮并不风尘，还有点邻家女孩的感觉。穿着毛衣短裙或修身的外套裙装，站在那里，面带微笑。跟学校舞厅里常见的景象不同的是，她们决不挤在一堆，决不交头接耳，决不嘻嘻哈哈推推搡搡。

因为时间还早，来的男士不算多。进了大厅的男士，在她们中间穿行，很仔细地去看她们，把脸凑得很近，就像在用鼻子审视。她们依旧好脾气，微笑着，也不说话。最后男士选定一位，便拉到舞池中跳舞。

我看了她们的表情和打扮，相信了阿多以前说的，她们平时都做着普通的工作，护士啊教师啊之类的，下了班才到这里来，跳跳舞，顺便挣一点零花钱。

来这里跳舞的女士，各个年龄层的都有。我留意到，舞厅往里面走，灯光逐渐变暗，女士的年龄也偏大，衣着逐渐开放。舞厅最里面，已经是黑乎乎的了。

靠着一点儿依稀的反光，我看到有一位五十多岁的女士，穿得清凉，化了浓妆。她两手把着门框，像一只黑色的蜘蛛，似乎要把经过身边的男人抓起来，而多数男人都在躲着她。

在实地考察，我才明白了阿多讲过的"浅水区"和"深水区"是什么意思。在深水区跳舞的人，都几乎站在原地不动。我们没法再往里移动，只好退出来，回到另外的那个小间喝酒。

老卡也在里面走了一圈，就坐着不动了，阿多转了一圈回来，向我们汇报，他发现了某某集团的老总。这里聊天也不合适，大家坐了一会儿，把手上的酒喝完，就出了舞厅。我估计除了阿多，大家心里都觉得无比震撼。这是我们熟悉的城市里，完全陌生的场景。不仅陌生，甚至费解。连带着，我觉得我对其他人，对城市，整个都有太多的不了解。

回家后，我为此写了一首诗，再后来，写过一篇小说，小说名字叫《亲爱的史密斯》。那首诗是这样的：

她们在明亮中，
她们在黑暗中。

他们是暗系的鱼，
在明亮和黑暗的边缘，
挑三拣四，磕磕绊绊。

她们慢慢转入黑暗，
黑暗中的她们慢慢离去。

世界沉默不语。
世界有巨大的秘密。

我不是她们，
我就永远不知道她们的心情。

大地震、小房子和煎蛋面

　　早上躺在床上，没头没脑地跟他说："唉，可惜没小房子了，这么多年了，也没有替代小房子的地方。"

　　"是好多年了哦。杜姐就算再开一个店，也没法复制小房子。"他随口答应着。

　　晚上，坐在电脑前，忽然觉得椅子有点晃动。问他："你觉不觉得有点晃？"

　　"没有啊？"

　　"再感觉一下……你看灯都摇了！"

　　"嗯，是在晃。地震了……嗯，微博上还没人说。"

　　"我刚刚在朋友圈说了，也有几位朋友在说。"

　　然后我们的对话就转成微信跟帖模式。

　　"4级？"

"不对，至少4.5级。"

……

"新闻出来了，7级，九寨沟。"

刚才在晃动最厉害的一瞬间，我们曾短暂地停止聊天，都安静地观察等待了一下，在想，如果晃动更厉害，就得采取避险行动了。

我就又想起了"小房子"。

2008年5月12日，汶川大地震的时候，房屋摇动剧烈，我们冲下楼，在街边站了站，看着好多从四周楼房里下来的人，在街边犹豫不定。我们不用犹豫，直接步行去了"小房子"。

平时我们想起小房子的时候，一般就会想起杜姐，想起她的煎蛋面。有时候很馋，想吃她做的煎蛋面。

她做的煎蛋面非常香，油汪汪的，饱满略略有点焦香的煎蛋，配上红油、蔬菜，一闻着就食指大动。

在小房子泡晚了，饿了，经常就央杜姐煮一碗面。夜里来的人，有时一进门，就张口要吃面。好像他们不是来泡吧的，是专程吃面的。

吃了面，舒坦了，这才开始喝酒。

杜姐的面好吃，其实我也大致晓得窍门。在四川，能炼得一碗香辣的好红油，并不算特殊。但是，像杜姐这样做面的，已经很少了。

我知道那独特的配方，主要是猪油的功劳。

大家平时讲养生，讲吃得健康，素多荤少，少食红肉。在家里早没人吃猪油，只吃植物油。吃猪油简直太不政治正确了。

但杜姐会熬一大罐猪油，给每一碗面里，都大方地挖进一勺。

我们的身体还保留着原始的喜好，觉得这猪油汪汪的煎蛋面，真是香啊。

小房子在一个小广场上，是一套民居改造成的酒吧。改造得很简易，红砖墙，加上旧桌椅。桌椅被杜姐用各种花布包了起来。桌上、墙上，胡乱放些土陶罐什么的。说起来，跟一般酒吧并无多大差异。

但人一进来，马上就放松了，可以歪在那些简易的，又被花布重新包裹的沙发上。几个小间里，都是熟人出没。就算不是熟人，多来几趟，那些脸孔也就看熟了。

几个小间后面是个小厨房和卫生间。去卫生间的路上，总看得见厨房里的水池里，堆着没清洗的碗筷。

这是个不那么干净的小店。就如这里不讲究政治正确一样。只要克服怕脏的心理，你就能彻底放松。好比你去朋友家，朋友家如果一尘不染，作客就觉得拘束，会主动要求换上拖鞋，说话也不敢高声。如果朋友家有点杂乱，反倒让人放松，宜歪坐斜躺，宜高谈阔论。

小房子就是这样的地方。当然，更重要的是有杜姐这个关键人物。这个关键人物一点都不精明，还有点憨憨的气质，本也不是文化圈中人，平时最爱乐呵呵地笑，请大家尝她新做的小菜，像个邻家大姐，跟谁都不生分，都能搭话，但也不真正介入这些圈子，更不会卷入是非。我想象沙家浜的阿庆嫂就是这样的人。渐渐地，这里就聚集了成都文化圈、新闻圈的各色人等。这些圈子又细分各类小圈子，大家出现有不同的时段，所以，这里走马灯似的，龙蛇出没。从下午喝茶聊天的作家，傍晚喝酒连带吃饭的画家、设计师，晚上泡妞喝酒的诗人，到深夜下了班来此休息一下的报社编辑。

5月12日那天，我们到达小房子。小广场上的酒吧茶馆都还开着。就像平时一样，我们在小房子室外的茶座坐定，就看见诗人何小竹拎着电脑走过来。

他是我们的老友，那时，还算是邻居，住得都离小房子不远。他说，他在附近茶楼里写稿子，地震了，他第一个想到的地方也是小房子。

那个下午，小广场上人越聚越多。小房子的常客们也聚了很多，这些平时出现在不同时间段的人，都在这个下午来了这里。

既然是因为地震，也就不再讲究，不同圈子的人也围坐一桌。先是交流信息，信息都不足，连震中在哪里，多少级，造成了多大的危害都不清楚，猜测纷纷。每个人都拼命想给外面打电话，想报平安的，想知道家人朋友情况的，都打不通。每个人都很焦虑。

正在焦虑中，我们的老友阿多来了。地震之后，他迈开他的长腿，先是从杂志社回父母家看了看，父母平安，他又从莲桂路，走了六千米，到了这里，关心他的朋友们。

阿多外表看起来，总是那么不靠谱。他是媒体人，诗人，有才，诗写得好，聪明，过目不忘。但经常一本正经地说胡话大话，东张西望，神情恍惚，坐不住，像个多动症儿童，随时要走来走去。

他极好酒。小房子是他的根据地。他自己住得离这儿不远，白天有空就过来转转，很深的夜里，从外面回家，也忍不住，拐到小房子来看看，看看还有谁可以喝酒。

有一次他在小房子醉了。我们不放心他，要求送他回去。走在夜里的玉林，他仍高高兴兴。我们前面有一位驼子，正在打电话。那人黑衣，金链，一副黑道打扮。这种打扮的人，平时我们看见就绕行，两不相干嘛。但阿多醉了特别开心，他看不见那人的打扮，只看见了那人突出的驼背。他举起手来，大步向前，笑呵呵地想去摸人家的驼背。

在关键的时候，我们拖住了他。他仍笑呵呵地，不知发生了什么事。我们管着他过红绿灯，走人行道。到了他小区门口，他谢过我们，说，我到了，没事了，你们也早点回去吧。

"真没事？""没事的。"

我们觉得他已经清醒，才放心回去。结果，第二天才知道，他在小区门口的花台上睡了一晚。

但这样的事情很少，他酒量好。我觉得他其实乐趣不在于酒，而在于跟朋友喝酒。

阿多因此成了小房子任何时段都可能出现的人。他打破了因为时间段形成的圈子划分。好酒更好朋友的性格，让他成了小房子的灵魂人物。

他认识每一个小房子的常客，不止认识，还跟他们都做了朋友。

所以，地震来了，除了父母，他第二关心的，就是小房子的朋友们。

那一晚，弄不清地震情况，不敢回家，我们都住在了小房子。

小房子成了临时避震所。

小房子在之后连续好多天，都承担着这个功能。就如小房子之前，承担好多功能。比如，反对石化，大家要去散步，就在这儿商量。外地媒体听说此事，要来采访，放在哪儿都不方便，我们也约到这里。那时候情况最严重，我的手机被监听掐断。既然如此，不如就在小广场上，谁都看得到，谁爱听就听。

平时，外地朋友来了，我们往这儿带。自己闲下来，也随便就走到这里。不用相约，这里自会有朋友可以喝茶聊天。微型文化活动也在这里做，比如朋友间的签书会，读诗会。很不正式，但却放松自由。

那时的小房子，是成都民间生成的文化地标，在那里，随时可以看见成都文化圈的缩影。

但后来就没有了。我记得是2012年，小房子转出去了，杜姐不做了。没有杜姐的小房子当然不再是小房子。那个围绕小房子形成的风景，一天就消散了。这些年，城市变得更大，阿多、小竹，也都搬远了，再不是邻居，相聚很少。

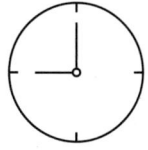

2010

都江堰夜啤酒

多年以前，我们都喜欢在都江堰边喝茶，入夜，就在河边吃饭。夜晚的大排档沿两岸摆开，灯火通明。成都人以都江堰为后花园，四季都喜欢去那里消磨时光，夏夜更是如此。

2008年地震以后，我们去得就少了。因为太多的钱涌入，都江堰的消费变得很贵。最后一次在江边喝夜啤酒吃冷啖杯，是2014年夏天。

那天是阿多带我们去的。我还记得，那天下午，我们刚上阿多的车，手机就响了一下。我一看，是阿多发的短信。他居然面对面地发了条短信给我们："这次你们不用替我扛刀"。

面对这几个字我大惑不解。我以为我们来就是干这个的。

以前阿多绕粉子，都会在关键的时候叫上我们。呃，粉子是专指漂亮女性。我们的任务就是替他扛刀。扛刀的意思嘛，是从关公的专用扛刀徒弟周仓那儿来的，但这只是最早的意思。在我们这群朋友这儿，扛刀是展示朋友的优点，咳，说白了，就是当托儿。

说起来，我们这么干也好多次了。效果嘛，只有阿多最清楚。反正，这么多年来，他一再需要我们替他扛刀。这说明：他是个腼腆的人，他不断地坠入情网，至今没有娶到老婆。

此刻，我们看着阿多发来的这几个字，还有点摸不着头脑。阿多已经在介绍："这是我的女朋友段小云"。

段小云转过头来，向我们微笑。她很漂亮啊，笑起来很亲切迷人。

我更不明白阿多的意思了。为什么不用扛刀？

阿多开着他的新车，说："今天我要带你们进入一个国学之旅。这是讲机缘的，普通的旅行，只能吃吃喝喝打麻将，收获很少，今天我正好带你们到青城山去听一堂国学讲座，我再教你们一套功法，一分钟就可以学会，以后你俩就可以很简单地练功，又不用花多少时间，你俩都需要这种锻炼。喝了茶，我再带你们去参观文庙。"

"国学讲座？"

"呃，是这样，我前一阵给员工做培训，给他们做了一个讲座，很有些心得，因此也想讲给你们听听。"

换了平时，我们早就开始嘲笑他了。但此刻绝对不会，我们清楚意识到自己的角色。虽然阿多叫我们不扛刀，但我们会很自觉地树立他的光辉形象。

我满以为会到青城山脚的寺庙或山庄之类的地方，到那种国学氛围浓郁的场所。在去往青城山的半路，接到我们另一个老友小忙的电话，他说，预定的那个地方有人结婚，太闹了，换到山脚的高尔夫球场。

就这样，我们到达一个高尔夫球场，小忙已经开始挥杆了。

我们在练习场边，找了个清静的位置。泡了茶。阿多制止急于打球的小忙，说，你也要听听，这个对你特别有好处。

大家围坐一起，阿多站在前面，居然还掏了一份讲义出来。

他开始跟我们讲国学。

讲得居然十分正经。

这惊到我们了。

阿多这几年，迷上了国学。我们从没往心里去，觉得他是那种聪明劲太足的人，学什么学个皮毛，装个样子就行了。

他现在站在绿茵球场边上，跟我们谈孔子、孟子什么的，太不真实了。

段小云笑眯眯地听着，喝着柠檬水。最初我们点茶的时候，阿多就在旁边说："柠檬对女性身体不好，常喝容易伤脾……"阿多这些年搞国学的时候，顺道也研究了独门的养生之道。

讲了一个小时了，小忙就闹了起来，说，休息一下，课间休息！

阿多点头，说："我讲的总论就到这儿了。大家先休息一刻钟，等会儿我传大家功法。"

这课程真是有模有样。

休息的时候，我们轮番去打高尔夫。我没打过，阿多也说是第一次打，小忙却精于此道。他自告奋勇地要当教练。我们邀请段小云一起学习，她摆手，说，我不玩啦，我十多年前就会玩了，现在我脚踝有伤，还是不打了。

我看看她的右脚踝，很秀气的脚上，真的有一条明显的伤疤，歪歪扭扭的，从小腿盘踞到脚踝。她跟我解释："半年前骑马摔伤的，现在都还没恢复好。"

阿多挥了几杆后，轻轻松松便打出了150多码的球。明显比声称打了多年的小忙要好。我们大力赞他。小忙悄悄跟我说，阿多以前就常和他打球呢。

打出了好球，阿多提醒大家，休息结束，下半场上课开始。

他说，这个"五体站桩法"不同于普通的太极站桩，做上半分钟，相当于跑步。他给我们介绍这种神奇的站桩的由来：

去年，因为帮人做个文化项目，他带着手下去采访一个武术大师，武术大师不想接受采访，谁知听他谈了一些国学，马上改变了态度，不仅相谈甚欢，还传了这招功法。

"这招功法看似简单，但真正做起来并不容易。开始只能做十几秒，就会满身大汗。这就对了！"阿多说，"'百练不如一站，百站不如一颤'，讲的就是这个道理。做到后面，肌肉会抖起来。这个可以让人体的小磁场呼应天地大磁场，不仅舒筋活络，去除痼疾，还可聚合天地人之精华。"

他说，他现在已经能做个十几分钟了。

他一边说着，一边摆了个大字，腿半屈，向外分开。

大家依样画葫芦，也摆出同样的姿势。果然，只觉全身肌肉拉伸，片刻不能坚持。

阿多提示大家注意："现在颤开始了，注意。"

果然见他面色绯红，双臂肌肉开始发抖。他大喝一声，算是收了功。

段小云没有参加，笑眯眯地围着我们转了一圈。

阿多说："小云，你也试试。"我们也跟着招呼。

"我穿着高跟鞋呢"，小云顿了顿又说，"我平时都在练瑜伽。"

段小云上洗手间去了。我赶紧问阿多，段小云怎么什么都懂的样子。

阿多微笑着说："她是富二代呢，真正的白富美！"他掩不住得意。

"啊！"说实话，我小吃一惊，阿多这次运气不错，"她多大了？"

"比我小五岁。"

我默算了一下，那就是三十六啦。我又问："那她现在做什么呢？"

"不用做什么。"

"你们怎么认识的？"

"两月前，我去一个会所讲国学，她就在那儿，对国学很感兴趣，之前还花了几十万去北大办的国学班学习。"

小忙插话说："花那个钱，还不如跟你学！"

阿多还没来得及答话，段小云就回来了。我估计他想得跟我们一样，段小云去那种收几十万的班学国学，还不如跟阿多学呢。

接下来阿多讲的就比较具体，用国学的理论解释了抑郁症是怎么回事，讲来讲去，总之，抑郁症并不存在，学好了国学，这个问题自然就能解决。

小忙说："你不是有套很灵验的早晚吐纳之法吗？传我们吧。"

阿多点头："今天就是要传给你们！"

他四向看看，说："我们到旁边的草坪上。"

脱了鞋，站在草地上，草软软厚厚的，同时又略略有点扎脚，这种感觉很舒服。

阿多站在前面，我们几人跟在后面。

阿多做着动作，指示我们朝向太阳。双手缓慢上举，深深吸气，然后快速向下甩手，同时急促地呼出胸中废气。

段小云做了一会儿，点头说，嗯，这个跟瑜伽有点像。她在草地上走来走去，似乎下了决心，才说："刚才你做的那个站桩，那个动作有点危险，很容易伤到尾椎。你看，这么拉伸，是跟人体脊椎曲度是相反的。"

她这么一说，我心里立刻认同。但也不能驳阿多的面子，帮哥们搞定这桩恋爱才是正事。

晚饭时，我们到了都江堰河边。河边的餐馆仍是那么热闹，挤满了来成都的游客。大家坐在江边，看着清澈的江水，吹着凉爽的江风，什么都不吃都觉得满足。

我们仍是老规矩，让阿多点菜，顺道夸他菜点得好，也夸他做菜手艺。说他一年只下一次厨，一次会让朋友馋上一年。

这不算是夸张，我们讲的也是有根有据。我说："但愿这次能够沾小云的光，再吃一次阿多的手艺。"

但今天阿多对此似乎不自信，跟平时完全不同。他有点羞涩地说："我做的还是太粗糙，小云会吃不惯的。"

其实在都江堰江边吃饭，菜永远不好吃，还死贵。但食客都做好了心理准备，来挨这一刀。我们都只是为了这个调调。

来来去去还有好多卖唱助兴的。小忙便借了卖唱人的吉他，唱了好多老歌。他学生时代在酒吧跑过场，现在唱得也相当不错。

这一下，把我们的气氛搞得更是情意绵绵。我觉得段小云看起来，也相当柔软了。

饭后，阿多说，要带我们去国学之旅的最后一站：文庙。

文庙我们没去过。哪怕我们早些年常混迹于都江堰都不知道文庙在哪儿。

因为文庙是最近重修起来的。

我们第一次听说文庙，就是一年前听阿多讲的。之后，他给我们提过好些次。

阿多和段小云走在前面。

我看见段小云伸出手，牵住了阿多。阿多身体微微一僵，大力牵了段小云。两人在前面走着。

这个场面镇住了我们。

在我们的记忆中，从没见过阿多跟女孩牵手。哪怕他还是谈了好些场恋爱，也跟一些女孩同居过，但我们从没见过他跟女孩的亲昵动作。

现在的他，跟段小云牵着手，走在一起，还是有点别别扭扭。长于运动的他，此时走路却不那么协调。他就像一个第一次牵手的初中孩子，身体硬硬的，两人的步伐总是不大对劲。

夏夜的都江堰，南河边，灯光闪烁。我们穿过热闹的南桥，凉风贯穿南桥，桥上挤满了乘凉的人。我们走进清冷的小街，小街只有半边的路灯是亮的。偶尔有摩托车呼啸而过。

我们几人跟着阿多和段小云。我们都比平时安静。

我掏出手机，悄悄拍了几张他俩牵手的背影，很想发到微信的朋友圈里。如果发了，朋友圈一定会沸腾吧。

但是我忍住了。

往玉垒山脚走，在一条新修的街边，阿多停下来，指着一个黑黢黢的建筑说，就这是文庙。

我心里还是有一点儿失望。

什么都看不见啊。哪怕它是新修的，也好歹让我们看个模样啊。在这个到处讲究光彩工程的时代，它一盏灯都没有。连路灯都没有。

阿多指引着我们去看一堵墙。

他说："这叫万仞宫墙。"

他跟我们解说这个宫墙的来历：当年子贡面对别人的夸赞说，人的学问就好比宫墙。我的学问浅，就只有一肩的高度，别人就很容易看到里面的风光。孔子的学问深，就好比万仞宫墙，从墙头是看不穿的。只有找到门了，进去，才能看到里面的雄伟建筑。后人就修万仞宫墙来表示对孔子的景仰。

听着听着就容易发生错觉，觉得这是个千年古刹。

我们仰望这堵墙，嗯，虽然不长，不足十米，但的确比旁的围墙也高上好些，大约有四五米高吧。

回去的路上，我们主要在听段小云欢快地给我们讲述她的生活。我大约听出来，段小云周围的朋友跟她情况相似，除了旅游、骑赛马、开游艇、登雪山等等活动之类的，已经玩无可玩。她开始研究国学，练练瑜伽，弹弹古琴什么的。

我暗想，毫无疑问，阿多这事成了。阿多，这个国学专家、文化公司老总、诗人、运动天才，不正好是提供这些意义和趣味的吗。

阿多也一定想透了这一层，有国学傍身，这才信心满满地讲："这次你们不用替我扛刀"。

半年之后，我们得知，阿多和小云还是没成，问题不是出在国学理论，而是"养生之道"的差异。

洞背村三餐

在山上，我们停了车，望海。

我们身边，是大片的公墓。旁边有个牌子，写着"华侨公墓"。无数白色的墓碑，沿着山势变化，整整齐齐地排列着，向着海。海边的墓园，跟平时内地常见的山中公墓感觉不同。这里除了肃穆，多了一份开阔辽远。海从此处，接向极远的天边。天上正演绎着风云变化。回南天刚刚结束，天边云雾仍多，太阳偶尔从云间射下霞光。站在这山上的我们，连呼，快看快看，太阳出来了。

山坡上春树绵延，遮住了目光，看不到山脚，看不到山与海的相接。

我们正在去一个叫洞背村的地方。

洞背村。这个名字我已经听了很久了。我们老友，诗人凌越，从去年就开始讲。他说，我们什么时候一起去洞背村玩吧。他去过很多次了，因为他的好友，诗人黄灿然住在那儿。在他的口中，洞背村是个好玩而神奇的地方，是一个望得见海的山顶，干净、避世，也有饭馆和客栈。我就自动脑补成一个没什么游客的旅游地，把它想象成以前见过的那些冷清而有情调的旅游小镇的样子。

这次凌越带队，还有老友，导演邵晓黎和他的女友佩蓉，加上西闪和我，正好一车。

我们从广州出发，走沿江高速，是大江大海的好景，有一段公路临近深圳机场，车的方向和飞机起降平行，相当魔幻。进入深圳后，穿过市区，再穿过一个个山间隧道，每过一个隧道，天气都有所不同。一时阳光灿烂，一时又山岚蒸腾。我们在大梅沙歇脚，跟诗人陈东东和小曼喝了茶，小曼专门指点，去洞背村，不要走高速，要走这条海边山路。

我们穿过墓园，在山间绕行，终于到了洞背村。

乍一看，洞背村跟我想象得完全不同。

洞背村不是我猜想的冷清的旅游地，也不是我们印象中的农村村庄。它虽然地处山间，但我们停车之处，看起来就像一个小区。

一个几十幢小楼合聚的小区。

中间的道路很干净，两旁有些花台。小楼高的五六层，低的两三层。外墙是色彩柔和的墙砖或马赛克。显得很整齐。

下了车站定，就觉得也不像小区。

空气是香的。不知是荔枝还是龙眼，正在开花。这花香，跟我在内地熟悉的花香不同。我熟悉的花香飘在空中，感觉是流动的，有的地方浓稠，有的地方稀薄。有时，一阵风来，就嗅到了，仔细追逐，却又没有了。

这里的花香，就是空气的香味。均匀的。你呼吸着，一会儿就忘掉了。

仔细听，空中还有嘤嘤嗡嗡的声音。那是蜜蜂的声音。这细细的声音，听久了，也感觉不到了。

泡在这芬芳空气里，就像泡在淡淡的蜜糖水里，恍然明白，原来以为的蜂蜜香，原来是花的香味。

一幢六层的小楼。黄灿然已经在五楼的阳台上等我们了。他扔下钥匙，凌越便开了楼下的门。

上一次我见到黄灿然，还是八年以前，在广州。那时的他，除了写诗和文学翻译，还在报社做国际新闻编译，平时要上夜班。记得那时的他，真是愈夜愈兴奋。一群人围桌聊天，聊到半夜，众人纷纷缴械投降，只有他，兴头越来越旺。

这次见到他，外表跟那时没多大差别，也许是这大半年的乡间生活，让神情更清爽了。

他的这间房子，从结构来看，是现代的房屋，三居室，正常的卫生间，厨房是开放式的。但毕竟是诗人的家，客厅改成了待客与书房两用。一壁的书架。

江湖传说，黄灿然只读外文书，我还是好奇地去看了书架，嗯，还是有少量的中文书的。

电脑桌很小，就像学生用的。上面是台式电脑，显示屏也不大。

这大约是我见到过的最小的作家书桌。作家的工作台往往一个比一个大。我们很好奇，为什么不搞大一点儿？

黄灿然说，只是工作用嘛，已经比我在中国香港的时候大了。

但这里有的是另一种奢侈。窗户很大。站在窗前，往下，能看见院墙外的小块田地。田地里是绿油油的蔬菜，稍远，便是果树，再远就是青山。在两座山之间，能看见一小片海，海上还有船。

阳台也很大。阳台上有喝茶的桌椅。

阳台是东向的，早上，太阳晒到阳台，又越过阳台边东向的窗户和门，射到这间书房兼客厅里。客厅另一扇窗户是南向的，卧室的窗户是西向的。黄灿然挥着手，跟我们比画着，太阳一天在房间里的轨迹。我猜他已经写下这样一首诗了。

自然，大家开始聊文学和写作。作家诗人聚到一起，这是必然的话题，也是让人脑力和心情激荡的环节。大家用着文学的切口，对着暗号。如何读，怎么写，看重谁，蔑视谁……

我们聊着聊着，又回到洞背村的生活。洞背村的生活神秘特别，每个来访者都充满了好奇。

洞，在当地话中，是水田的意思。洞背村，是水田后面的村子。

洞背村的人很多吗？我问，因为看见那么多楼。黄灿然说，不多。只是本村的人，每户都有两幢楼而已，所以显得多。其实也就几十幢，本村的户数还要除掉一半。

但这幢楼里的人，并不是本村的人。

黄灿然居住的这幢楼，都是外来的租客，不用朝九晚五准时上下班的人。文艺书店的经营者、平面设计师、服装设计师等等，因为莫名的机缘，聚到了这幢小楼。往往是先成为邻居，后来才成为朋友。他们组织读书会,据说,去年读完了纳博科夫全集。黄灿然,他们称为黄老师,有时会为他们讲讲诗歌谈谈文学。

黄灿然讲,他一般不参加微信群,倒是这幢小楼邻居之间的微信群,他要参加。大家有时会讨论小楼的公共事务,有时会约约饭。当然,也会谈谈文艺。

正聊着,果然就有邻居来敲门,约黄老师晚饭。黄灿然只好跟他们解释,来了一群朋友,改天吧。后来,又有邻居跟黄老师约下了第二天的午饭。

关于生活,我问得很具体。

生活方便吗?离城市那么远。

黄灿然说,蔬菜这些当然没问题,下山有集市。

那你要做饭吗?做些什么?

要做饭的。兼顾营养和简单。

比如?

比如煎个牛排,做点蔬菜。

牛排,哪里买啊?

邻居去城里超市,一般会帮我带些东西。

房间这么大,打扫麻烦吗?

不麻烦,只是洗衣服麻烦点。这儿没有洗衣机,要手洗衣服。

别的还有什么不方便?

没什么不方便。住久了会觉得在城里会不习惯吧。有朋友问,住在山里怎么打牌看电影。住在这里就是不想打牌不想看电影啊。

黄灿然是去年六月搬到这里的。在报社工作近二十五年，下班后才能写作读书，终于下了决心，辞了职。在深圳洞背村，租下这一百平方米的房子，每个月也才一千元。之前他在中国香港租的不到四十平方米的房间，月租一万港币。在这山里住下，既可以观察内地生活的变化，又能不为物役。

　　在黄灿然的房间里，电脑是朋友送的。旁边的音箱来自邻居的朋友，朋友多装了一套，就送给了灿然。客厅里的椅子来自邻居，是开茶庄剩下的。有两个书架也是邻居送的，它们曾是摆放酒的展示柜。甚至他的智能手机也是送的，宽带公司送的，不足之处是容量太小，他不得不每天删掉前一天的记录。

　　这些拼凑来的东西，是装不满这宽大的房间的。但仔细一看，房间里其实还有很多其他房客。书房的墙上，有一坨奇怪的，像水泥或泥巴的东西，那是一个蜂巢。黄灿然介绍，这种蜂叫泥壶蜂。窗玻璃上，有一组排列整齐的白色圆点，我认得，那是一种蛾子产下的卵。虫子在这里是来去自如的。黄灿然乐得跟他们和谐相处。

　　这段时间，黄灿然每天还要遛狗。一条叫淘淘的金毛。这是住在洞背村的另一位诗人孙文波的狗。孙文波回成都老家过春节了，到三月还没回来。金毛的运动量极大，黄灿然只好增加了每日爬山的路程。

　　我们几个开玩笑地，把这洞背村称为黄灿然的王国，这些动物、花草，也都是这个王国的成员。

　　这简单的生活，带来给黄灿然的东西，旁人很难了解。我们只知道，他到这儿之后，已经写了一百五十首诗了。

我们在村里的餐厅吃了晚饭，住在村里的客栈。

村里的餐厅并不简陋，虽是占地面积不大的民居，但餐厅却有几层。最上一层是露天的，绿树环抱。这种情调，会让一些深圳城里人，驱车前来。

客栈的乡村味更加浓郁。很旧的十来间民房，很小的院子。门口盆盆罐罐里开满了各色鲜花，院里墙边屋脚，也都是花草。两张喝茶的台子，几张舒服的座椅。竹篱外是农家的菜园。

院子有四只猫，一只狗，一只鸡。

我们晚上来的时候，那只鸡已经睡了，就歇在露天的灶台上面。灶台旁是我们去后面房间的必经之路，它完全不顾我们来来往往。

那只黑狗，左后腿是瘸的。据说小时候车压坏了脚，就被抛弃了。爱犬之家养大了它，这家店主这个星期才领养了它。因为坎坷的命运，这只狗性情极温顺胆小。

那四只猫倒是活泼顽皮，我们在旁边喝着夜茶，猫儿不停地跑来挑弄大家。

整个店看起来有种漫不经心的情调。我们翻出架上的茶叶，自己烧水泡茶，这倒是更让我们放松。

店主是位叫小乐的姑娘，她待在一间有吧台的房间，只是偶尔出来替我们换张碟子。

我们几人和黄灿然延续着下午的聊天，谈诗，谈翻译，谈摄影，也谈微信公号，谈远远近近的世界。深夜才散。

清早我在院子里，看那些桂花、海棠、菊花之类，觉得跟我知道的广东人喜好的庭院花草种类不同。便猜想，店主不是当地人。我跟早起打扫的小乐聊天，果然，她老家在湖南。她以前只是洞背村的租客，要在市里上班，后来，朋友们觉得，这里缺一家客栈，她便辞了职，开起了客栈。

后来，黄灿然跟我讲，小乐是画画的。我有点后悔，早知道该问问她，她墙上挂的那幅有趣的油画肖像，可是她的作品。

我们在黄灿然家中早餐，又继续聊天。他昨夜聊天回来，还为我们几人的早餐做了起司面包、红糖小米粥，今晨又准备了红茶和咖啡。

更隆重的款待，是黄灿然要领我们去走他的山路。他跟我们讲，他每天都会去爬山，他有四条不重复的道路。

今天跟我们一起爬山的，还有从市里赶过来的画家王川和杨千。他们正在寻找一处合适的房子做画室。

我猜黄灿然为了照顾大家，已经选择了一条比较容易走的道路。除了出村后的一段林间土路，后半程是木梯步道。山野间的这条步道，显然是精心修成的。两旁人工种下的三角梅和黄花风铃木，正开得鲜艳。太阳强烈起来，树的影子和木梯空隙的影子混合在一起，让我走得很有些吃力。但黄灿然很轻松。

我们下到山脚，就到了另一个村庄——盐村。这个村庄的气质与洞背村完全不同，因为交通便利，它有些厂房。有了工厂，就有了外来的工人。我们穿过村庄的时候，就能看见发型屋之类的小店，小店都有着奇特的名字。我跟晓黎讲，你的那部关于杀马特青年的电影里，应该有这样的小店。

村庄外面有一小段海滩。海滩边上，还歪着一辆摩托车，车上放着一双鞋，是某位赶海的村民留在这儿的。远处能看见三三两两的村民，正在捕捞。平民化的海滩，没有一点儿旅游包装，显出一种朴素平易之美。我们随随便便走在沙里，看了看贝壳，看了看礁石上长的海苔。

下午，我们和黄灿然又去了一个海边。当时，邵晓黎他们已经赶往机场，准备回北京，王川他们，赶回市区。凌越开车，西闪、我和黄灿然，又去了华侨公墓附近。

还是我们前一天来的时候望海的地方。这次停了车，我们沿着山间的石阶，下到了海边。海边有延绵的白色栈道，顺着山势展开，看不见头尾。栈道下面，是些大型礁石，栈道上空无一人。长空碧海，青山边的洁白栈道。这是另一种美，一种让人屏息凝神，陷入沉思的美。

后来，我问了黄灿然，在洞背写诗和中国香港有什么不同。他说，他在写他的观察，村子、家和周围的事，在中国香港也是用这样的眼光看待和感受城市，但题材和心境不同了。

我在中大图书馆写这篇文章的时候，读了他几首洞背村的诗。墙上的蜂巢、金毛淘淘、绵延的青山、登山步道都在诗里，那些我见过生活细节，又带上了诗人的独特印记，让黄灿然的王国，一瞬间就回来了。

我的姑姑在中国香港

2015年下半年，决定离开广州了，才下决心再去一次中国香港。

以前一直觉得机会很多，随时可以去，就一拖再拖。这次明白，如果再拖延，可能某一天就后悔了。

这次去中国香港，就一个任务，看姑姑。

这是一趟迟了几十年的见面。

一

很小的时候，我就知道，姑姑在一个神奇的地方。

二十世纪七八十年代，我家在四川，而在中国香港的姑姑，有时会寄来神奇的礼物，有漂亮的衣服，美味的糖果，有按一下就弹开的自动伞，还有三洋收录机。那个时候，这些不仅是稀缺之物，可能还是完全没见识过的。

二十世纪七十年代的时候，内地主要的物资还要凭票供应，每人每月只有几尺布，几两油几两白糖。能吃饱穿暖就不错了，不可能讲究美衣和美食。

但姑姑寄来了这些。

我记得，小学三年级的时候，姑姑寄给我了一件红色的漂亮衣服，既像连衣裙，也像大衣，拉链在背后，前面六粒白色装饰扣。

这衣服震动了我们学校。

一位新老师来悄悄问我："你家有电视机吗？有录音机吗？有缝纫机吗？"他其实就是想问，你穿得这么好，是家里很有钱吗。

没多久，个子就长高了。妈妈用红布把袖口接长，衣摆接长，又继续美上两年。

看电视剧《血疑》，幸子也有个姑姑，姑姑带来的裙子，也短了，幸子的姑姑说：不在身边，不知道孩子个子已经这么高了。

我姑姑应该也会这么想吧。那个时候，双方是没法见面的。

那是一个能通信就算不错的时代。

姑姑寄来照片。她有两个儿子，我的表哥和表弟。在白云蓝天下面，表哥穿着带泥点的牛仔裤，站在布满泥点的卡车头上，又酷又帅。表弟虎头虎脑，满脸稚气，跟我同年，看起来却比我和我的同学们要天真很多。

为了回应姑姑，我们全家还专门去了照相馆，拍一张全家福的彩照。

这是我家的第一张彩照。

照相馆把场景布置得像家庭一样，摆着瓶花，桌椅，收音机，就是为了让人留一张洋气的家庭照片。

我们这张全家福，拍出来假假的，颜色也比姑姑家的照片差远了，显得有些灰黄。姑姑家的照片，色彩饱满，就像外国电影的颜色。一看，就觉得那是一个不一样的世界。

可能是两家来往难度太大，我长大后，跟姑姑家的联系就变少了。特别是爷爷奶奶去世后，我多年没再回过老家。我的老家在广东，离中国香港很近，在老家的叔叔一家，和姑姑家联系很紧密。我父母有时候回老家，能跟回来探亲的姑姑见一见。但我一次也没有。

在情感上，我一直怯于表达，有严重的拖延症。我从小远离老家，不会说客家话，也让我十分担心和亲戚的交流。

下决心去见姑姑，是因为觉得她年纪已经很大了，八十好几岁。心里明白，如果一次都没见过，将来一定会觉得遗憾。我要亲口告诉姑姑，当年远方的她，带给我了什么样的快乐。

二

决定去见姑姑，就先做准备。先回四川办了证件。接着跟父亲联系，他又跟叔叔联系，让叔叔再跟姑姑联系。从没见过面，突然去拜访，估计会吓着老人家。

父亲转给我一个地址。我在网上查那个地址，没有。再问父亲，也问不大明白。我知道那是客家话转述的地址，地名估计是错的。我只能到了再寻找。

很少见亲戚，就不知道见亲戚的标准流程，只能按自己的想法来。

准备了一些四川土产，代表父母带去的，准备一瓶茅台，送给姑丈。去给姑姑买了一条温暖柔软的大披肩，想着老人家天凉时偶尔可以搭一下。带了自己的三本书，算是给姑姑交一个作业，向老人家汇报一下自己现在做什么。

在深圳罗湖口岸外，订下两天酒店，想好了这次去中国香港，就是只去见姑姑，当天来回。

去中国香港的那天，天气阴晴不定。过了关，乘上列车，车窗外，时而白云丽日，时而大雨倾盆。我算了下时间，担心到姑姑家临近中午，会给他们多添麻烦，就到油麻地附近，随便走了走。

上一次来中国香港，是2014年9月。小店经营者和内地游客之间，有一种随便而热烈的气氛。但一年半之后的这次，我感觉到了明显不同的态度。哪怕是随便问问路，都能感觉到这与一年多前的明显差异。

在闹市区简单吃了午饭，逗留了一会儿，估摸着老人家若是午睡，也该起来了，再上地铁，前往姑姑家。

姑姑家住在牛头角，是当地人集中的地方，跟游客常逛的区域明显不同。我们早下了一站地铁，一路询问着找过去。路两边的小店，进出的都是当地人，街边还有贴着区议员竞选的招贴。这种氛围，一下就叫我想起好多中国香港影视，那些偏文艺的，或者生活化的。而那种游客集中的区域，让人只能想起夸张的商业片。这是我喜欢的感觉，让我有点后悔，以前没有来过这个片区。

拿着父亲给我的，那不准确的地址，连懵带猜，找到了姑姑所住的大楼。

三

一进大楼，有个类似宾馆前台的地方。里面坐着几位工作人员。我没有停留，直接坐电梯上了楼。

大楼里，每一层楼都有很长的走廊，走廊两边是无数的门。这楼里的住户应该非常多吧。

我敲响了门。没有人应声。我自报家门，还是没有回应。我担心弄错了门牌号，又敲响了对面的门。门迟疑地打开了，也是一位老人。我知道错了，跟她又是道歉，又是询问。她不大听得明白。我不敢再造次，赶紧下到大楼前台，向工作人员打听。

几位工作人员都是中年女士，很热情，也很细心地听我讲话。我们互相都得仔细地听，因为我们语言沟通有一点点不流畅。我听不懂粤语，她们讲普通话有些不顺畅。我跟她们讲，我是来看姑姑，跟她们讲姑姑的名字、姑丈的名字，向她们展示写着姑姑名字地址的纸条。她们问我们是从哪里来，我说，广州。

她们打了电话，电话那头说，没有在广州的亲戚。我明白，可能是叔叔没有把我要来的消息带到。我赶紧解释，我之前在四川。

整个过程，我都觉得很窘。

好在前台的工作人员仍旧热心，让我们耐心等等，她们还和我聊天，说，姑姑现在腿不大好。

这个过程中，我看见大楼里进进出出的人，大都是老人。这几位工作人员，对那些老人都亲切热情，看起来，也是相处多年。

大约半个小时，一位男子来接我们，请我们跟他上楼。

聊了几句，我才明白，原来，他是姑姑的小儿子，就是当年照片上那位虎头虎脑的孩子，我的表弟。

姑丈给他打了电话，他赶紧过来接待。

四

原来，我第一次敲门的门牌号是对的。老人不知道来者何人，又听不懂语言，没敢开门。

幸好表弟过来了。他可以给我们当翻译，又能让老人家安心。

姑姑和姑丈的确年龄很大了。姑姑很瘦弱，患了帕金森综合征，坐在沙发上，身体不停地抖动。

姑姑家房间不大，一个小小的客厅，旁边是不大的厨房和卧室。这些我提前知道，她和姑丈单独住着。我知道，这在中国香港，已经算不错的居住面积。

我坐在姑姑身边，向她展示我父母的照片，我们新近拍的全家福。这是我专门准备好的一套照片，我想，给姑姑带这个，可能才是重要的礼物。我父亲是她的大弟弟，这几十年，他们见面的机会很少。现在年事已高，要见面就更加困难。

姑姑和姑丈看见我父亲的照片很高兴。我又给姑姑讲，我小时候，她寄来过的东西。表弟翻译给她听，我不大观察得到她的表情变化，我不知道，她是否听明白了，是否想起来了。

表弟也向我展示他们一家人的照片，我拍下来，准备传回去给父母看。

我们一起合影后，我向姑姑一家告别。表弟送我们下楼。他邀请我们去吃糖水，我婉拒了。我知道，他是接到姑丈的电话，从公司赶过来的，现在还要回去接着上班。

他送我们到地铁站，他手上拿着我带来的书，他说，他女儿喜欢读书，她会喜欢的。

五

回程的路上，我有些惆怅。应该早些年就来，在姑姑年轻一些，精神好一些的时候，向她表达我的心意。西闪安慰我，总比没来好些，这种表达，对我自己来说，比对姑姑更加重要。我知道，不仅如此，对我父亲来说，这也非常重要。在二十世纪五十年代，我的爷爷和奶奶在老家被批斗，这两位1930年代的大学高才生，1940年代的大学老师和医生，他们的长子和长女，就是我父亲和姑姑。姐弟俩先后逃离老家，从此天各一方。

从观塘线转东铁线，出了闹市区，列车离开地下，行驶到地面上。列车两旁是大片的绿野，间或有些成片的民居。阵雨已经停了，阳光又强烈起来，我看着窗外退去的民居，想着，在那些普通的窗口后面，不知有多少这样普通的悲欢离合。

左手东海，右手太平洋

我们站在这海岛之角，永祥老师就对我们说：“北面就是东海，东面是太平洋。”

这个地方是我们亦师亦友的钱永祥和他夫人王丽美带我们来的。这个地方，他们常来。从他们中国台湾中研院旁的住家驾车出发，一个小时左右，就能到达鼻头角海岸。

2016年2月，我和西闪到中国台北参加书展，并发布新书。趁这机会，轮番与几位好友相见，陈宜中、周保松、陈念萱、张铁志等等。有的相聚是家宴，有的相聚是酒吧畅谈。

永祥师邀请我们的时候，只是轻松地说，去海边走走，爬爬山。

但面对鼻头角的大海时，我和西闪被震住了。这太不像我们之前见过的海。

我们这种可怜的内陆人，对海的认知差不多只有旅游地的海，那种温柔绵软的沙滩风景，椰林美人，安全又单调。在那些地方，人的思维也会懒起来，只想睡上一觉。

但眼前的海完全不同。

海边巨石耸立，深色的，怪异的，各种形状，看得见日复一日被海水切割，又经年与潮汐对抗的痕迹，非常有力量，离海稍远一点儿的山石遍披绿植，但仍是奇峰突兀。王丽美老师是资深的报人，也是地质爱好者。她给我们讲解了好些关于这些奇峰怪石的知识。

关于金瓜石，关于九份的金矿等等，她指给我们看那些海边的岩石，那些像被切成豆腐块的，那些像一颗颗人头的，她一一告诉我们那些礁石的名字。

现在不是涨潮的时候，但海浪仍时不时猛地冲上礁石，拍出巨大的白色浪潮。和岩石相对，一动一静，一浅一深，那种冲锋与抵抗的感觉，非常有张力。我不住地说，下次一定要来画一画这里的礁石和海浪。

我们沿着一条山路向上，走到高处，发现身处一间小学校。

这小山高处面积不大，但却是一间完整的学校格局。操场跑道，旁边一排教室。最有趣的是运动场旁边的看台，是在比操场略高的山坡上，凿成几排石阶，形成自然的看台。但山势自有走向，所以，看台的尾部，不是全部向操场围合，而是向外展开，想必坐在那几个位置上的人，视线不会只落在运动场上，而会有一个开阔的视野。

小学校建得小巧可爱，但这里的风实在太大了。我们一进入这里，顿时觉得步行都困难。风沿着山势扫荡过来。我们从小学操场穿过，人几乎要被风吹起，只能斜着身侧行。教室门前几个弹簧木马在风中不停地晃动，就像上面有几个调皮的孩子。我笑着说，这么大的风，这里的体育比赛完全不准啊，顺着风跳高跳远跑步，不知会有多好的成绩。丽美老师说，这个学校很早就有了，她念大学的时候，就常和同学们，周末骑车到这里，小学校会开放给他们住宿，同学们晚上就睡教室课桌。我问丽美老师，为什么当初会把小学校修在这里？她说山下有几个小渔村，孩子们会到这里上学，但她也不明白，为什么不把学校修在低一点儿的地方。

虽然也许有诸多不便，但这所学校的海景无敌。远望海天一色，俯瞰是海潮拍击礁石。

从学校穿过，沿一条更小的山路曲折前行，走在山脊上，路过关闭的旧军营，再往前行，就到了海角前端最高处。这里曾有一个灯塔，很多年一直承担重要的航海指引任务。

现在从这里望下去，这个海角突出到大海里，后面仿佛没与陆地相连，更像一个四面环海的小岛。站在这里，面向东北方，左手就是东海，右手是太平洋。

极目远眺，海天茫茫，想着左右拥有两片大海，人也感觉舒张起来，就像一下子跨越了很大的空间。

这里没有外地游客，只有少数徒步的人。他们也走到这灯塔的旧址，向远处望望。我不由自主地想，这远眺两片海洋的感觉，现在感觉是开阔，多年前站在这里的人，肯定不是这种感受。我现在只能在这儿摹想一下，那种被阻隔的心绪，那种望穿秋水，那种受困与局限的感觉。

沿着小路下山，穿过一个很小的村子，村里只有几户人家。有位叫阿春姨的老人家在卖石花冻，我们坐下来吃上一碗，也跟她聊了聊天。她说她有七个子女，现在孩子们都长大离开了，她一个人住在这儿，每天做这石花冻。

下到山脚，永祥老师夫妇开车，带我们去了另一个渔村，天色已经擦黑，很远的山坡上，有一片灯火辉煌。他们说，那就是现在著名的旅游地九份。

但我更喜欢这里，这个安静的，没有多少灯光的小渔村。

岸边停了各色的渔船。模样最古怪的一种船，船身上挂满巨大的灯泡。永祥老师说，这是专门用来捕鱿鱼的船。晚上出海，鱿鱼便会向光而来。

这个小渔村里，有一家他们常来的餐馆，叫"老船长"。

老板就是一位老船长。我听见这里的人，不管是食客，还是店员，也都喊他老船长。他跟我们聊天，聊今天的新鲜海产，也聊到他年轻的时候，曾连续几年获得中国台湾的叉鱼冠军。当我们吃着那些美味的海鲜，赞叹不已时，小店的生意也到了最红火的时候，老船长笑着来跟我们告别，他要回家陪老婆吃饭了。

夜里我们离开小渔村，离开这海边的时候，回想这一日所见的如概念般宏大的东海和太平洋，和这几位具体生动，充满细节的人，忽然就联想到了很多喜欢的小说，从海明威到最近读到的加拿大作家阿利斯泰尔·麦克劳德，有了眼见的这种丰富的大海，再回想那些作品，感受又深了很多。

阿多的婚宴

阿多要结婚了，却没有邀请我。我非常愤怒，在聚会的时候逮住他问。他说，呃，不单没请你，那谁、谁谁和谁谁谁我都没请，你们文学界的我单独请。我说，我不是文学界的，明明是老友界的！你请不请他们我不管！你必须请我，不请我我也会自己来，来了还要砸场子！

一番威逼后，他说，好好，我发请柬给你。他便用微信发了一个电子请柬给我。那请柬上，有两人的婚纱照。阿多穿着中式衣服，新娘子换了好些打扮。光是这婚纱照，都能把我笑死。想想阿多平时那恍兮惚兮的样子，再看看这些婚纱照，人五人六的，反差太大了。当然，要说震惊，怎么也大不过他要结婚了，而且还要办婚礼。

他继续跟我解释，办婚礼的那个会所，只能摆二十几桌，每桌十个人，总共只能坐两百多个人。

两百多人都没有我的份。我更生气了。难道是为了请生意场上的人，为了多拿红包？嫌我红包小？我们朋友结婚很少办婚礼，结婚了知会一下朋友们就好。印象中正经盛大举办过婚礼的只有一位，那一位真是为了红包。他那时正在做房地产商的生意，便包下了一座房地产的园林，搭了一个舞台，邀请了全市的房产商来参加婚礼。婚礼没多久，他和新娘子就分了手。我们更是断定他就是为了拿红包。纷纷警告他，你下次结婚，还要办婚礼，就得把这次的红包先退出来。

阿多也会这样吗？阿多是教育界的。他如果仿照那位朋友，估计会把全市的校长都请来。我早先计划的是，阿多结婚的话，要送他俩一张我的画作。现在没心情啦！哼哼，最多只送个小红包。

我还是不明白，我觉得他不是那种比较红包大小的人。阿多不请这个那个，就不怕得罪大家吗？他不请我，是因为我们观点经常不同吗？是怕我们在关键的时刻不给他面子吗？这么多年，他泡妞不顺的时候，经常要我们陪着他，替他"扛刀"。所谓扛刀，就是在女孩面前赞美他，给足他面子，让女孩全方位感受他的优点。

现在，终于要结婚了，却不邀请我们了！

经过我的努力，我是厚着脸皮来了。好些朋友估计比我更加受伤。比如翟顿在微信里跟我说："阿多是舍不得钱，才不请我的，这样也好，我还清静些！"

我一通腹诽，准备向燕明告状。燕明一直是老友圈里的主心骨。话不多，可是大家觉得有分量。阿多就算不服别人，却不能不服燕明。

到了婚礼现场，阿多和新娘子站在门口。新娘子一身红装，阿多穿着中式短袖。新娘秀气大方，新郎斯文儒雅，除了这些，跟别的新人看起来也没多大的差别。

新娘子照例发糖点烟，伴娘招呼我们先去旁边包房喝茶。阿多说，别去喝茶，快去餐厅坐着，晚了怕没位子！

我们立时觉得紧迫，赶紧到了大厅。就听旁边几个女孩叽叽喳喳地进来，边走边说："要到中午了，阿多老师还叫我们先去喝茶……"一听就明白，她们是阿多的手下，估计阿多是想让她们腾出位子。

老友们坐在一桌，有从北京赶来的，从海口赶来的，从广州赶来的。有人问我，翟頔呢？我说：阿多没请人家，翟頔正在生气呢！我转头向燕明抱怨，阿多没请我。燕明说："阿多也没请我！我还是阿辉叫的！"桌上一圈都纷纷诉苦，都说，阿多没有请他。

这太让我意外了。我还以为，从外地赶来的朋友，总是应了阿多的邀请，谁知基本都是不请自来。阿辉说，那份电子请柬是他自作主张，替阿多做的。

我都有点不敢相信，觉得是不是燕明他们替阿多打圆场，为了安慰我？阿多连燕明都没请！

婚礼仪式就要开始了。刚才还空空的大厅一下全都满了。不停地涌进来的人，基本我们都不认得，看起来也不是本市的各所学校的校长嘛。

说起来，前几年阿多在他的杂志社成立的时候，我们还见过不少校长。那次他主持庆祝会议，邀请了本市的教育界人士，以及一堆老友，都是些作家、艺术家、媒体人。在圆桌会议上，阿多站起来，挨个介绍，这是某某学校校长，这是某某教育专家，这是某某优秀教师，介绍了半圈之后，该介绍剩下的这一半了，可是他大手一挥，把我们这半圈都包括了进去，说："这些都是社会上的。"

教育人士们瞠目结舌，我们这半圈哄堂大笑。在后来的发言和吃饭的时候，我们这群人都不停地自称"社会上的"，甚至，这个说法都流传了下来，很久，大家还在用这个称谓。

今天没看到那天的教育界人士，进来的人，都扶老携幼，拖家带口。我明白过来，这是阿多老家的人啊。

我知道他老家会来人，只是没想到这么多。这阵势，很像在一个乡镇上举行的婚礼。

我看见阿多的爸爸妈妈了。他们老了。

最早见他们，还是1997年。唔，快二十年了。那时，我们一帮朋友，去他老家玩，住在他家里。他父母那时很年轻，对我们很好。我还记得，到的那晚他父母就请我们吃了羊肉火锅，第二天一大早，又带我们出去喝羊肉汤。他们小镇的羊肉最有名了。后来，好些年入冬的时候，他父母都会带几十斤羊肉到成都，冬至那天，我们一帮朋友就去阿多家吃羊肉汤。

翟頔那时称赞阿多的爸爸帅，说是像周润发，我印象最深的是阿多1990年写父亲的一首诗。写学生从监狱里出来，父亲去接儿子。爸爸第一次为儿子点了烟。

那首诗让我感动不已。

我知道，那时候起，阿多的爸妈就盼着他结婚，安稳下来。谁知道，一拖拖了这么多年呢。

今年年初的时候，我们见过了这位准新娘。我评价这姑娘挺靠谱。

用燕明的话来说，是懂事。用笨笨的话来说，是理性。我知道，这是他们很不错的评价了。燕明就评价过某某老友的媳妇不懂事，笨笨写文章讲道理，最看重理性二字。而我，觉得阿多以前的好些个女友，都不靠谱。

那时，我们在饭桌上，都认真地对姑娘说：阿多就拜托给你了！

但还是没想到，他们这下真的结婚了。阿多晃荡四十多年，真的就要安定了。

婚礼仪式开始。这是一场中式婚礼。舞台上大红背景，挂着喜字，插着红烛。主婚人开始宣读一大堆之乎者也。

同桌的老友纷纷笑起来，这显然是阿多自己执笔写的词，主婚人没这个才华啊。大家在说，等会儿阿多在台上，会不会笑场呢？

我跟他们讲，在前来的路上，我都想过，阿多会不会迟到呢。

我现在想的是，阿多等会儿在台上，会不会忽然觉得害羞，演不下去呢。

阿多是个害羞的人。关系远的人肯定不这么看，反倒会觉得，他脸皮很厚啊，经常做出让人觉得荒唐意外的事。

但我知道，你当面表扬阿多的时候，他会脸红，他喜欢"绕粉子"，追女孩，但又经常没勇气单独面对，便会扯上一堆朋友助阵。包括他在会场上，把这些朋友称为"社会上的"，而不一一介绍，我理解，也是因为他忽然感觉害羞，觉得不好意思拿些作家、画家的名头去"扎场子"。

现在在台上，阿多和新娘子，还有双方的父母，各种仪式，各种敬各种跪各种拜，阿多和新娘子严肃认真，一丝不苟，不仅没有笑场，那郑重的样子，复杂的程序，拍下来，完全可以上传到网络，给人当中式婚礼指南。

礼毕，吃饭，喝酒。我们排着队去给阿多的爸妈敬酒。笨笨对阿多的妈妈说，祝老人家身体健康，早抱孙子！阿多的妈妈虽然很高兴，但此时却说，怕是等不到那一天咯。笨笨忙说，没问题的！阿辉在旁边说，这个要对阿多说！

阿多的妈妈身体很不好了。我们听阿多讲过，年初的时候，医院就下过病危通知，几番惊险，后来，换了医生，总算度过险关，能够下床走动了。

我们都明白，阿多之所以终于安定下来结婚，是为了让父母安心。也许有人觉得他终于碰到了一位靠谱的姑娘，其实是因为他在结婚这件事上，变得靠谱了。

婚礼现场非常热闹。来得稍晚的人，没有了座位，站着观礼之后，就被安排到隔壁的包间去了。

阿多时不时地跑过来跟我们聊两句。我们才知道，他老家就来了一百五十人，他的父母辈分高，亲戚众多，每家来了都是一大桌。这还不算他父亲的学生，他父亲的学生也有几桌，也还没算上已经移居到成都的众多亲戚。

我估计这些老老少少的亲戚里，孙子辈的可能都有一些了。阿多这位爷爷辈的，才结束漫长的单身生活，真说得上是众望所归啊。

下午，新人迎来送往去了，我们一堆老友们坐在茶室里，忍不住开始回想阿多的这些年。平时大家坐一起，喜欢讲阿多的段子，今天大家想起的都是阿多的好。

其实，能讲阿多的段子，也是阿多的好处。阿多喜欢把自己的各种糗事讲给我们，这是段子的来源之一。阿多行事风格夸张好玩，行事逻辑异于常人，经常顾头不顾尾，这些年总是被朋友们看在眼里，这是段子的来源之二。我们讲阿多的段子，在文章里写阿多的故事，他也不恼，这是阿多的一大优点。

其实他自己的文章诗歌，也常常如他行事风格，时常教人脑洞大开，时常让人有错愕之喜。

老赵问我们有没有读过阿多新写的一首诗，叫《林黛玉》。这个名字，好奇怪。我们便要老赵念一念。

老赵便用成都方言缓缓地念了起来："请把你的锄头给我／林黛玉小姐／我觉得／我比你更需要葬花／因为此刻，我比你更加忧伤。"

大家就像看到了这样的画面：忧郁的阿多，瘦高个的阿多，作势要抢正在葬花的林黛玉的花锄，林黛玉一定惊得连抹眼泪都忘记啦。

老友们笑得东倒西歪，拍着茶桌，有人复述着，要把它记下来，有人拿出手机，录到微信上，说要发条朋友圈，然后又醒悟过来，说，唔，今天是阿多结婚，不适合发这个，改天再发到朋友圈。

老赵又讲起了阿多渴望结婚的话。大约几年前吧，在单位开会的时候，阿多忍不住对下属们说："我也想要稳定的性生活啊，不想这么饥一顿饱一顿的！"下属听到这一句，目瞪口呆，不知如何接话。

今天听到这句话，大家都笑嘻嘻地说，阿多终于生活稳定了。

关于阿多结婚，还有段子。我们一圈老友，相伴多年，虽然经常观点不同，但感情很好。好多年前，大家说，既然翟顿和阿多都单身，如果35岁还单着，那就凑一块吧！吓得翟顿赶紧在35岁前结了婚。然后大家又说，茶花，等你和阿多到45岁，如果还单着，那就内部解决。谁知，没过多久，茶花就抵赖，说约定的是60岁。今天阿多结婚，大家纷纷向茶花祝贺，祝贺她安全了。

阿多结婚，老朋友们十分感慨，这件事就像时间线上的一个坐标。大家不由自主不停往前追溯。

他们讲起了阿多早年的房子。那是街边的一个老房子，不大，是那种木板老楼，但那里却住过好些朋友。二十世纪九十年代，这群朋友因为几年前的大事件，被甩出了既定的轨道，没有工作，居无定所。他们先后都住在阿多那儿。阿多的妹妹经常来给他们做饭。

那条街叫王化桥。刘文在那儿住了好久，被这份情谊感动，便对阿多说，王化桥这个名字好，像个人名，我以后要拿它当笔名。刘文今天又讲起："我这么一说，阿多却抢先做了，他先把这个当了笔名，我没得用了！"

每个老友都讲起，跟阿多相关的青春岁月。

到了晚饭，我们还在桌上讲。

新郎阿多来跟我们喝酒。新娘已经和娘家来的人先回家了，阿多老家的亲戚也差不多都走了。只剩下两三桌，一桌是我们一圈老友，其他是下午留下来打牌的客人。

阿多来和我们碰杯，他点着桌上的名字，说："你，你，你，还有你，你我之间那是云天高义，本不想拿这些世俗之事打扰。"

有的朋友已是半醉，听不明白。燕明在旁边解释："阿多是说，这次没有请的人不要生气难过，请了的也没啥好得意的。"

看到阿多的父母，又看到他老家来的那么多人，我早就不生气了。虽然我还是觉得，没被邀请的老友们的确会生气的。要不，就一个朋友都不要通知，或者干脆回老家办。

但是，把正事做成段子，这不正是阿多的长项吗？

在桌上，大家喝酒，叙旧，笑了又笑，忽然又有点伤感起来。阿多就像我们这群人的一个青春标志。只要阿多晃荡着，朋友们就觉得还没进入中年人生。现在，连阿多也安定下来了。

此刻亲密无间，就像往日最好的那些相聚，很多往事，只提一个头，大家就神思相至，很多话，说几个字，大家就心照不宣。

这种氛围中，大家商量着，等会儿再去找个地方喝茶，阿多也兴致勃勃地加入讨论。我们才想起来："阿多，你该回家了，要进洞房了！"

阿多又露出他那招牌的恍惚表情。

我们站在门口等车，阿多忽然返身跑回去。也不知干什么，好半天不出来，两位老友去把他架出来。

阿多站在街边，我们叮嘱他，好好回家，你是有家的人了。他一边答应，一边开始拥抱每一个人，抱过一遍，又抱一遍，再抱一遍。拥着大家不肯离开。

我们边笑边劝，把他哄上车，又叮嘱开车的朋友，一定把他送到家里才能走。

到茶馆坐定，我还在想，阿多会不会忽然出现在门口呢？

喝茶的气氛已跟刚才完全不同。没有阿多，话场就冷了。外面下起雨来。

送阿多的朋友忽然打来电话，说，阿多不见了！他们已到了阿多家的小区，忽然发现阿多没在后座上。

好端端地坐在车上，怎么会不见了？大家起身，就想去找他。去哪里找？只有死守这里，这个喝茶的地方是阿多的老窝子，他要找大家，应该会回到这里。

没多久，他们的电话又过来了：阿多找到了！

他们开车返回寻找，离阿多家一千米的地方，看到阿多正在路边晃荡，就如他平日那样的姿态，不知要去哪里。原来，在等最后一个红灯的时候，阿多悄悄开了车门，下了车。

两位老友把阿多架上车，又架上楼，终于送进了洞房。

二十世纪九十年代欲望与世界末日乐园

这个地方是属于二十世纪九十年代的。它曾经热闹过，但现在人们早已把它遗忘。在它最热闹的时候，我并没去过。那时，作为资深文艺青年，觉得去这样的一个地方，太从众，太土气，太没追求了。

那时候，全国好多城市，都有这样的一个地方。最著名的是深圳的"世界之窗"。我经常去深圳，但那个地方，从没打算去。1998年，我正在副刊当编辑，去深圳组稿，深圳一位作者热情洋溢，非得邀请我去世界之窗玩。他是我的组稿对象，我不能拂其好意，硬着头皮去了，并被他拍了好些与假名胜在一起的照片。那些照片我回来就压在箱底，不敢给人看。

那种地方2000年之后就被人们打入冷宫，最近听说，成都的这家"世界乐园"，已经基本废弃，成了一所高校的一部分，这才觉得有意思了。

乘地铁二号线，往西坐到终点犀浦站。下车走过一大片城乡接合部似的街道，已经感觉像回到了二十世纪九十年代。破烂又临时的感觉，正像那个飞速发展，顾头不顾尾的年代。但一进入"成都高等纺织专科学校"，顿时回到二十一世纪。

校园是现代的，漂亮洋气，比好多大学城还略微好看些。校道宽敞，建筑舒展。足够的空间是校园漂亮的保障。道路两旁的银杏树，刚刚由绿转黄，格外好看。

望向大路的尽头，是一片浓绿。

再近一点，那浓绿看起来是一大片榕树林，老树生出藤蔓，掉到地上，又长成新的大树，分不出哪个是主杆，哪个是新枝。这景象，是在东南亚常见的。

走至林下，细看，这才看出端倪。这些老树须根，原来都是水泥做的。上面的茂密绿叶，却是真的，旁边栽种许多油麻藤，爬满了假树，让人几乎分辨不出哪些是真，哪些是假。油麻藤的主干已经非常粗壮，世界乐园1994年开园，那这油麻藤到现在至少已经二十几岁。

"油麻藤榕树"现在仿佛是一座山门，穿过之后，眼前展开了一个完全不一样的世界。

近处有一处极破的西式花亭，正前方高坡上，有一座白色的教堂，看起来还挺新。近前一看，这教堂也太简洁了一点儿。我正在琢磨，它是仿的哪座著名教堂，就看见了门口的牌子，上面几个大字："欧洲教堂"。

这几个字，实在是简洁有力，也让我不再追究后面看到的每一样东西，原型到底该是啥样。

在湖边，我看到远处矗立着"自由女神"。只是那女神身姿看起来有点奇怪，上半身有点儿向后仰，一方面，让人觉得她实在是很自大啊，另一方面又怀疑，是不是怀孕了，所以要这样改变重心。

看到一些奇奇怪怪的雕塑和建筑，我已经能体会那些创造者的心思。比如，我能明白，哪些是为了让人民群众感受一下外国人的生活场景，哪些是顶着艺术的帽子，让人民群众能够看到西方的裸体雕塑。

现在的人们可能已经忘记，二十世纪世纪八九十年代，人们对花花世界的好奇。1980年代，曾经有过一本杂志十分流行，就叫《世界之窗》，上面主打的是些异国少数民族的奇风怪俗，什么吃人的，以长脖子、长耳朵、肥胖为美的，住在树上的。纸上得来终觉浅，1990年代的人们不满足看杂志了，实体模型应运而生，就是这各地修筑的"世界乐园"。2000年以后，人们都能走出国门去看真的花花世界了，这假的乐园才没人看了，衰败了。

一位艺术家老友曾给我讲过他1990年代初期的一个故事。有位大款，来找他和另一位雕塑家，要他们做雕塑。那个年代，是艺术家还相当穷的时候，也是有些人莫名暴发的时代。大款新装了房子，他们去参观。硕大无朋的卧室，顶上吊着迪厅里那种旋转的"宇宙射灯"。光是床，都有五米宽。

大款说：来个维纳斯吧！

两位艺术家按规矩，先做了一个泥稿，请大款审阅。大款左看右看，不满意。最后比画，说：太小了！

老友还在发愣，这是按标准做的啊。同伴率先明白过来，抓了泥，往维纳斯胸前糊了两把，丰胸立马成功。大款很满意，要求做两个真人大小的，放在床的两边。

一手交钱，一手交货。两个丰胸维纳斯被摆在了五米宽的巨床的两边。两位艺术家拿着钱，互相看看，心里估计，维纳斯当晚就会被欺负。老友默默地对维纳斯说，对不住了。

我现在看着世界乐园的雕塑，就想起了艺术家老友和他的同伴。肯定是他们那个群体做的，甚至就有他做的。像不像原型不重要，重要的是得满足九十年代人们对观看世界的需求。

在这里，现在还能看到粗糙的金字塔，金字塔是水泥糊在红砖上做的，底边的红砖已经露了出来。因为连日秋雨，金字塔生满青苔，旁边野长的巴茅扬起长长的荻花，倒是别有情趣。

我边观看，边琢磨，既是在一个荒园，又像进入了一个时空错位的观察室。从每一件东西里，都能够看到二十年前，人们的欲望和追求。

但这里并不只有我们，还有一个个的婚纱摄影小组。

在那些罗马柱下，廊桥上，摄影师正在指挥新人。"新娘子背向我，新郎面对我，新娘转过身，看新郎，头再仰一点儿，呃，对，好！"

这个废园，现在已经成了"世界乐园婚纱摄影基地"。到处都写着告示的牌子，要求先办证，后拍摄。

正是这些拍照的新人，让这个废园又获新生。这里虽然废弃，但为了收费，肯定还是有人打扫，所以，到处还算干净。但我认为，真正让它新生的，还是欲望，是想象。

它在二十世纪九十年代满足的就是人们对外面世界想象，现在，新人们在这里照相，假装自己在欧洲在美国，满足的也是相似的想象和欲望。

散失在茫茫人海中的媒体同仁们

前几天，已经听说《成都晚报》要停刊了。我心里知道，这多半是真的。近几年，纸媒停刊的消息，总是从外地传过来。

每当一家纸媒停刊，朋友圈里总会激起一圈哀叹之声。朋友圈里许多写作者和前媒体从业者，所以，往往会讲出，自己跟那家停刊的纸媒的往事。"我在那里开过专栏啊！""那是我的第一份工作啊！""我有一个重要报道，是跟他们同时采访的！"

这是一份伤感的热闹，仿佛一位名人去世，很多人要写点什么，怀旧一番。

我难免要凑这样的热闹。因为在十多年前，纸媒兴盛的时候，我曾先后在很多媒体开设专栏。大大小小，能数出上百家纸媒。更早的时候，二十年前，我在媒体工作，当记者和编辑，换了三个城市，北京、广州和成都。我曾在这三地非常有代表性的媒体工作。我许多朋友，也都是这两个阶段积累下来的。

现在轮到《成都晚报》了。因为消息还没正式出来，我犹豫半天，给一位在晚报的朋友发了微信，问他今后的打算。

这位朋友，还是我二十年前的旧同事。我在成都，很少还有朋友留在媒体里。不仅成都，北京、广州，还在纸媒工作的朋友也相当少了。这一点时常让我觉得难以置信。曾经，我以为我和朋友们会跟媒体一直纠缠下去。

2006年的时候，我写了一本小说，叫《实习记者》，写北漂的媒体青年。2012年，又写了一本关于媒体青年的小说，叫《看不见的河流》。我那时设想，我要写成一个系列，就叫"新闻三部曲"。年轻人怀着理想，进入媒体，改变着媒体的面貌，也被媒体塑造。与媒体纠缠日深，总有一种幻觉，觉得，我们改变的不仅仅是媒体的面貌，也能改变更多的东西。

在《实习记者》里，我写的是刚刚入行的青年，还在寻找自己的道路。《看不见的河流》里，我写的是不满足于现状的媒体人，想扩大自己的空间。两部小说的结尾，年轻人都在出走，他们选择去了南方。

在纸媒兴盛的那十多年，跳槽或者被挖角，都是再自然不过的事情。我和我的同行们，常常处于不停地变化中。

现在回溯，才发现，纸媒生长最强劲的时候，其实也已有颓势埋伏。

两千零几年，一些锋头正健的媒体朋友，转行去了别处。有几位，进入新兴的网络公司。那时网络公司，前途未明。有几位，退出纸媒工作，成为专业的写作者。

这种转行，有的是出于爱好，更多的是出于压力。

我一位朋友，是相当优秀的记者，去了某个网站，就试图把网站改造成做新闻的平台。于是有一段时间，那个网站的新闻页面，相当活跃好看，成为那个网站内容上最辉煌的阶段。但是，就如记者会从纸媒出走，那位朋友后来又一次转型，去做经济，最后相当成功，成为他所在领域的一方大佬。

在那个阶段，离开媒体的人，从现在来看，都已各得其所。

比如朋友周浩，早先是《南方周末》《21世纪经济报道》的摄影记者，后来转行拍摄纪录片，从开始的《高三》《龙哥》，到这几年的《棉花》《书记》，他已经成为中国最有影响的纪录片导演。

成熟的媒体人离开，又有新的媒体人加入。在十年之前，我们没为纸媒感到担忧。甚至有一段时间，网络平台也显得欣欣向荣，充满可能，我还有了错觉，觉得媒体形势大好，人民群众很需要我的文章，纸媒和网媒的约稿，我都写不过来了。

2015年忽然意识到冬天来临。

当时我们正住在广州。广州曾是我最热爱的城市，那里有我许多朋友，有最好的市民，和他们营造出的城市氛围。

以前遇到有理想有冲劲的媒体年轻人，我总是跟他们说，去广州吧，那里有最好的报纸。广州的好，跟那里的报纸分不开。

2015年的时候，各地纸媒的销量极速下滑。那一年，报纸老总相互交流的经验是怎么少亏损，如何减负。

在报社的朋友跟我讲起，每个人都害怕被领导叫去，特别是中层干部。中干来到老总的办公室，老总可能会给出一个数字，那个数字便是让中干去裁掉的人数。

我的一位朋友，拿到这个数字后，第一个反应，就是把自己的名字填进裁员的名单。

我虽不在报社，但经常和朋友相聚，在低沉的情绪里，我感同身受：就像一艘巨轮，正在缓缓下沉，每个人都站在船舷，眼睁睁看着这一切。

跳还是不跳？什么时候跳？

这一年，我在广州媒体工作的朋友，百分之九十以上都辞职了。有编辑，有记者，有中干也有老总。

这一次离职潮，跟十来年前的那些可不一样。大家不是有准备、有机会，才选择离开的，而是离开了才开始想，自己的方向。

一位离开媒体的朋友跟我讲他的茫然。之前，因为做新闻，好像什么都通，交游广，门路广，但离开了真正要选择做点什么，才发现，每个行业进入都很难，以前积累的人脉，一点用处都没有。激情、经验，全都丢失在纸媒里了，改行做微信公众平台，公号的规则完全不同，以前的那些经验，甚至都还是负资产。

2015年、2016年，好长一阵，都在流行一种"飞猪"的说法，意思是说，只要站在风口上，哪怕你是一只猪，也能飞起来。这种说法，主要是来自我前媒体朋友们。他们离开了媒体，正在积极创业。于是，最热衷传播这飞猪的神话。

几年下来，没见到哪位朋友飞起来。但也还好，虽然历经折腾，朋友们有的搬了好几个城市，有的换了完全不相关的行业。凭着媒体人比较灵活的脑子，大多都算安定下来了。

前两月我又回了一次广州，我发现，没有了那令人骄傲的媒体景象，广州的氛围已经大不如从前。

现在，留在纸媒的人，许多都处于等待退休的状态，等待自己退休，或者等待纸媒关张，等最后那一只靴子落下。我那位在《成都晚报》的朋友，他告诉我，对于这一天的到来，他早有心理准备。

2019年3月末，《成都晚报》关闭的消息正式出来，有一位朋友发出了他读《看不见的河流》的感想，我也感叹，我也许永远完成不了我的"新闻三部曲"。好友凌越说，第三部就写一写散失的新闻人吧。我想他一定也相当有感触，他是诗人，是大学老师，十年以前也曾是相当优秀的媒体人。

凛冬已至，唯有羊肉汤暖身暖心

到今年冬至，我们的羊肉汤小组已经相聚二十余次了。

冬至是四川人特别重视的节日。

以前我没意识到，只认为，冬至吃羊肉汤，不是顺理成章，天经地义吗？

我问过好多地方的朋友，你们冬至吃啥呢。北方的朋友说，当然是饺子啦。这在我看来，不能算过节，北方人一有机会就吃饺子，恨不能在所有的日子都吃饺子。南方各地不一，好些地方没有把冬至当节日，两广传统冬天会吃羊肉，但这一天似乎并不特殊，可吃可不吃。

好些地方，冬天的传统节日除了春节之类的，主要过过腊八、小年之类。

但我们这儿不一样，除了春节之外，圣诞和元旦都不重要，可过可不过，但冬至重要，虽没有春节豪华，但重要性一点儿也不逊于春节。

在我心目中，春节是属于家人和家族的，冬至属于亲爱的朋友。

成都的冬天湿冷，阴天多，气压低，缺少阳光，这让人更觉得冬天漫长无望，心情郁闷低沉。从十月、十一月起，天色渐差，阴雨不住，尘泥混合，几乎没有风，工业造成的大气污染，经久不散。每个人都逃不开这压抑的尘霾笼罩。如果从飞机上俯瞰成都，那真是如笼盖了一床厚厚的灰黑色大被。每次冬日回蓉，都觉得飞机也像做了一口深呼吸，鼓足勇气，才一头扎进去。几秒钟之后，飞机舷窗外，就由彩色片变为了黑白。

成都冬季室内没有暖气，室内室外温度相差无几，加上潮湿，如果不开足各种取暖设备，整个身体都是僵的，24小时都得不到缓和。

种种恶劣情况叠加，到十二月下旬，免不了有濒临崩溃之感。冬至前后，就差不多是承受极限了。

冬至，按古人的说法是"阴极之至，阳气始生，日南至，日短之至，日影长之至，故曰'冬至'"。到了这一天，成都的坏处，冷，阳光稀少，空气恶劣，也真是到了极致。

四川有个说法："冬至吃了羊肉汤，一个冬天都不冷。"

乍一听，好像是那么回事，我们平时是按这个原则来办的，但仔细一想，这明明是因为，冬天已经到了最严寒的时候了。

在冬至之前，成都人已经冷得吃了好些顿羊肉汤了，一冷起来，身体就觉得需要它来补充热量。但是到了这天，成都人更是骚动。这一天没有人不想去吃羊肉。如果没吃上羊肉，总觉得除了身体的寒冷，还有情感上的失意。因为这一天的羊肉汤，是适宜一伙人一起吃的。

我们这群朋友，最早的一餐羊肉汤，是在1997年冬至。

那时，大家到阿多家吃羊肉汤。我们当时既是报社同事，也是好友。阿多家当时还住在王化桥街的老房子里。两层的小木楼，猫咪在房脚转悠。羊肉是阿多的父亲从老家仁寿专门带来的。他们老家的羊肉质量特别好。汤是阿多的妹妹亲手煮的。典型的川西羊肉汤，羊骨羊肉熬到汤质乳白，肉和羊杂捞出切好，再放入汤中，边煮边吃。羊肉在锅中翻滚，热气弥漫。

　　大家喝酒，吃肉。温暖地挤坐在一起。很快就醉了。

　　那时，我跟他们成为朋友还不算久，他们相识有的是从大学开始，有的已有八年。大家不单是同事，更重要的是有相似的理想。在寒冷中，有肉，有酒，觉得长夜不可怕，身边还有这相投的朋友，相偎相拥，相互取暖。

　　燕明提议，明年的冬至还这么过。谁知，这一提议，我们真的坚持了下来，冬至变成了一群朋友自己的节日。

　　1998年的冬至，前一年一起吃羊肉汤的长平去了南方，但沈颢和余刘文从广州来，参加了我们的聚会。

　　还记得那次是在小关庙。小关庙是成都人过冬至的专门地点。这条小街有无数的羊肉馆，这些店开半年，歇半年，春夏关门，秋冬开张，但主要的生意就在冬至那几天。小店里坐不下多少人，于是整条小街露天都是桌椅。无数的成都人坐在寒风中，面向桌上翻滚的羊肉汤，吃得脸颊发热，头上白雾腾腾。还记得当时沈颢对这场景大为惊叹，觉得此景相当魔幻。

　　这一年年的冬至，就成为朋友的节日，本地的几位朋友成了核心主力，燕明、阿多和翟顿。这些年，大家已经离开媒体，奔赴不同的道路，但仍尽力在这一天相聚。

有时，人在外地，不能回来参加，冬至就变成格外思乡的日子。

记得2014年冬至前一天，我们在广州。忽然接到燕明电话，他也来了广州。我们惊喜相聚，问他怎么会来。他含混地说了一个理由，出差什么的。我说，那冬至成都的老友还聚吗？他笑着说，当然，明天就回去，晚上要聚。

燕明是那种情感至深的人，但他不会说。我们2013年刚搬到广州时，他就来了一次。他说有人邀他到海南，他就顺路来看看。海南和广州哪里顺路了。我知道，他那天是改签了机票来的。中间时间很短，加上那天广州郊外大堵车，他到达我们住家附近的时候，已经离他回程起飞的时间很近。结果我们只能匆匆在小馆里吃几口快餐，他就得马上坐地铁，从广州最南端赶往最北端的新白云机场。我们非常不舍，叮嘱他如果坐漏了飞机，就赶回来，住在我家，多相聚一点儿时间。他含蓄地笑笑，一如平时，答应说，好。我们好久以后才得知，那天他的确没赶上飞机，只好在机场住了一晚。

这次，我也明白，他冬至前到广州，就是为了看望一下我们，让我们冬至在异乡，不那么孤单。

这群朋友的情谊，很难跟外人解释。不只是曾有共同理念，也不只是一同成长，这些年，也相互关心扶持，互相激励。我写长篇小说《看不见的河流》的时候，心里面就想着这群朋友。因此，我在扉页上写下这样的献词："惟有理想让世界辽阔——献给我的朋友们"。

但冬至这个节日，在成都，不仅仅属于我们。我知道很多成都人也是如此，这一天，都是和朋友同事，在外面过。这一天，小关庙的羊肉汤馆不提前去排队是不会有位子的，通往郊外专卖羊肉汤锅的黄甲镇的道路必然瘫痪，城里的火锅店、饭店都加卖羊肉汤锅。

　　这是夜最长的一天，是寒冷的一天，也是温暖的起点，从明天起，就开始数九。成都的春天早，数到五九、六九的时候，春天就到了。